Ein Pferdesommer zum Verlieben

Weitere Pferde-Taschenbücher:

- Willkommen im Pferdeparadies
- Pferdeglück und Sommerträume
- Pferdefreunde – für immer!
- Pferde, Sommer, Sonnenschein
- Sehnsucht, Pferde, Glücksgefühle
- *Ein Pferdesommer zum Verlieben*
- Sommer, Sonne, Stallgeflüster
- Im Galopp ins Sommerglück

Meike Haas

Ein Pferdesommer zum Verlieben

Loewe

Herzklopfen, Heu und Heimlichkeiten 165

Chaos, Krisen, Pferdeküsse

13-jähriges Mädchen gesucht

Eigentlich lausche ich nicht. Wirklich nicht. Ich finde es absolut nicht in Ordnung, wenn jemand lauscht. Mir reichen schon all die Leute, die mir so beim Leben zuhören und -schauen. Frau Franselow von gegenüber zum Beispiel, die jeden Morgen aus dem Fenster guckt, um zu sehen, ob ich pünktlich zur Schule gehe. Wenn ich mir vorstelle, dass es auch noch welche heimlich machen, wird mir ganz schlecht.

Ganz abgesehen davon bin ich überhaupt nicht der Typ dazu. Zum Lauschen, meine ich. Ich habe schon genug Probleme, alles mitzubekommen, was ich mitbekommen *soll.*

Klassischer Fall: Hausaufgaben. „Wo du immer mit deinen Gedanken bist, Leonore!“, sagt meine Lehrerin, Frau Behrens, dann. Oder all die Sachen, die meine Mutter erzählt. Ich kann machen, was ich will, sie rauschen einfach so an mir vorbei. Ich schalte immer erst bei dem unvermeidlichen „Lollo! Kannst du nicht zuhören?“ ein.

Aber in diesem speziellen Fall, an dem Nachmittag, an dem alles begann, war das Lauschen einfach nicht zu umgehen. Man kann ja schließlich nicht die Ohren zukneifen.

Und weggehen und mich bemerkbar machen konnte ich auch nicht. Sonst wäre herausgekommen, dass ich in Tornados Box stand. Oder – noch schlimmer – dass ich davor in Calypsos Box gewesen war. Und da hatte ich nun wirklich nichts zu suchen.

Calypso ist das schönste Pferd auf dem Reiterhof. Glänzend schwarz mit einem Abzeichen auf der Stirn, das mich immer an einen angebissenen Apfel erinnert. Das klingt jetzt vielleicht eklig, aber in Wirklichkeit sieht es toll aus. Calypso ist kein Schulpferd. Er gehört Florian.

Priska sagt, ich fände Calypso nur deswegen so toll, weil ich in Florian verliebt sei. Aber das stimmt nicht. Ich bin nicht in Florian verliebt. Florian ist viel zu, wie soll ich sagen, er ist viel zu gut dafür. Er ist schon 18, er sieht spitze aus und er gewinnt ein Reitturnier nach dem anderen. Vielleicht kommt er jetzt sogar in die Nationalmannschaft. Florian ist wie ein Star, er gehört in eine andere Welt.

Ich bin lieber in Jan aus meiner Klasse verliebt. Das ist einfacher, nicht so aufregend. Wenn ich mir vorstelle, ich wäre in Florian verliebt und er würde mir in der Stallgasse begegnen, dann wird mir ganz schlecht vor Nervosität und ich kann mich nur beruhigen, indem ich schnell an Jan denke. Wie wir den Schulweg entlangschlendern und er von Rennautos erzählt. Da sinkt mein Puls sofort.

Priska kann das nicht verstehen. Priska würde auch Robbie Williams ansprechen, wenn er ihr auf der Straße entgegenkäme. Sie hatte auch schon einmal einen Freund. Jetzt im Moment ist sie aber in niemanden verliebt, sie muss erst wieder Abstand gewinnen, sagt sie.

Priska ist meine beste Freundin. Wir sitzen schon seit der Grundschule nebeneinander, wir haben zusammen das Reiten angefangen und wir erzählen uns alles.

Das heißt, fast alles. Ich erzähle ihr nicht, dass ich mich oft zu Calypso in die Box stelle und ihm Geschichten erzähle. Erfundene Geschichten. Märchen, mit Trollen und Elfen und so. Ich glaube, das fände sie kindisch.

Wahrscheinlich fände das jeder kindisch und darum habe ich auch dafür gesorgt, dass es niemand mitbekommt. Ich habe genau beobachtet, wer zu welchen Zeiten zu Calypso geht, und besuche ihn selbst nur mit mindestens einer halben Stunde Abstand dazu. Darum bin ich an diesem Nachmittag ja auch so erschrocken, als ich plötzlich Florians Stimme hörte.

Ich stand bei Calypso, hatte meine Stirn an seinen Hals gelehnt und erzählte. Leise natürlich. Er hielt ganz still, er mag es, wenn ich mit ihm spreche. Wenn ich einatmete, roch ich Calypsos Pferdegeruch. Das war schön. Da knarrte auf einmal das Stalltor.

Ich sagte vorsichtshalber nichts mehr. Schritte näherten sich, ein Mädchen lachte. Ich hörte Florian sprechen.

Weg hier!, dachte ich. Aber es war schon zu spät. Ich hätte an ihm vorbeigehen müssen, um den Stall zu verlassen. Mir blieb nur die Flucht in die Nachbarbox, zu Tornado. Und das – ich will ja nicht angeben –, aber das war sehr mutig von mir. Geradezu heldenhaft.

Tornado ist ein Araber. Er ist von Natur aus ziemlich temperamentvoll und außerdem bösartig. Das hat er, glaube ich, von seinem Besitzer, einem kleinen rotgesichtigen Mann, dessen Namen ich ständig vergesse. Tornado schlägt aus und schnappt, sobald ihm irgendetwas nicht passt. Priska hat schon mal seine Hufe gegen ihre Schulter bekommen und seither nehmen wir uns höllisch in Acht vor ihm.

Aber ich hatte keine Wahl. Die Stimmen kamen immer näher und so schob ich mich, dicht an die Trennwand gepresst, in Tornados Box hinein. Ich konnte nicht einmal beruhigend auf ihn einreden, denn dann hätten mich Florian und das Mädchen sofort gehört.

Mein Herz hämmerte und ich schaute Tornado flehentlich an – und irgendwie schien er meine Lage zu verstehen: Er hielt einigermaßen still. Na ja, er schnaubte laut und das kam mir ehrlich gesagt ziemlich bedrohlich vor. Aber im Nachhinein betrachtet, war er wohl nur verwundert, dass sich jemand zu ihm in die Box wagte.

Wohlgefühlt habe ich mich jedenfalls nicht und ich glaube, das ist der Grund, warum ich so genau zugehört habe, was das Mädchen und Florian redeten. Neben dem schnaubenden Tornado konnte ich einfach nicht in meine Gedanken versinken, wie ich es sonst immer tue.

„... Das Dumme ist nur, dass ich niemanden habe, der sich um Calypso kümmert, wenn ich zum Studieren nach Frankfurt gehe“, sagte Florian.

„Wieso? Er ist doch hier auf dem Reiterhof gut aufgehoben“, antwortete das Mädchen. Ich erkannte die Stimme. Es war Milena. Priska und ich konnten sie nicht leiden. Wobei ich gar nicht so genau weiß, warum. Sie ist so alt wie Florian und immer sehr freundlich. Sie kann gut reiten und sieht mit ihren braunen Korkenzieherlocken toll aus. Es gibt eigentlich nur Gutes über sie zu sagen. Aber genau das war es, was Priska und mich ärgerte. Irgendwie hatten wir das Gefühl, dass sie nur freundlich war, damit die anderen sagten: „Die ist aber freundlich!“ Und dass sie nur gut ritt, damit die anderen sagten: „Die reitet aber gut!“ Sie war uns absolut unsympathisch.

Ich vermutete schon lange, dass Florian in Milena verliebt war. Grundsätzlich vertraute ich zwar auf seinen guten Geschmack, aber bei Milena war ich mir nicht so sicher. Schließlich waren ihre schlechten Seiten sehr schwer zu erkennen. Hatte das etwas zu bedeuten, dass die beiden jetzt gemeinsam in Calypsos Box standen?

„Schon. Aber irgendjemand muss Calypso ja auch bewegen. Er kann ja nicht die ganze Woche nur im Stall stehen“, sagte Florian.

„Frag doch eines der 13-jährigen Mädchen, die

hier reiten“, schlug Milena vor. „Die freuen sich doch, wenn sie das machen dürfen!“

Erst wollte ich mich über den herablassenden Tonfall ärgern, in dem sie „13-jährige Mädchen“ ausgesprochen hatte. Aber dann begriff ich, was der Satz bedeutete.

Genau!, schrie alles in mir. Ich mache das, Florian, kein Problem! Jeden Tag reite ich Calypso, ich putzte ihn, ich gebe ihm Futter und pflege ihn besser als jede andere! Ich war ganz aufgeregt.

„Ich weiß nicht“, sagte Florian. „Es müsste schon jemand Vertrauenswürdiges sein. Vielleicht ist es besser, ich lasse ihn aufs Gestüt meiner Tante nach Hohemühl bringen.“

Nein!, schrie es jetzt in mir. Nein, mach das nicht. Calypso darf nicht gehen! Ich bin so vertrauenswürdig, wie nur jemand vertrauenswürdig sein kann! Florian, bitte!

Wie gesagt, das war meine innere Stimme, die da schrie. Laut sprechen konnte ich ja nicht. Darum konnte mir Florian auch nicht antworten. Und ich gebe zu, dass es ziemlich dämlich von mir war, mich zu freuen, bevor ich eine Antwort hatte.

Aber irgendwie stand für mich in diesem Moment außer Frage, dass Calypso mein Pflegepferd werden würde. Für mich war klar: Ich würde mich jeden Tag um Calypso kümmern und das glücklichste 13-jährige Mädchen der Welt werden!

Höhenflug mit Bruchlandung

Ich musste noch eine ganze Weile warten, bis Florian und Milena wieder verschwanden. Aber jetzt konnte mich nicht einmal mehr Tornado vom Träumen abhalten. Ich habe keine Ahnung, ob er weiterhin schnaubte oder was er sonst machte, während ich in seiner Box stand. Ich erinnere mich nur an dieses Glücksgefühl. An die Freude darüber, dass ich mich um Calypso kümmern würde.

Ich stellte mir meine wunderbare Zukunft vor: Wie ich Calypso striegelte, wie ich ihn sattelte, wie ich ihn über den Hof führte und zu den zehnjährigen Mädchen, die gerade anfingen zu reiten, sagte: „Das ist Calypso, mein Pflegepferd.“

Wenn ich ganz ehrlich bin, dachte ich mir auch ein paar gemeine Sachen aus: Dass Calypso nach anderen Leuten schnappte und sich nur von mir die Trense anlegen ließ. Dass ich aber immer ganz freundlich und hilfsbereit war und mich alle dafür bewunderten, dass ich einerseits so toll mit ihm umgehen konnte und andererseits so nett zu allen war, die das nicht schafften. Es war wunderbar.

So wunderbar, dass ich fast nicht mitbekam, wie Milena und Florian den Stall verließen. Ich wartete noch ein paar Minuten und ging dann auch. Zum Abschied klopfte ich sogar Tornado den Hals – so guter Stimmung war ich!

Draußen wusste ich nicht so recht, was tun. Es war Sonntagnachmittag und ich war eigentlich nur zum Reiterhof geradelt, um mit Calypso zu sprechen. Sonntags sind keine Reitstunden, also war auch keine meiner Freundinnen da, nur ein paar Pferdebesitzer. Ich hatte schon beschlossen, wieder heimzuradeln, da kam mir Sabine, meine Reitlehrerin, entgegen.

„Willst du mir beim Füttern helfen?", fragte sie.

Ich nickte, warum auch nicht.

„Du kannst schon mal die Stallgasse kehren, ich komme gleich."

Ich ging also in den Stall und schnappte mir den Besen. Da merkte ich, dass ich nicht alleine war. Hinten, bei der Sattelkammer, stand jemand. Florian. Er war damit beschäftigt, Calypsos Sattel und Trense zu reinigen. Bald würde das meine Arbeit sein, dachte ich lächelnd. Ich würde alles tadellos erledigen. Ich begann zu kehren und spann meine Träume weiter: Wie ich in die Schule kam und meinen Freundinnen erzählte, dass Calypso jetzt mein Pflegepferd sei. Ganz genau malte ich mir aus, wie Marion ihre Augen aufriss und sagte „Echt? Wie kommt denn das?". Und wie ich dann antwortete: „Florian hat jemanden gesucht, und da habe ich ihm angeboten ..."

Ja. Und genau an dieser Stelle schlug der Blitz ein. Bildlich gesprochen. Tatsächlich fiel mir nur der Besen aus der Hand. Alle Träume zerplatzten. Denn eines war klar: Ich würde nie und nimmer Florian etwas anbieten.

Ich schaute zur Sattelbox hinüber, wo ich ihn bei der Arbeit pfeifen hörte. Ich brachte es ja nicht mal fertig, an ihm vorbeizugehen, ohne rot zu werden. Wie sollte ich ihn da ansprechen? Und ihm dann noch verklickern, dass ich – im Gegensatz zu anderen 13-jährigen Mädchen – unglaublich vertrauenswürdig war? Nein, es war unmöglich. Ich stützte mich auf den Besen und starrte vor mich hin.

Sabine kam und fragte mich, warum ich nur vorne gekehrt hatte und nicht auch im hinteren Stallbereich.

„Äh, ja“, sagte ich und trottete nach hinten. Natürlich kam mir Florian entgegen. Er nickte mir zu! Ich schaute schnell weg.

„Hallo, Sabine!“, rief er und blieb eine Weile bei ihr stehen. Sie unterhielten sich. Mir wurde ganz heiß. Dann hob er endlich die Hand zum Abschied und verließ den Stall. Sofort war mir viel wohler.

Mit der Arbeit waren wir dann schnell fertig. Sonntags wird nur das Allernötigste gemacht. Sabine bedankte sich bei mir und ich radelte heim.

Abends warf ich mich im Bett herum und grübelte. Einerseits war die Situation wie geschaffen für mich. Florian suchte jemanden, der sich um Calypso kümmerte, und ich wünschte mir schon lange ein

Pflegepferd – am allerliebsten natürlich Calypso. Andererseits wusste ich einfach nicht, wie ich es schaffen sollte, Florian anzusprechen.

Ich muss sehr lange wach gelegen haben, denn ich erinnere mich an die lustige Zahlenkombination 23:23 auf meinem Wecker. Wann ich dann eingeschlafen bin, weiß ich nicht. Am nächsten Morgen war ich jedenfalls ziemlich müde.

Meiner Mutter fiel das nicht auf. Sie bemerkt insgesamt relativ wenig. Das finde ich angenehm. Vielleicht liegt es daran, dass sie den Laden hat, um den sie sich den ganzen Tag kümmern muss.

Eigentlich ist meine Mutter Grundschullehrerin. Das hat sie studiert. Aber man muss nach dem Studium noch zwei Jahre lang Referendarin sein, um unterrichten zu dürfen, und das hat meine Mutter nicht geschafft. Warum? Weil ich auf die Welt gekommen bin!

Oft sagt meine Mutter: „Gott sei Dank bist du auf die Welt gekommen, Lollo, sonst wäre ich auch so eine dämliche Grundschullehrerin geworden!“

Sie kann nämlich Grundschullehrerinnen nicht leiden. Das sagt sie zumindest. Dabei hat sie sich mit Frau Krahl, die ich von der ersten bis zur vierten Klasse hatte, immer gut verstanden. Und sogar Doris, ihre beste Freundin, unterrichtet an einer Grundschule.

Wie auch immer. Mama ist froh, dass ich so ungeplant in ihr Leben gepurzelt bin.

„Du bist das Kind einer großen Liebe“, sagt meine Mutter, „die dann schnell zerplatzte.“

Mein Vater war nämlich schon weg, als ich auf

die Welt kam. Und nun hatte meine Mutter ein kleines Baby und niemanden, der darauf aufpasste. Sie konnte nicht Referendarin sein und hatte kein Geld. Also konnte sie keine dieser süßen kleinen Mützchen und Strampelhosen und Schühchen für mich kaufen – außer im Secondhand-Laden! Und weil der so weit weg war, beschloss meine Mutter, einen eigenen Secondhand-Laden aufzumachen.

Der Laden war ein voller Erfolg. Er läuft immer noch gut. Und meine Mutter ist sehr glücklich damit.

Ich nicht. Das heißt, ich finde es schon gut, dass meine Mutter den Laden hat und beschäftigt ist und genug Geld verdient, aber die Sache hat einen großen Haken: Ich habe noch nie neue Kleider bekommen. Dabei bin ich Einzelkind! Alle Einzelkinder in meiner Klasse haben immer neue Sachen. Und auch diejenigen mit älteren Geschwistern bekommen wenigstens ab und zu etwas Neues. Ich nie! Immer nur Secondhand-Ware aus dem Laden.

Wenigstens habe ich Priska. Die hat den Schrank voll neuer Klamotten und leiht mir, was ich brauche. Im Gegensatz zu meiner Mutter versteht sie, dass das wichtig ist.

Im Gegensatz zu meiner Mutter bemerkte Priska auch sofort, dass ich unausgeschlafen war, als ich – fünf Minuten zu spät – ins Klassenzimmer hetzte. Frau Behrens schaute streng und sagte mit enttäuscht-vorwurfsvoller Stimme: „Schon wieder, Leonore!“

Ich bemühte mich, möglichst reumütig zu wirken und setzte mich mit gesenktem Kopf neben Priska.

„Was ist los?", flüsterte sie sofort. „Warum hast du solche Ringe unter den Augen?"

Priska registriert die kleinsten Veränderungen im Aussehen anderer Leute. Für sie sind Äußerlichkeiten sehr wichtig. Das heißt nicht, dass sie oberflächlich wäre. Überhaupt nicht. Sie ist hilfsbereit und großzügig und treu und alles, was eine beste Freundin sein muss. Und zusätzlich achtete sie eben sehr auf ihr Äußeres.

Heute Morgen lagen ihre langen blonden Haare schön glatt gekämmt auf einem blütenweißen T-Shirt. Sie trug einen Hauch von blauem Kajal und ihre Lippen glänzten hellrosa.

Dass ich in Sachen Styling ein eher hoffnungsloser Fall bin, stört sie nicht. Ich habe es versucht. Aber meine Haare müsste man rigoros abrasieren, um sie irgendwie in den Griff zu kriegen. Sie sind dick und gewellt und wachsen in alle möglichen Richtungen, nur nicht nach unten. Im Prinzip sind sie alle auf Schulterlänge gerade abgeschnitten, aber das erkennt man nur, wenn sie nass sind. Außerdem ist meine Nase zu groß und mein Mund auch. Ich trage nie Lippenstift, um das nicht auch noch zu betonen.

„Ich konnte nicht schlafen", flüsterte ich zurück und wollte mein Französischbuch auspacken. Es war nicht in der Schultasche.

„Warum konntest du nicht schlafen?", bohrte Priska nach. Frau Behrens hörte es und sah verärgert zu uns herüber.

Ich versenkte mich wieder in meine Schultasche, als würde ich immer noch nach dem Buch suchen. Tatsache war, dass sich auch mein Französischordner nicht in der Tasche befand.

„Leonore, hast du vor, heute noch irgendwann einmal aus deiner Schultasche aufzutauchen?"

„Ja, sicher!"

„Gut, dann schlag dein Buch bitte auf Seite 127 auf und lies uns den oberen Absatz vor."

Marion, die vor mir sitzt, hatte meine peinliche Lage erkannt und schob mir ihr Buch unterm Tisch durch. Statt dem Französischordner legte ich das Matheheft auf den Tisch.

Frau Behrens merkte nichts. Aber sie hatte uns die ganze Stunde über im Auge und ich konnte Priska nichts erzählen.

Im Grunde mag ich Frau Behrens sehr gern. Sie ist geduldig und freundlich und man kann sie ruhig zehn Mal dasselbe fragen, wenn man etwas nicht kapiert. Sie lässt dann ihre Brille auf die Nasenspitze rutschen, schaut einen über den Brillenrand hinweg konzentriert an und überlegt sich eine elfte Möglichkeit, das Ganze zu erklären. Aber wenn man nicht aufpasst, kann sie fuchsteufelswild werden – richtig gemein.

Heute war mir das gerade recht. Ich brannte wirklich nicht gerade darauf, Priska von gestern zu erzählen.

Die ganze Geschichte lief ja auf eine Enttäuschung hinaus. Genauer gesagt, auf das enttäuschende Verhalten einer ganz bestimmten Person: Leonore Ollmann, besser bekannt als Lollo, das verklemmte Hasenherz. Oder wer sonst drückte sich vor einer wunderbaren Gelegenheit?

Genau so sah es auch Priska.

„Du musst ihn auf jeden Fall fragen!“, bestimmte sie einfach, als ich in der Pause alles erzählt hatte.

Es war ja auch gut, dass sie so reagierte, schließlich wollte ich Calypso nicht kampflos aufgeben und brauchte jemanden, der mich antrieb. Aber andererseits ... Andererseits war es so schwer für mich!

Ich wünschte mir, dass Priska mich ein bisschen bemitleiden und die Schwere meines Schicksals anerkennen würde. Doch das taten nicht einmal Marion und Lena, die in der Bank vor uns sitzen. Dabei stechen sie auch nicht durch besondere Tapferkeit hervor.

„Das ist eine Riesenchance!“, sagte Marion. „Du musst da durch!“

Ausgerechnet Marion! Die für ihr Pflegepferd keinen Finger krumm machen musste, weil es nämlich das Pferd ihres Onkels ist! Da war es natürlich einfach, jetzt von einer Riesenchance zu sprechen.

„Und wie?“, fragte ich. Konnte ich ihnen denn gar nicht begreiflich machen, dass die Sache für mich *unmöglich* war? Ich litt.

Und mitten in mein Leiden hinein sagte Priska mit anzüglichem Grinsen: „Sei doch froh, dass du endlich einen Grund hast, deinen geliebten Florian anzusprechen!“

Jetzt war ich sauer. Ich hatte ein echtes Problem. Mein Lieblingspferd würde den Reiterhof verlassen. Und da kam Priska mit dieser albernen Liebesgeschichte!

„Ich hab dir schon tausend Mal gesagt, dass ich nicht in Florian verliebt bin, sondern in Jan!“

„So?“, sagte Priska spöttisch und schaute ganz komisch über meine Schulter.

Ich drehte mich um. Da stand Jan und lief gerade knallrot an.

Oh nein! Nicht auch das noch!

Es war mir nicht peinlich vor Jan. Dazu kannte ich ihn zu gut und war mir viel zu sicher, dass er auch in mich verliebt war.

Es war nur so, dass Jan, wenn er jetzt wusste, dass ich auch in ihn verliebt war, mich sicher küssen wollte. Und dazu hatte ich keine Lust. Ich machte mir Sorgen um unseren gemütlichen gemeinsamen Schulweg. Wir hatten immer Spaß. Aber wenn jetzt solche Sachen wie Küssen dazukamen, würde es bestimmt furchtbar kompliziert werden.

Ich wusste nicht, ob ich mich erst mit Priska streiten sollte oder Jan gegenüber alles klarstellen. Ich stand da und drehte meinen Kopf mal in die eine, mal in die andere Richtung.

Es muss ziemlich albern ausgesehen haben, zumal Jan nach der ersten Kopfdrehung in Richtung Klo verschwunden war. Nur ich stand da, unfähig, mich zu entscheiden, bis mich die Glocke erlöste und die Pause vorüber war.

Ich kochte. Wie konnte meine beste Freundin nur so unsensibel sein! Wütend starrte ich vor mich hin und dachte mir dramatische Dialoge aus. Sie alle endeten ähnlich: Ich werde nie wieder mit dir reden!, oder: Wage es nicht, mich noch einmal anzusprechen!

Aber Priska hatte gemerkt, dass ihr Witz zu weit gegangen war. Und sie beschäftigte sich den Rest des Vormittages mit nichts anderem als damit, mich zu besänftigen. Daran kann man sehen, wie lieb Priska ist.

Sie malte mir 15 Zettel mit kleinen Herzchen drauf, auf denen lauter nette Sachen standen.

In der Mathestunde bekam ich „Lach mal wieder!“ und „Niemand ist so nett wie du!“. In Erdkunde bekam ich „Verzeihst du mir?“ und „Sei nicht so böse!“.

Man kann nicht einen ganzen Vormittag lang kochen, wenn man ständig solche Zettel bekommt. Irgendwann war ich nicht mehr sauer, sondern genoss es nur noch. Es war wunderschön.

Ich habe die 15 Zettel bis heute aufgehoben, sie stecken in einer kleinen Schachtel in der verschließbaren Schublade mit meinen Tagebüchern. Wenn ich schlecht gelaunt bin, hole ich sie und lese sie mir durch. Es hilft immer.

Den letzten Zettel bekam ich kurz vor ein Uhr im Religionsunterricht. Auf ihm stand wesentlich mehr als auf den anderen.

„Trotz allem finde ich, du solltest Florian ansprechen. Wir sehen ihn doch heute Nachmittag auf dem Reiterhof. Natürlich ist es total schwierig. Aber ich drücke dir ganz fest die Daumen und hoffe, du schaffst es!"

Jetzt reagierte ich. Ich drehte meinen Kopf zu Priska und nickte. Eigentlich wollte ich es ja auch. Ich würde es versuchen. Heute Nachmittag. Ganz bestimmt!

Ungewollte Küsse

Nach der letzten Stunde packte ich meine Sachen sehr, sehr langsam ein. Aus den Augenwinkeln beobachtete ich Jan. Ich wollte erst gehen, wenn er schon weg war.

Allerdings verschwand nicht Jan, sondern Priska. Sie musste zur Chorprobe. Schon da dämmerte mir, dass ich geradewegs in eine Falle steuerte. Auch Marion und Lena gingen.

Nur Jan saß noch an seinem Platz und packte dort seine Sachen genauso langsam ein wie ich. Das konnte nur Absicht sein. Ich zog mein Religionsbuch wieder heraus, um es noch mal in die Tasche zu stecken. Jan kruschtelte nach einem Taschentuch und faltete es dann umständlich auseinander. Warte nur, dachte ich, wir werden schon sehen, wer länger aushält. Ich sortierte die Stifte in meinem Mäppchen nach Farben.

Mittlerweile waren nur noch wir beide und unser Religionslehrer Herr Kerkl im Raum. Ich begann, die vielen kleinen Zettel und Butterbrotpapiere aufzuräumen, die sich im Fach unter meinem Tisch angesammelt hatten. Jan schlenderte zum Papierkorb, um sein Taschentuch wegzuwerfen.

„Was ist mit euch los?", fragte Herr Kerkl sanft. „Traut ihr euch nicht nach Hause?" Ich bin sicher, er meinte das ernst. Denn Herr Kerkl tut nichts lieber, als mit uns „Konflikte aufarbeiten". Darum ist er auch Vertrauenslehrer.

Kurz überlegte ich mir, einen Konflikt zu erfinden, um bei ihm bleiben zu dürfen, während Jan sich auf den Heimweg machen musste. Doch dann war es mir zu riskant. Herrn Kerkl war es zuzutrauen, dass er in seinem Übereifer bei meiner Mutter anrief, um sie in die „Konfliktbewältigung" einzubeziehen.

Ich änderte meinen Plan, packte blitzschnell meine Tasche und raste einfach los. Zack, aus dem Klassenzimmer hinaus, die Treppe hinunter und durch die Tür ins Freie. Ich hatte noch nicht Atem geholt, da stand Jan schon neben mir.

„Ich hätte dich sowieso eingeholt", sagte er. „Ich habe mein Fahrrad dabei!"

Und dann kam es genau so, wie ich befürchtet hatte. Jan wollte die ganze Zeit über unsere Liebe sprechen und drängte sich dabei ganz nah an mich heran, was mir überhaupt nicht recht war.

„Was ist denn jetzt neu an Schumachers neuem Rennwagen?", fragte ich. Nicht dass es mich interessiert hätte, aber normalerweise steigt Jan sofort in ein Gespräch ein, wenn es irgendetwas mit Autorennen zu tun hat.

Heute nicht.

„Lollo", sagte er mit einer Stimme, die ich gar nicht an ihm kannte. „Ich weiß, was du fühlst!"

Oh nein! Ich rückte ein Stückchen von ihm weg.

„Komm, erklär mir, warum es keinen Motor gibt, der es mit Ferrari aufnehmen könnte!" Das war seine absolute Lieblingsfrage – darauf musste er eingehen!

„Lollo." Jans Tonlage erinnerte mich an ein vierjähriges Kind. „Du musst nicht so tun, ich hab doch gehört, was du in der Pause gesagt hast!"

Er kam näher und versuchte, seinen Arm um meine Schulter zu legen. Da war es aus bei mir. Jan ist nämlich drei Zentimeter kleiner als ich! Es war ein furchtbares Gewurstel, wie er seinen Arm da von unten über meine Schultasche auf meine Schulter schieben wollte und gleichzeitig mit der anderen Hand sein Fahrrad halten musste. Außerdem sieht er zwar echt nett aus, aber er wirkt mindestens ein Jahr jünger als ich.

Ja, und es ist mir zwar peinlich zuzugeben, wie wichtig diese Äußerlichkeiten plötzlich für mich waren, aber während er da den Arm auf meine Schulter hieven wollte, konnte ich nur daran denken, dass wir als Paar ziemlich blöd und lächerlich aussehen mussten.

„Ich bin überhaupt nicht verliebt in dich!", brüllte ich sehr abrupt.

Jan schaute erschrocken. Dann zog er seinen Arm zurück und stieg wortlos auf sein Fahrrad.

Ich sah ihm hinterher und fühlte mich frei und froh.

Wirklich frei und froh. Ich hüpfte sogar die nächsten paar Meter, weil mir so leicht zumute war. Gleichzeitig beunruhigte mich meine gute Laune. Schließlich hatte ich mich gerade ziemlich gemein benommen. Eigentlich hätte ich ein schlechtes Gewissen haben sollen.

Und nicht nur das. Ich hatte gerade meine eigenen, felsenfest und tausendfach vorgetragenen Behauptungen Lügen gestraft. Hatte ich tatsächlich geglaubt, ich sei in Jan verliebt? Hatte ich tatsächlich gedacht, es würde mir gefallen, wenn er seinen Arm um meine Schulter legte?

Allmählich kam ich dahinter, dass ich mir noch gar nie richtig Gedanken darüber gemacht hatte, ob ich in Jan verliebt war. Ich hatte es einfach immer gesagt, wenn mich jemand mit Florian aufziehen wollte, und es hatte so gut funktioniert, dass es, na ja, dass es praktisch gewesen war, daran zu glauben. Weil ich dann nicht zugeben musste, dass ich – uah, als ich an diesem Punkt angekommen war, kribbelte es mir ganz fürchterlich im Bauch – in Florian verliebt war. So, jetzt steht es da.

Ich spürte, wie die Hitze in mein Gesicht schoss. Offenbar wurde ich rot – ganz allein, mitten auf dem Gehweg, und nur von meinen Gedanken! Es schnürte mir den Hals zu. Dieses kribbelnde, halszuschnürende Gefühl war nicht auszuhalten! Ich keuchte wie bei einem Asthma-Anfall und dann ließ ich mich stöhnend auf die Parkbank fallen, wie die dicke Frau Franselow, wenn sie ihre schweren Einkaufstaschen nach Haus schleppt.

Da saß ich dann und schaute ein wenig dumm in die Gegend. Die Symptome klangen langsam ab. Ich fragte mich, ob ich nun, da ich mich meinen wirklichen Gefühlen stellte, ständig solche Anfälle kriegen würde und ob ich mir ein Asthma-Spray kaufen sollte.

Eines war klar, das Leben würde schwieriger werden. Schwieriger und aufregender. Aber vielleicht auch schöner und freier. Ich klammerte mich an dieses wunderbare Gefühl von Leichtigkeit, das ich gehabt hatte, als Jan auf seinem Fahrrad davongesaust war.

Ich nahm mir vor, in Zukunft meine Gefühle genauer zu prüfen und ehrlicher zu sein. Und ich fasste zwei Vorsätze. Als Erstes musste ich Priska gestehen, dass sie recht gehabt hatte. Ich musste mich bei ihr entschuldigen. Gleich heute Nachmittag, wenn ich sie zum Reiten abholte.

Und dann würde ich ihr die Zettel zurückgeben, so schwer es mir fiel. Schließlich hatte ich sie mir unter Vorspiegelung falscher Tatsachen erschlichen.

Von unserer Wohnung aus muss ich nur die Straße hinunterfahren, über den Rotbach hinüber und die Straße auf der anderen Seite wieder hinauf, dann bin ich bei Priska. Es ist allerdings ein großer Unterschied, ob man rechts oder links vom Rotbach wohnt. Rechts stehen ganz normale Reihen- und Mehrfamilienhäuser, da wohnen wir. Links stehen schicke große Häuser, da wohnt Priska.

Ihre Eltern sind sehr reich. Ihrer Mutter gehört

eine Fabrik, in der Knöpfe produziert werden. Ihr Vater ist ein berühmter Wissenschaftler. Er hält Vorträge darüber, wie das Gehirn der Menschen funktioniert, und ich habe ihn schon ein paarmal im Fernsehen gesehen, bei Priska daheim dagegen fast nie. Auch ihre Mutter ist selten dort und selbst ihre beiden großen Brüder lassen sich so gut wie nie blicken.

Ihr Haus steht ganz am Ende der Straße, dort, wo der Wald beginnt. Das ist geschickt, denn von hier aus gibt es eine Abkürzung zum Reiterhof: Fünf Minuten Feldweg und wir sind da.

Ich klingelte. Priska kam sofort zur Tür heraus. Ihre Reitsachen hatte sie schon an. Sie sah ganz anders aus als am Vormittag, nicht mehr schick, sondern sportlich. Ihre Haare hatte sie zu einem Zopf geflochten. Sie winkte mir zu, verschwand durch die Seitentür in der Garage und kam dann vorne wieder mit Fahrrad heraus.

„Und, traust du dich, Florian anzusprechen?“, fragte sie, noch bevor ich mit meiner Entschuldigung beginnen konnte.

„Mmmmh“, antwortete ich unbestimmt und spürte, wie sich mein Magen zusammenkrampfte.

„Das klappt schon“, sagte sie und war schon beim nächsten Thema. „Hoffentlich macht Sabine heute Springtraining mit uns!“ Sie schnallte ihre Tasche auf den Gepäckträger. „Wenn sie mir nur nicht Dark Angel gibt!“ Priska stieg auf und fuhr los.

Ich radelte hinter ihr her. Es wäre doof gewesen,

von hinten zu rufen: „Du, Priska, ich muss dir übrigens etwas sagen!“

Weil wir von hinten kamen, fuhren wir ein Stück zwischen den Koppeln und den beiden Reitplätzen hindurch. Der Stall und das Verwaltungsgebäude standen vorn an der Straße.

Auf dem kleinen Platz ritt Florian. Ich bekam feuchte Hände. Er war also da. Es gab keine Ausrede. Priska würde nichts gelten lassen. Im Moment saß er wenigstens auf dem Pferd und war somit nicht erreichbar. Dann hatten wir Reitstunde. Das machte zusammen mindestens eineinhalb Stunden. Vielleicht hatte ich Glück und er war danach schon wieder weg.

Ich sah zu Florian hinüber. Jetzt, wo ich wusste, dass ich in ihn verliebt war, begann mein Herz, ganz laut zu pochen. Florian hatte sich drei Stangen auf ein Hindernis gelegt. Still und konzentriert saß er auf Calypso. Rücken gerade, Fersen tief. Die beiden sahen klasse aus. So ruhig und trotzdem so kraftstrotzend. Eine irre Spannung ging von ihnen aus, als ob sie gleich platzen würden. Florian trieb Calypso an. Er galoppierte los, auf das Hindernis zu, Florian neigte sich nach vorn und gab Calypso so viel Bewegungsfreiheit, wie er brauchte. Calypso sprang! Wunderschön! Perfekt!

Zum Glück bemerkte ich noch rechtzeitig, dass ich direkt auf einen großen Kieselstein zufuhr. So schlingerte ich nur ein bisschen und fiel nicht vor den beiden auf den Feldweg. Priska kicherte trotzdem. Oder zumindest bildete ich mir das ein.

Am Stall stellten wir unsere Räder ab. Larissa, Sofia und Helen waren schon da. Wir sind immer zu fünft. Jeden Montag und jeden Donnerstag. Also war es wieder nichts mit der Entschuldigung.

„Hat Sabine uns schon eingeteilt?", fragte ich.

Sofia nickte eifrig. „Du bekommst Dark Angel."

Na prima. Dark Angel hat zwar einen eindrucksvollen Namen, ist aber – Entschuldigung, dass ich so etwas über ein Pferd sagen muss – ein lahmer Gaul. Dark Angel ist faul und verfressen und man muss ihn triezen und quälen, um ihn auch nur zum Traben zu bringen, vom Galopp ganz zu schweigen.

In zwei Monaten hatten wir das Jahresabschlussturnier des Reiterhofes. Wie sollte ich mich vernünftig darauf vorbereiten, wenn ich auf einem Pferd wie Dark Angel üben musste? Eigentlich konnte ich mich gleich abmelden.

Trotzdem behielt ich meinen Ärger für mich. Wenn Sabine etwas entschied, dann hatte das schon seinen Grund. Sie ist 19 und wahnsinnig nett. Nicht so arrogant wie Milena. Nein, Sabine kennt uns Jüngere alle mit Namen und geht auch mal nach der Stunde mit uns Eis essen.

Sie ist ziemlich klein, aber unheimlich drahtig und kräftig. Sie kann nicht nur gut reiten, sondern ist auch sonst echt fix. Sie packt die Mistgabel und schon ist die Box sauber, sie stemmt noch so überladene Schubkarren und vor allem bringt sie jedes nervöse Pferd zur Ruhe. Wir finden sie alle toll und wir hören auf sie. Immer. Das ist Ehrensache.

Missmutig holte ich Dark Angels Zaumzeug aus der Sattelkammer. Als wir die Pferde fertig gesattelt hatten, kam Sabine in den Stall und sagte: „Wir gehen raus, es ist so schönes Wetter." Auch das noch. Wir würden direkt neben dem Platz reiten, auf dem Florian trainierte.

Es war entsetzlich. Die anderen sprangen und sprangen und ich konnte froh sein, wenn ich Dark Angel überhaupt dazu brachte, auf das Hindernis zuzugaloppieren. Dass er jedes Mal verweigerte, versteht sich von selbst.

„Noch mal, Lollo, noch mal!", rief Sabine, schließlich darf man einem Pferd so etwas nicht durchgehen lassen, sonst wird es zur schlechten Gewohnheit. Ich hatte allerdings den Verdacht, dass Dark Angel in dieser Hinsicht von schlechteren Reitern schon völlig verdorben war.

Irgendwann brachte ich ihn dann doch noch über die kleinste Hürde. Danach hatte ich keine Lust mehr, parierte durch, saß gelangweilt im Sattel und schielte zu Florian hinüber.

Milena kam angeschlendert. Sie warf ihre Locken zurück. Bestimmt kam sie sich vor wie in der Shampoo-Werbung. Ich konnte mir genau ihre eingebildete Stimme vorstellen. „Glänzende Locken? Kein Problem mit Super-Shampoo!", und dann ein öliges Grinsen. Ich schüttelte mich.

Da sah ich, wie Florian von Calypso stieg und Milena entgegenging. Er gab ihr einen Kuss! Also doch! Dann legte er einen Arm um sie. Lässig sah das aus. Ich musste an Jans Gewurstel denken. Eine Hand Florians über Milenas Schulter, die andere Hand an Calypsos Zügel, schlenderten die beiden zum Stall. Dabei sollte man die Zügel immer mit beiden Händen halten, dachte ich ärgerlich.

Als Florian und Milena direkt auf unserer Höhe waren, fiel Sabine auf, wie faul ich war.

„Los, Lollo!“, rief sie. „Spring noch einmal!“

Ich trieb Dark Angel an, aber ich spürte genau, dass er noch viel weniger Lust hatte als ich. Wütend klopfte ich mit den Hacken in seinen Bauch.

„Nicht so grob!“, rief Sabine. Ich schwitzte. Hoffentlich hielt mich Florian jetzt nicht für eine Tierquälerin.

„Konzentrier dich!“, rief Sabine. Aber wie sollte ich mich konzentrieren, wenn nur einen halben Meter weiter rechts Florian vorbeiging!

Ich hatte es doch geahnt: Das Leben wurde höllisch kompliziert, wenn man sich seine wahren Gefühle eingestand! Mein einziges Glück war, dass 13-jährige Mädchen Florian so wenig interessierten, dass er kein einziges Mal zu mir hinübersah.

Bevor wir absaßen und die Pferde zum Stall führten, rief uns Sabine noch alle zusammen. „Die nächste Stunde haben wir am Donnerstag“, sagte sie. „Das ist mein Geburtstag. Wer Lust hat, kann nach der Stunde mit zu mir nach Hause kommen, ich mache ein kleines Grillfest.“

Oh! Das war super! Wir durften schon letztes Jahr kommen. Zwar hatte die eigentliche Party erst abends stattgefunden, als wir schon längst zu Hause sein mussten, aber auch der Nachmittag im Garten von Sabines Eltern war total schön gewesen.

Sie hatten einen kleinen Teich mit Molchen und dahinter lag eine Wiese, die groß genug war, um ein Badminton-Feld aufzubauen. Außerdem waren viele Leute aus dem Reiterhof unter den Gästen – auch Florian.

Begeistert sah ich zu Priska hinüber. Sie strahlte auch. „Danke für die Einladung!“, rief sie gerade überschwänglich.

Sabine wiegelte ab: „Ist schon in Ordnung, jetzt seht zu, dass ihr eure Pferde ordentlich versorgt!“

Damit hatte sie uns natürlich noch lange nicht vom Thema abgebracht. Larry, also Larissa, überlegte allen Ernstes, ob sie auch abends bleiben durfte.

„Schließlich bin ich letzte Woche 14 geworden.“

Sofie stieß ein ungläubiges Grunzen aus. „Unter der Woche! Das erlaubt deine Mutter nie und nimmer!“

Jetzt war Larry beleidigt und verzog das Gesicht. Man durfte ihre Mutter nicht kritisieren, obwohl sie eine ausgesprochene Schreckschraube war.

Priska lenkte das Gespräch schnell in eine andere Richtung. „Überlegt euch lieber, was wir Sabine schenken können!“

So ging das noch eine ganze Weile hin und her und es war schon wieder schwierig, meine Entschuldigung bei Priska anzubringen. Aber als die anderen drei mit dem festen Versprechen weggeradelt waren, ein Geburtstagsgeschenk zu besorgen, gab ich mir einen Ruck.

„Ich muss mich entschuldigen, Priska.“ Ich erzählte ihr, was ich über meine Gefühle herausgefunden hatte, und dass sie also die ganze Zeit recht gehabt hatte. Priska lachte. Daran kann man schon wieder sehen, wie lieb sie ist. Priska ist nie sauer oder nachtragend und verzeiht alles sofort.

„Das macht doch nichts“, sagte sie.

„Ich geb dir die Zettel zurück.“

„So’n Quatsch. Stimmt doch trotzdem alles, was draufsteht!“

Ist sie nicht wunderbar? Ist Priska nicht die beste aller besten Freundinnen? Ich war sehr froh, dass es sie gab.

Allerdings nicht lange. Denn jetzt wollte ich ganz unauffällig zu unseren Rädern schlendern und nach Hause fahren. Schließlich war Florian nicht im Stall gewesen, wir hatten ihn nicht gesehen, bestimmt war er längst gegangen. Niemand konnte sagen, ich hätte mich gedrückt.

Doch Priska lässt so etwas nicht durchgehen.

„Wollten wir nicht noch schauen, ob Florian da ist?“, rief sie völlig unbekümmert. Wenn das irgendjemand hörte!

„Psst! Nicht so laut!“

Priska verdrehte die Augen. „Ist doch überhaupt niemand da!“

Sie gab mir einen Stoß. „Komm, wir schauen noch im Büro und im Kaffeeraum nach. Wir wollten uns doch sowieso noch für den Ausritt am Wochenende anmelden.“

Ich muss etwas unglücklich ausgesehen haben, jedenfalls senkte sie jetzt ihre Stimme und stieß mir kumpelhaft den Ellenbogen in die Seite. „Das ist ein guter Vorwand!“

Sie drehte sich um und marschierte zum Büro. Was blieb mir anderes übrig, als hinterherzudackeln? Die Augen hielt ich vorsichtshalber starr auf den Boden gerichtet. Falls Florian aus der Reithalle kam oder hinter dem Stall hervorbog, würde ich ihn nicht sehen können. Das wäre dann einfach Pech, aber nicht mein Versagen.

Ich folgte Priska ins Verwaltungsgebäude, bog ab zum Büro und bekam einen Schlag gegen das Schlüsselbein: Priskas Schulter. Sie hatte den Kopf durch die Tür gesteckt und war dann blitzschnell zurückgezuckt. Die Tür hatte sie fast ganz zugezogen.

„Du zuerst!“, flüsterte sie bedeutungsvoll. Es war klar – Florian war im Büro.

„Geh schon!“ Priska drängte mich zur Tür. War das peinlich! Als sei ich ein Kleinkind, das sich nicht allein in ein fremdes Zimmer traut. Wenn ich mich wehrte, würde es nur noch peinlicher werden. Ich ließ mich also durch die Tür schieben.

Florian saß am Schreibtisch vor dem Buch, in das man die Reitplatzreservierungen eintrug. Am Schwarzen Brett hing die Liste für den Wochenendausritt, daneben ein loser Bindfaden, an dem früher einmal ein Kugelschreiber gebaumelt hatte. Priska drückte von hinten.

Ich ging auf die Liste zu. Sie stupste mich die ganze Zeit, dabei hatte ich längst kapiert, was sie meinte. Ich sollte Florian nach seinem Stift fragen.

Das war schließlich total unverfänglich. Aber mein Mund war so trocken. Außerdem saß er mit dem Rücken zu mir.

Sollte ich als Erstes sagen: „Florian“? Dann würde er sich wundern, woher ich seinen Namen kannte. „Entschuldigung“? Das klang so steif.

Priskas Stöße wurden immer kräftiger. Ich räusperte mich. Ich würde ganz einfach nur sagen: „Hast du vielleicht einen Stift?“

Ich spürte, dass ich rot wurde. Ich nahm mich zusammen. Ich öffnete den Mund.

Da drehte Florian sich um. „Ihr braucht doch sicher was zu schreiben!“, sagte er fröhlich. Kurz trafen sich unsere Blicke und ein heißer Blitz schoss durch meinen Körper. Ich war überwältigt von seinen lachenden braunen Augen.

Er warf den Kugelschreiber in meine Richtung, dann schnappte er seine Tasche und ging aus dem Büro.

„Tschüss“, rief er noch und schaute genau in dem Moment zu uns zurück, als der Stift vor mir auf den Boden plumpste, während ich, schwerfällig wie ein Strohsack, meine Hand danach ausstreckte.

Fenster-Botschaften

Meine Mutter stand in der Wohnungstür und hatte meinen Französischordner in der Hand.

„Kannst du mir erklären, was deine Schulsachen in der dreckigen Wäsche zu suchen haben?“

Ich war völlig überfordert. Gerade eben, auf dem Rückweg vom Reiterhof, hatte ich mir noch vorgestellt, wie sich die Schulwegszene heute Mittag wohl entwickelt hätte, wenn die männliche Rolle mit Florian besetzt gewesen wäre. Ich hatte mir ausgemalt, wie die Hauptdarstellerin den Kopf mit geschlossenen Augen nach rechts drehte und gleichzeitig hörte, dass das Fahrrad des Hauptdarstellers zu Boden fiel. Sie fühlte, wie seine rechte Hand sich auf ihre Wange legte, wie sein Gesicht sich näherte, der Atem schon spürbar ...

Ich starrte den Ordner an wie ein unbekanntes Flugobjekt.

„Das ist dein Französischordner, Lollo!“, schimpfte meine Mutter. „Nur für den Fall, dass du ihn nicht wiedererkennst. Du scheinst ihn ja noch nicht vermisst zu haben!“

Ein Schwall weiterer Sätze folgte, während ich langsam begann, die ersten Wörter meiner Mutter zu sortieren. Dreckige Wäsche? Ich erinnere mich dunkel, dass ich beim Vokabelnlernen nach meinem grün geringelten T-Shirt gesucht hatte, weil ich es danach anziehen wollte, um mit den anderen in die Eisdiele zu gehen. Ich konnte mich auch daran erinnern, dass ich es tatsächlich im Wäschekorb gefunden hatte, aber dann doch lieber das blaue nahm, weil es besser roch. Ich wusste sogar noch die Eissorten, die ich bestellt hatte, Zitrone und Apfel, und dass ich mich lange mit Priska darüber unterhalten hatte, ob wir beim Abschlussturnier wohl einen Parcours mit zehn oder mit elf Hindernissen bekommen würden.

Was mit dem Französischordner passiert war, konnte ich beim besten Willen nicht sagen.

„Woher du nur diese Schusseligkeit hast!“, seufzte meine Mutter. Und das machte mich wütend. Denn woher ich meine Schusseligkeit habe, ist sehr leicht zu beantworten: von meiner Mutter.

„Schau dich doch selbst an“, murmelte ich.

Meine Mutter explodierte. Sie schrie irgendetwas von „Minimum an Respekt“ und dreckiger Wäsche, die ich in Zukunft selber waschen könne. Ich ging in mein Zimmer.

„Nimm wenigstens deinen Französischordner mit!“ Ich holte ihn schnell, sah meine Mutter dabei nicht an, ging raus und schloss die Tür hinter mir.

Geschafft. Mama muss man in Ruhe lassen, dann

beruhigt sie sich schnell wieder. Normalerweise ruft sie ihre Freundin Doris an, erzählt ihr, wie entsetzlich ich bin und wie sie als Mutter – und als ausgebildete Pädagogin! – versagt. Auch jetzt hörte ich, wie sie mit Telefonstimme „Hallo, ich bin's, Bea" rief.

Ich stopfte meinen Ordner in die Schultasche und setzte mich ans Fenster. Draußen wurde es schon dunkel. Ende August, der Sommer war bald vorbei. Gerne hätte ich die Taschenlampe genommen und zu Jan hinübergeblinkt. Jan wohnt im Haus nebenan. In einer Wohnung, die aussieht wie unsere, nur spiegelverkehrt.

Jan und ich haben jeweils das Zimmer direkt unterm Giebel und unsere Fenster schauen sich genau an. Bis jetzt hatten wir uns abends oft Lichtzeichen gegeben. Wir hatten sogar das Morsealphabet gelernt und ganze Sätze ausgetauscht. Hauptsächlich aber blinkten wir selbst erfundene Kombinationen für Standard-Mitteilungen wie „Ich gehe jetzt ins Bett" oder „Holst du mich morgen ab?".

Bei Jan flimmerte es blau. Er war also da und schaute fern. Es wäre das Allernormalste gewesen, jetzt die Taschenlampe zu nehmen und kurz-kurz-lang-kurz-kurz-lang für „Meine Mutter ist sauer" zu blinken. Aber was hieß schon normal?

Ich starrte eine Weile zu ihm hinüber und war ein bisschen traurig.

Ich hörte das Telefongemurmel im Zimmer nebenan und merkte, dass Mama gar nicht mit Doris telefonierte. Sie hat nämlich für jeden Gesprächspartner eine eigene Telefonstimme. Die jetzige war mir völlig neu.

Dann sah ich, wie sich Jans Schatten dem Fenster näherte. Schnell versteckte ich mich. Was sollte er denken, wenn ich zu ihm hinüberstarrte! Ich kroch unter den Tisch. Das Fenster ist genau in der Mitte der Wand und ich wusste nicht, wo ich sonst sicher war. Wie lange sollte ich da unten bleiben?

Ich starrte in all die dunklen Ecken. Dort, wo die Tischbeine in den Teppich sanken, hatte sich eine graue Staub- und Fussellinie gebildet, die ich jetzt gelangweilt herauspulte. Ich zählte ein bisschen vor mich hin und nahm mir vor, bei 50 wieder aufzutauchen.

Ich sah unter die Heizung und fand tatsächlich mein Französischbuch! Wenn das kein Ereignis war: die kompletten Französisch-Sachen an einem Tag! Ich versuchte, darüber zu lachen, aber mir war nicht fröhlich zumute.

Ich saß im Schneidersitz unter meinem Tisch und staubte das Buch ab, als meine Mutter den Kopf zur Tür hereinstreckte. Normalerweise klopft sie an. Aber nicht, wenn wir uns gestritten haben.

„Ich geh heute Abend noch ein bisschen weg“, sagte sie. Normalerweise fragt sie mich, ob sie darf. Aber das Wort „normalerweise“ konnte ich heute wohl vergessen.

„Wo bist du überhaupt?“, hörte ich sie jetzt. Ich krabbelte unter dem Tisch hervor.

„Was machst du unterm Tisch?“, fragte sie verblüfft. Aber sie gab sich zufrieden, als ich „Nichts“

sagte. Wie gesagt, sie bohrt nicht nach. Wenn ich ihr etwas nicht sagen will, dann lässt sie mich auch in Ruhe.

„Gehst du mit Doris aus?“, wollte ich wissen, aber Mama sagte nur „Nein“. Da ich sie auch nicht bespitzeln wollte, fragte ich nicht nach.

Mama ging und ich schaute aus dem Fenster. Während ich unter dem Tisch kauerte, hatte Jan ein großes Stück Pappe an sein Fenster gehängt und nicht einmal vergessen, es von unten zu beleuchten.

In fetten roten Buchstaben las ich: „Du kannst mich mal!“

Meine Augen wurden ganz heiß und feucht. Ich schob die Unterlippe vor und schluckte. Jetzt liefen die Tränen.

Gerne hätte ich meine Mutter gefragt, ob sie auch einmal einem Jungen richtig wehgetan hat. Und wie man sich verhalten muss, damit das nicht passiert. Und was man machen kann, wenn es zu spät ist. Und ob man lieber lügen soll oder lieber jemanden verletzen. Und ob es überhaupt geht, sich seinen Gefühlen zu stellen und gleichzeitig niemandem wehzutun.

Mit meiner Mutter kann man gut über solche Themen reden, weil sie eben nicht immer gleich wissen will, was das mit einem selbst zu tun hat. Und vor allem, weil sie die Sachen ernst nimmt. Ich habe noch nie erlebt, dass sie sich über meine Fragen amüsiert hat. Aber sie ging weg und ich wusste noch nicht einmal, mit wem.

„Lollo“, hörte ich sie rufen. „Hast du meinen roten Seidenschal gesehen?“

Ich starrte weiterhin auf Jans Schild und brüllte „Nein!“. Dabei war mir der Schal heute Morgen entgegengesegelt, als ich mir aus dem Badezimmerschrank ein frisches Handtuch geholt hatte. Gehörte er dahin? Na also. So viel zum Thema Schusseligkeit.

Ich legte mich aufs Bett, roch an meinem Reitpulli und stellte mir vor, es sei Calypso. Ich erzählte ihm die ganze Geschichte. Ich sagte ihm, was ich alles gerne wäre: ehrlich zu mir, fair zu Jan, ordentlicher in der Schule und zu Hause, die Siegerin im Abschlussturnier und, vor allen Dingen, seine, Calypsos Pflegerin.

Ich stellte mir vor, Florian hätte mich dazu auserwählt, weil ich so vertrauenswürdig und sympathisch war. Nicht nur sympathisch, schon ein bisschen mehr ...

Dann bohrte ich die Nase etwas tiefer in den Pullover und dachte weise: Man kann nicht alles haben! Vielleicht musste ich die Ordentlichkeit und die Fairness opfern, um Calypso zu bekommen. Ich war bereit, diesen Preis zu zahlen.

Ich strich den zerknüllten Pulli glatt und untersuchte ihn auf Rotzflecken. Ich hatte Glück: Es waren keine darauf.

Jede Menge Peinlichkeiten

Priska hatte etwas vor. Das sah ich sofort, als ich am nächsten Morgen ins Klassenzimmer kam.

Alle saßen schon und schrieben in ihre Hefte, als ich – immerhin nur eine Dreiviertelminute zu spät – die Tür öffnete. Nur Priska schaute zu mir herüber und ihre Augen funkelten erwartungsvoll.

Frau Wittek, unsere Mathelehrerin, sagte nichts zu meiner Verspätung.

Sie schimpft nie, sie lobt auch nie. Sie sitzt nur am Pult und gibt Anweisungen. Wenn wir dann alle rechnen, liest sie oder korrigiert Schulaufgaben. Kein Mensch weiß, was sie denkt.

„Seite 42, Aufgabe 3“, nuschelte sie mir jetzt zu und sah kurz von ihrem Buch auf. Ich schob mich an ihr vorbei und setzte mich zu Priska in die Bank.

Priska grinste noch immer. Ich suchte die Seite und begann, mir die Aufgabe durchzulesen.

„Kapier ich nicht“, murmelte ich vor mich hin und schrieb die Rechnung ab.

„Und was macht man, wenn man etwas nicht kapiert?“, fragte mich Priska mit so viel Vorfreude in der Stimme, als drehe sich das Gespräch um einen Besuch bei Brad Pitt.

„Weiß nicht.“ Ich war gerade erst gekommen, ich hatte mich noch kaum gesetzt, es war mir zu früh für Ratespiele.

„Und was macht man, wenn man etwas nicht weiß?“, fragte sie mit der gespielten Geduld einer Kinderkrankenschwester. Gleichzeitig erschien das Grübchen unterhalb ihrer Schläfe, das sich immer bildet, bevor Priska anfängt zu lachen.

„Sag halt.“

„Man nimmt Unterricht!“ Priska grinste stolz.

„Soll das witzig sein?“

„Pssst!“, machte Frau Wittek, ohne von ihrem Buch aufzusehen.

Ich las mir die Aufgabe noch einmal durch.

„Wichtig dabei ist, dass man eine gute Lehrerin hat“, raunte es bedeutungsvoll neben meinem Ohr. „Eine, die etwas von der Sache versteht.“

Was meinte Priska? Wovon sprach sie?

„Es geht im Leben schließlich nicht nur um Matheaufgaben!“

„Was ist los?“

Das Gesäusel begann, mir ernsthaft auf die Nerven zu gehen. Ich musste mir Mühe geben, nicht zu laut zu werden.

Priska strahlte mich an, als hätte sie gerade das Abschlussturnier gewonnen. „Ich gebe dir Unterricht! Unterricht im Jungs-Ansprechen!“

Ich verstand sie nicht sofort. Doch dann legte ich

den Stift zur Seite und klatschte so leise wie möglich gegen ihre Hand: Jungs ansprechen – das war genau das, was man von Priska lernen konnte. Sie hatte immerhin schon einen Freund gehabt. Nicht nur das. Sie hatte auch jede Menge Verehrer, die sie zum großen Teil selbst angesprochen hatte.

In mich verliebte sich – von Jan abgesehen – allenfalls mal ein Junge aus der Parallelklasse. Aber Priska kannte den Verkäufer in der Eisdiele, sie kannte die ganze Clique, die am Stadtbach herumhing, und dann noch eine Reihe von Typen aus verschiedenen Klassen über uns. Sie sollte mit mir üben. Das war gut.

Priska schob mir einen Zettel herüber. Es war ein Programm:

Ansprechtraining für Leonore Ollmann
Di, Mi, Fr, Di, Mi, jeweils um 15.00 Uhr

1. Beruhigungsmaßnahmen
2. Outfit & Styling
3. Der erste Satz
4. Praktische Übungen
5. Nachbesprechung

„Was soll denn Punkt 4?“, rutschte es mir viel zu laut heraus. Alle starrten mich an.

Frau Wittek sagte: „Leonore, die Übung hat nur drei Punkte!“ Ein anderer Lehrer hätte mich vielleicht für übergeschnappt gehalten, aber Frau Wittek versenkte sich schnell wieder in ihr Buch.

Priska grinste breit. Den ganzen Vormittag ließ

sie sich kein Sterbenswörtchen darüber entlocken, was sie genau vorhatte. Das Einzige, was ich wissen durfte, war, dass die erste Trainingseinheit in unserem Versteck im Reiterhof stattfinden würde.

Priska und ich haben nämlich einen geheimen Platz auf dem Heuboden. Dort liegen gepresste Heuballen und man kann sich Sitze und Liegen und Höhlen bauen. Schon als wir sieben Jahre alt waren und jeden Mittwoch zum Pony-Reiten kamen, haben wir uns dorthin verkrochen und uns Geheimnisse erzählt.

In letzter Zeit sind wir nicht mehr so oft oben gewesen. Höhlen bauen steht bei uns schließlich nicht mehr auf dem Programm. Aber Priska hatte recht: Wenn man richtig Ruhe haben wollte, war der Heuboden ein idealer Platz.

Vorausgesetzt, man kam unbemerkt dorthin. Und das war in meinem Fall höchst problematisch. Denn kaum hatte ich mein Fahrrad hinter dem Stall abgestellt, stand Kati neben mir.

Wenn man Kati trifft, macht man sich besser aus dem Staub, sonst klemmt sie einem noch Stunden später an der Seite und erzählt den hinterletzten Tratsch vom Reiterhof. Sie ist eine Klette und eine Klatschbase.

Kati weiß alles: Wann Sabines Urgroßmutter 100 wird und was für ein Auto sich der Leiter des Reiterhofes, Herr Brühl, vor drei Jahren gekauft hat. Leider interessiert sich niemand dafür. Doch das hindert Kati nicht daran, es jedem zu erzählen. Kati war die Letzte, die mich auf der Treppe zum Heuboden entdecken durfte.

Also ging ich erst mal in den Stall. Kati folgte mir im Abstand von zwei Zentimetern. Im Stall wusste ich nicht recht weiter. Ich hatte hier nichts zu tun und Calypso hätte ich vor Katis Augen nicht mal getätschelt. Ich lief einfach durch den Stall hindurch zur Futterkammer, ohne den Funken einer Ahnung, was ich dort tun sollte. Ich öffnete die Tür – und sprang sofort zurück: Da drinnen standen Florian und Milena. Und küssten sich!

Ich schaffte den Rückzug noch ungesehen. Aber Kati nicht! Während ich schnell um den Stall herumrannte, stellte ich mir vor, wie sie vor Florian und Milena stand und allen alles furchtbar peinlich war. Das erfüllte mich mit großer Zufriedenheit. Ich gönnte es allen dreien – und hatte nebenbei noch Kati abgehängt!

Selig lächelnd kletterte ich die Leiter zum Heuboden hinauf.

Priska lag schon auf einem extrabreiten Heusofa, als ich kam. Sie blätterte in einer Mädchenzeitschrift. Als ich meinen Kopf durch die Klapptür streckte, sah sie auf und begann, sofort zu reden: „Hallo, Lollo! Weißt du was? Milena fährt in diesem Jahr zum Klingsfeld-Turnier!“

Das Klingsfeld-Turnier ist in unserer Gegend sehr wichtig. Eine ganze Menge privater Reitschulen haben sich zusammengeschlossen und vergeben jedes Jahr den Klingsfeld-Pokal an den besten Reitschüler. Weil die Teilnehmer-Zahlen ausuferten, dürfen seit letztem Jahr nur noch drei Schüler pro Schule mitmachen. Und das wollte natürlich jeder sein.

„Woher weißt du das?“

„Steht unten am Schwarzen Brett. Die anderen beiden sind Manuela Weiß und Cornelius Fischer – aber das war ja klar.“

„Was ist mit Florian?“

„Sieht so aus, als wollte er nicht. Er hat den Pokal ja auch schon dreimal geholt.“

Dass Manuela und Cornelius teilnehmen durften, juckte mich nicht im Geringsten. Sie waren nun mal tolle Reiter. Dafür hatte Manuela Pickel und Cornelius mit 16 immer noch eine Zahnspange.

Aber Milena! Ihr gönnte ich es überhaupt nicht.

„Weißt du, was sie gerade macht?“, fragte ich. Priska sah mich erwartungsvoll an.

„Sie küsst Florian in der Futterkammer!“

Priska lachte. „Und warum musst du da so triumphierend grinsen? Eigentlich müsstest du eifersüchtig sein.“

Ich erzählte ihr die Sache mit Kati. Das gefiel Priska.

„Was meinst du, wem es am peinlichsten ist?“, fragte ich genüsslich.

„Na, Kati natürlich, warum sollte es den anderen peinlich sein?“

Das war mal wieder typisch Priska.

„Mir wäre es furchtbar peinlich, beim Küssen gesehen zu werden!“

„Auch mit Florian? Das ist doch ein toller Typ, für den muss man sich doch nicht schämen!"

So hatte ich das noch nie gesehen. Und Priska legte noch nach. „Im Gegenteil, ich wäre da stolz."

Das war für mich ein vollkommen fremder Gedanke. Ich hatte immer gedacht, küssen sei nur schön, wenn absolut niemand anderes davon wüsste. Wenn man allein war und ganz vertraut beieinander.

Allerdings klang es ziemlich logisch, was Priska sagte. Natürlich konnte man stolz sein, wenn man einen Freund wie Florian hatte. Und für Milena musste man sich auch nicht schämen – aber das dachte ich so widerwillig, dass ich es nicht mal Priska mitteilte.

„Peinlich ist etwas anderes", sagte sie gerade – und sie sagte es sehr überzeugt, richtig schulmeisterlich. Sie setzte sich auf und sah mich streng an. „Peinlich ist, wenn du deine Würde verlierst. Wenn das Bild, das andere von dir haben sollen, kaputtgeht!"

Ich sah sie zweifelnd an. Sie redete auf einmal wie unser Religionslehrer Herr Kerkl und bei dem war ich mir auch nie ganz sicher, ob er die seltsamen Dinge, die er verbreitete, ernst meinte. Gott sei Dank schlich sich jetzt ein verschmitztes Lächeln in Priskas Oberlehrergesicht. „Und genau das machen wir heute!"

„Wie? Was?" Ich hatte überhaupt keine Ahnung, wovon sie sprach.

Priska fing noch mal von vorne an: Das Ziel der heutigen Trainingseinheit war es, die Aufregung loszuwerden, die einen – also ganz speziell mich –

überfiel, wenn man den Jungen – also ganz speziell Florian – ansprechen sollte. Und dazu sollte ich mir möglichst peinliche Situationen ausmalen, in denen der Junge sich befand.

Um es leichter zu machen, würden wir nicht mit Florian anfangen, sondern mit irgendwelchen Jungs. Ich sollte erzählen, in was für einer entsetzlich beschämenden Lage sie sich befanden.

Klasse, dachte ich. Denn peinliche Situationen hatte ich jede Menge auf Lager – alle selbst erlebt. Es würde eine Kleinigkeit sein, sie anderen anzuhängen. Priska gab die Namen vor und ich legte los:

Niko, den Angeber aus unserer Klasse, ließ ich stolz vom Dreimeterbrett springen – und dann verzweifelt seine Badehose im Becken suchen.

Charlie, dem griesgrämigen Freund unserer Reitlehrerin Sabine, riss seine enge Reithose über dem Allerwertesten, als er der Haflingerstute Maxi die Hufe auskratzte – was er leider erst drei Stunden später bei sich daheim bemerkte.

Für Priskas Bruder Marius, der sich immer so toll vorkommt, weil er einmal bei *Jugend musiziert* gewonnen hat, hob ich mir mein schrecklichstes Erlebnis auf.

Als er auf der Bühne stand, ertönten nicht Trompetenklänge, sondern ein lautes grollendes Magenknurren.

„Du mogelst!“ Priska lachte, sie hatte die Geschichten erkannt. Schließlich war sie bei den meisten dabei gewesen und hatte sich königlich über meine Missgeschicke amüsiert. Jetzt, wo ich sie anderen andichtete, konnte ich das in vollen Zügen nachempfinden. Damals hatte mich Priskas Gelächter geärgert.

„Für Florian denkst du dir aber was Neues aus!“, bestimmte Priska. „Und es muss ein bisschen fieser sein. Richtig peinlich. Nicht nur lustig peinlich.“

Nur lustig peinlich! Sie hatte offenbar keine Ahnung, wie ich mich in den jeweiligen Momenten gefühlt hatte! Ihr passierte so was auch nie.

„Na, mach schon!“

Ich nickte. Ich öffnete sogar den Mund. Aber es ging nicht. Ich konnte nicht. Etwas in mir stellte sich quer.

„Komm“, drängte Priska. „Du musst das überhöhte Bild zerstören, das du von ihm hast!“

Ich wollte nicht, dass Florian mit Zahnpasta auf dem T-Shirt in die Eisdiele kam. Ich wollte auch nicht, dass er schon beim Einreiten fürs Turnier direkt vor der Jury vom Pferd fiel. Ich wollte, dass er so toll war, wie er war.

„Kann es sein, dass man nicht mehr verliebt ist, wenn man das überhöhte Bild zerstört hat?“, fragte ich.

Priska sah mich verwirrt an. „Ich denke, es geht dir darum, ihn anzusprechen?“

„Ja, aber wenn ich ihn dann nicht mehr toll finde, ist es ja witzlos!“

„Warum?“

Das sagte sie jetzt!

Jetzt, wo ich mir unter Qualen eingestanden hatte, dass ich in Florian verliebt war.

Jetzt, wo ich mich meinen Gefühlen gestellt hatte, wo ich mir vorgenommen hatte, ehrlich zu sein, wo ich Jan vergrault hatte und bereit war, mich allen möglichen komplizierten Situationen zu stellen. Jetzt sagte Priska, ich solle mir Florian so vorstellen, dass ich ihn nicht mehr toll fand.

„Können wir nicht üben, wie ich ihn *mit* Aufregung ansprechen kann?“

„Na ja“, sagte Priska zweifelnd. „Aber dann merkt er wahrscheinlich, wie verliebt du bist!“ Sehr viel schien sie von meinen schauspielerischen Fähigkeiten nicht zu halten.

„Meinst du?“

„Lollo! Denk doch an gestern, da warst du knallrot, obwohl du nicht ein einziges Wort herausgebracht hast!“

Ich schluckte. Sie hatte recht.

„Komm, Lollo! Lass ihn pupsen, popeln, rülpsen oder irgendwas. Das ist doch nicht so schwer!“

Ich gab nach. Florian ritt also doch vor massenhaft Publikum auf den Turnierplatz. Er hielt vor den Preisrichtern an und blickte gelassen und siegesgewiss in die Runde. Genau in diesem Moment machte Calypso einen kleinen, winzig kleinen Satz. So klein, dass nicht einmal ein Reitanfänger vom Pferd gefallen wäre. Florian schon. Er saß im Matsch neben seinem Pferd und schaute dumm. Er rappelte sich auf und die Menge sah den großen braunen Matschfleck auf seinen hellen Reiterhosen. Er wollte wieder aufsteigen und schwang seinen Fuß in den Steigbügel. Doch genau in diesem Moment machte Calypso wieder einen kleinen Satz. Florian, auf einem Bein, verlor das Gleichgewicht und landete wieder in genau derselben Matschkuhle ... Ach, es machte mir keinen Spaß. Die Geschichte war langweilig.

„Ich mag nicht mehr“, sagte ich zu Priska. Ich bekam tatsächlich ein schlechtes Gewissen. Dabei hatte ich Florian ja gar nichts getan. Aber es kam mir so vor. Und dieses Bild, wie er vor der lachenden Menschenmenge im Matsch saß, ging mir nicht aus dem Kopf. Er tat mir leid. Und ich war schuld.

„Wenn du meinst“, sagte Priska angesäuert. Sie sah auf ihre Uhr. „Ich muss jetzt sowieso nach Hause.“

Priska musste dienstags ihre Großtante im Altersheim besuchen, das wusste ich. Aber oft ging sie einfach später, wenn wir gerade etwas Spannendes machten. Heute nicht.

„Tschüss“, sagte sie, packte ihre Zeitschrift in die Tasche und öffnete die Klappe im Boden. Ich murmelte auch irgendetwas.

Es war ein sehr komischer Abschied. Nicht richtig böse, aber eben auch nicht wie sonst. Ich fühlte mich gar nicht wohl.

Kurz darauf kletterte ich die Treppe hinunter. Ich spähte zu Calypsos Box. Niemand war in der Nähe. Ich schlich mich zu ihm, lehnte meine Stirn an seinen Hals und dachte nach.

Vielleicht sollte ich den Ansprechunterricht abbrechen. Ich wurde das Gefühl nicht los, dass es nicht in Ordnung war, wenn man sich fiese Sachen für andere Leute ausdachte. Aber wie konnte ich das Priska erklären? Schließlich machte sie das Ganze mir zuliebe. Da konnte ich schlecht kommen und herummäkeln, dass ihre Unterrichtsmethoden irgendwie unmoralisch seien. Nein. Das ging nicht.

Calypso schnaubte. Ich hatte das Gefühl, er stimmte mir zu. Und allein schon seinetwegen war ich verpflichtet, es zu versuchen.

„Ich mache weiter“, flüsterte ich ihm ins Ohr.

Als ich den Stall verließ, hatte sich meine Stimmung schon wieder gebessert. Ich war zufrieden mit meiner Entscheidung, das Ansprechtraining weiterzuverfolgen. Dafür gab es noch einen zusätzlichen Grund, der gar nichts mit Florian und Calypso zu tun hatte: Morgen stand die Unterrichtseinheit auf dem Programm, die ich auf keinen Fall verpassen wollte: das Styling.

Die geheimnisvolle Schönheit

Im Hof kam mir Sabine entgegen, die gerade Dark Angel von der Koppel in den Stall führte.

„Kann ich dir was helfen?“, fragte ich, wie ich es eigentlich immer tue.

Sabine lachte. „Eigentlich wollte ich jetzt gar nichts arbeiten, sondern eine Runde reiten, aber vielleicht hast du ja Lust mitzukommen?“

Klar hatte ich Lust! Nur konnte ich mir überhaupt nicht vorstellen, dass es Sabine Spaß machte, mich auch noch außerhalb der Reitstunde zu betreuen. Ich zögerte.

Sabine sah mein verblüfftes Gesicht und fügte hinzu: „Weil du mir so viel geholfen hast in letzter Zeit!“ Jetzt stimmte ich sofort zu.

„Du musst allerdings Dark Angel oder Diamant nehmen – alle anderen Pferde haben heute schon genug Reitschüler durch die Gegend getragen.“

Als ob es da eine Frage gäbe, wen ich wollte: Diamant, natürlich Diamant! Es machte mich allein schon ungeheuer stolz, dass Sabine mir anbot, auf ihm zu reiten. Diamant ist ein schöner vornehmer

Hannoveraner. Was Dark Angel zu wenig hat, hat Diamant zu viel: Temperament. Er ist zu schwierig für die meisten Schüler und wird deshalb nur selten im Unterricht eingesetzt. Ich hatte ihn noch nie reiten dürfen.

„Also, welches Pferd willst du?“

„Diamant.“

Sabine grinste. „Hab ich mir gedacht! Aber ich will dir mal was sagen: Ob jemand wirklich gut reiten kann, zeigt sich nicht nur daran, ob er ein temperamentvolles Pferd zügeln kann, sondern auch daran, ob er ein Pferd wie Dark Angel auf Trab bringt.“ Dann winkte sie ab. „Ach, lassen wir das, jetzt ist ja keine Reitstunde.“

Sie ließ mir Diamant und sattelte Dark Angel für sich selbst. Ich sah zu ihr hinüber und merkte, dass sie schon in der Box ganz anders mit ihm umging, als ich es gestern getan hatte. Sie tätschelte ihn aufmunternd, sie flüsterte ihm Sachen ins Ohr. Sie machte ihm Lust auf den bevorstehenden Ritt. Mir fiel ein, wie sie uns immer eindringlich sagte: „Das Reiten beginnt im Stall!“ Allmählich verstand ich, was sie damit meinte.

Ich trug meinen Sattel mit leicht zitternden Händen in Diamants Box. Du warst in Tornados Box – da wirst du doch vor Diamant keine Angst haben, sagte ich mir. Diamant ist zwar ungestüm, aber keineswegs bösartig. Ich führte ihn auf den Reitplatz und stieg mit weichen Knien auf.

„Keine Hindernisse, nur ein bisschen Dressur, o.k.?“, sagte Sabine. Ich sah kaum, dass sie ihre

Schenkel bewegte, so sanft trieb sie Dark Angel an. Trotzdem fiel er sofort in Trab – als würde es ihm Spaß machen!

Ich nahm mir vor, auch ganz sanft und einfühlsam meine Hilfen zu geben – aber bei Diamant war das schon zu viel: Er galoppierte sofort los, obwohl ich doch nur in lockerem Trab hinter Sabine herreiten wollte.

Mit sanften Hilfen war es nichts mehr, ich musste die Zügel scharf anziehen und das gefiel Diamant überhaupt nicht. Er fiel in einen unregelmäßigen Trab und schüttelte seinen Kopf, als wolle er das lästige Zaumzeug loswerden.

Die Stimmung zwischen uns beiden war jetzt schon kaputt. Ich wurde ganz hektisch, zerrte an den Zügeln, um ihn zu einer regelmäßigeren, langsameren Gangart zu zwingen, und verkrampfte mich dabei so, dass ich ihm mit meinen Schenkeln aus Versehen das gegenteilige Kommando gab: Ich drückte, trieb ihn also an.

„Lass die Zügel lockerer, so muss er sich ja fühlen wie in einer Zwangsjacke!“, hörte ich noch Sabines Stimme. Dann bäumte sich Diamant auf und ich lag auf dem Boden.

Ich reite seit drei Jahren. Und dafür gar nicht so schlecht. Aber jetzt kam ich mir vor wie der letzte Anfänger. Die ganze linke Seite tat mir weh, von der Schulter bis zu den kleinen Zehen. Was mir jedoch am meisten zu schaffen machte, war die Sache mit der Zwangsjacke. Ich wollte doch die Pferde nicht quälen! Ich erinnerte mich daran, wie Sabine gestern gesagt hatte „Nicht so grob!". Auch das hatte ich nicht gewollt. Im Gegenteil, mein Traum war es, so sanft und einfühlsam und verständnisvoll zu sein wie Sabine. Aber wenn die Pferde mich einfach nicht verstanden? Es war nicht meine Schuld: Es waren Dark Angel und Diamant, die sich nicht auf mich einließen!

Grimmig rappelte ich mich wieder auf und wollte aufsteigen.

„Nein, Lollo", sagte Sabine, die zu mir herübergeritten war. „Mit diesem verbissenen Gesicht klappt das nicht. Du musst dich mehr auf ihn einstellen, Diamant ist einfach sehr, sehr sensibel. Er reagiert auf alles, was er von dir mitbekommt."

Ich sah misstrauisch zu ihr auf.

„Es ist wichtig, dass deine Hilfen genau sitzen. Ein bisschen zu viel und er wird überreagieren." Sie lächelte mich aufmunternd an. „Dabei wollte ich dir doch gar keinen Unterricht geben! Ich kann's einfach nicht lassen!"

Ich versuchte also, nicht mehr so verbissen zu schauen, und anstatt aufzusteigen, klopfte ich Diamant erst einmal den Hals und sagte ihm, dass ich mich bemühen würde. Ich hatte tatsächlich das Gefühl, als würden wir uns ein bisschen vertragen. Als ich wieder oben saß, gab er mir eine Chance – so kam es mir zumindest vor. Ich bemühte mich unglaublich, die Zügel genau so straff zu halten, dass Diamant zwar die Verbindung spürte, aber dennoch genügend Bewegungsfreiheit hatte. Auch den Druck meiner Schenkel habe ich noch nie so genau kontrolliert wie in dieser halben Stunde. Es war schön – aber unglaublich anstrengend. Denn Diamant reagierte auf die kleinste meiner Bewegungen und ich durfte eigentlich gar keine Fehler machen. Natürlich machte ich sie trotzdem – aber immerhin bin ich nicht noch einmal gestürzt.

Als ich am nächsten Nachmittag bei Priska klingelte, hatte ich so starken Muskelkater wie nach der ersten Reitstunde – mindestens. Frau Swoboda öffnete die Tür. Sie ist die Haushälterin bei Waechters, also bei Priskas Familie. Ich mag Frau Swoboda. Sie ist sehr blond und sehr rund und trägt immer neonfarbene T-Shirts und Röcke aus Stretchstoff. Wenn sie lacht, sieht man ihren großen Busen wippen. Und sie lacht oft.

„Lollo, wie schön!“, sagte Frau Swoboda jetzt. „Priska ist in ihrem Zimmer. Soll ich euch Chips bringen? Oder mögt ihr lieber Schokokuchen? Frisch gebacken!“ Sie sah mich strahlend an. Wahrscheinlich freute sie sich, dass endlich mal jemand ihre Sachen aß. Bei Waechters war ja nie jemand da. Es musste sehr seltsam sein, in so einem leeren Gebäude den Haushalt zu führen.

„Geh du schon mal rauf zu Priska, ich bringe euch dann beides. Und noch Saft. Oder Cola?“

„Saft!“, sagte ich. „Danke!“ So war das bei Priska. Bei uns musste man froh sein, wenn es überhaupt Saft gab. Cola konnte man von vornherein knicken. Meine Mutter ist nämlich der Ansicht, dass man genauso gut Tee oder Leitungswasser trinken kann.

Priskas Zimmer ist im ersten Stock. Sie hat einen eigenen Balkon und ein eigenes Badezimmer. Es ist ganz rosa gekachelt und um den Spiegel hat sie eine Lichterkette drapiert. Darunter kleben Fotos von Robbie Williams, Brad Pitt, Keanu Reeves und ein paar Pferdebilder. Es sieht cool aus.

Priska saß auf dem Badezimmerboden und sortierte ihre Schminksachen. Neben ihr stand der CD-Player.

„Hallo!“ Sie sah kurz zu mir auf. „Ich suche die dunkleren Töne, ich glaube, das steht dir besser!“

Vormittags in der Schule hatten wir beide nicht mehr über unseren missglückten Abschied von gestern gesprochen. Offenbar hatte Priska auch jetzt nicht vor, darauf einzugehen.

Ich sah mir die ganzen Sachen an und wurde irgendwie kleinlaut. Ich fühlte mich Priska plötzlich so unterlegen.

Ich musste an das eine beschämende Mal denken, als ich alleine daheim mit den Schminksachen meiner Mutter versucht hatte, mich zu stylen. Ich hatte überhaupt nicht gewusst, wie man all die Pinsel und Stifte und Wattebäusche benutzt, und malte mir dann der Einfachheit halber zuerst den Mund knallrot an.

Das sah so furchtbar aus, dass ich mit fünf Metern Klopapier und einem halben Pfund Fettcreme versuchte, alles wieder abzuwischen. Allerdings entstand dabei ein rötlicher Kranz rund um meinen Mund.

Ähnlich lief es mit der Wimperntusche, die am

Schluss nicht auf den Wimpern klebte, sondern ein Muster aus schwarzen klebrigen Punkten um meine Augen bildete. Als ich danach noch blauen Lidschatten auftragen wollte, vermischte sich das Ganze zu blaugrauer Matsche, die ich schließlich mit hautfarbenem Make-up abzudecken versuchte.

Ergebnis: Ich sah aus, als hätte ich eine gefährliche ansteckende Hautkrankheit. Zum Glück war Mama an diesem Abend mit Doris im Kino und ich hatte Zeit, mich zu waschen – und auch das Bad wieder in einen ansehnlichen Zustand zu bringen.

Ich hatte Priska nie davon erzählt. Lieber hatte ich so getan, als sei mir Schminke und all das ganz egal. War es ja auch. Eigentlich.

„Man muss sich strahlend und schön fühlen, wenn man jemanden anspricht!“, rief sie jetzt. „Dagegen gibt es doch nichts einzuwenden, oder?“

Sie fragte das ganz freundlich, ohne jeden bissigen Unterton. Ich verstand, was sie eigentlich sagen wollte: „Lass uns wegen gestern nicht sauer miteinander sein.“ Allerdings war mir nicht klar, warum dieser Satz gleichzeitig das eine und das andere bedeuten konnte.

„Nein, gibt es nicht“, sagte ich und das hieß: „Ich bin ganz deiner Meinung, wir brauchen uns wirklich nicht wegen gestern zu streiten.“

Außerdem bedeuteten die zwei Sätze sogar noch etwas Drittes, nämlich, dass ich es nicht doof fand, dass Priska sich schminkte, und dass sie es nicht doof fand, dass ich es normalerweise nicht tat. Sehr kompliziert. Ich nahm mir vor, Mama zu fragen, warum Sätze noch so viel mehr bedeuten können, als man eigentlich sagt. Aber ich war mir nicht sicher, ob ich ihr erklären konnte, was ich genau meinte.

„Komm, setz dich aufs Klo!“ Priska stand auf, schob mich zum Klo, drückte mich hinunter und zog mir ein Stretchband über den Kopf. Damit band sie meine Haare zurück.

„Mach die Augen zu!“, befahl sie. Als Nächstes spürte ich kalte Creme im Gesicht.

Eigentlich war es ein gutes Gefühl. Ich mochte die Gerüche. Ich mochte Priskas Finger in meinem Gesicht. Ich mochte, dass ich im Dunkeln saß und sich jemand um mich kümmerte. Die Tür ging auf und Schokokuchenduft erfüllte das Bad.

„Da, nehmt“, hörte ich Frau Swoboda sagen, und dann Priska in verschwörerischem Ton: „Ich werde sie schminken!“

Von Frau Swoboda kam ein beeindrucktes „Aha!“.

Egal, was wir machen, Frau Swoboda findet es immer spannend und gut. Früher habe ich mich manchmal darüber gewundert, dass sie uns nie schimpft oder zu bestimmten Sachen drängt. Das machen die meisten Mütter meiner Freundinnen. Sie wollen, dass man etwas Fantasievolles bastelt und keine Mädchenzeitschriften liest.

Frau Swoboda dagegen lässt uns alles machen und hört begeistert zu, wenn wir davon erzählen. Es ist ein bisschen so, als seien wir die Stars einer

Vorabendserie und sie unsere Zuschauerin. Und das ist ein gutes Gefühl! Ich kenne niemanden, in dessen Gegenwart man sich selbst so nett und liebenswert und schön und toll findet wie in Frau Swobodas.

„Mund auf!“, sagte Priska, als wir wieder alleine waren. Ich wölbte ihr meine Lippen entgegen wie die Heldin im Liebesfilm kurz vor dem Kuss. Ich dachte nämlich, sie würde sie anmalen. Stattdessen schob sie mir ein dickes Stück Schokokuchen in den Mund. Mmmh! Gut!

„Weißt du was?“

„Hhhmmh.“ Ich schüttelte kauend den Kopf.

„Wir können dich ja morgen schon für Sabines Feier schminken!“

„Urhmmmm.“ Das war mir eigentlich unangenehm.

„Vielleicht fällst du Florian dann auf und er will dich kennenlernen!“

„Wie bitte?“ Ich biss auf irgendein Schminkutensil, mit dem Priska gerade meinen Mund bearbeitete.

„Jetzt hast du rote Schneidezähne“, murmelte sie verärgert und fing an, mit Klopapier und Fettcreme in meinem Mund herumzuwischen. Ich kann versichern, dass Schokokuchen, Klopapier und Fettcreme sich nicht im Mindesten vertragen. Zusammen mit Spucke verbinden sie sich zu widerlichen kleinen Kügelchen, die auf der Zunge kleben bleiben.

Ich versuchte, sie auszuspucken und gleichzeitig zu reden. „Florian kommt bestimmt erst abends zu der Party, wenn wir schon längst wieder weg sind."

„Ach, das ist nicht gesagt."

„Und wennschon, er wird mich nicht anschauen."

„Warum sollte er nicht noch Augen für andere Frauen als Milena haben?"

Frauen! Wir waren 13! Mir kam das alles reichlich weit hergeholt vor.

„Glaub ich nicht."

„Psst! Nicht wackeln!", unterbrach mich Priska und wischte mit einem Wattebausch unter meiner Unterlippe entlang.

„Selbst wenn er dich nicht anspricht, kann es nicht schaden. Er sieht dich, denkt, die sieht aber gut aus. Wenn du dann später mal auf ihn zukommst, freut er sich!"

Ich war immer noch nicht überzeugt.

„Jetzt überleg doch mal. Es kann überhaupt nichts passieren: Wenn er nicht da ist, hast du ja nichts verloren. Dann kennt er dich eben genauso wenig wie jetzt!"

„Aber ich müsste geschminkt in die Reitstunde gehen! Was sollen denn Larry, Sofia und Helen denken?"

„Dass du klasse aussiehst!", sagte Priska und zog mir das Stretchband aus den Haaren. Sie ersetzte es durch irgendetwas anderes. Es ziepte ein bisschen in den Haaren und es dauerte eine Weile, bis Priska mit allen Seiten zufrieden war.

Dann führte sie mich zum Spiegel und sagte: „Augen auf!"

Ich sah in das Gesicht einer dunklen geheimnisvollen Schönheit. Sie hatte einen auffallend großen roten Mund, wie eine prächtige Blume. Die bollige Nase darüber fiel gar nicht so sehr auf. Sie hatte unergründliche Augen, die hinter einer Reihe langer dunkler Wimpern lagen. Wow!

„Ich glaube, du musst jetzt Leonore zu mir sagen!" Tatsache war, dass ich nicht nur schön und mysteriös, sondern auch sehr erwachsen aussah.

Meine Haare hatte Priska mit einem roten Tuch zurückgebunden. Damit war sie auf die einzig vernünftige Lösung für meine struppige Mähne gekommen. Hinter dem Tuch quoll sie zwar wieder ungebändigt hervor, aber da sah es irgendwie wild und interessant aus, nicht nur unfrisiert wie sonst.

Man konnte mein Gesicht besser sehen. Das stand mir. Ich fühlte mich toll. Weil mein Gesicht nicht so versteckt war, kam ich mir viel tapferer vor.

Die Schminke war vielleicht ein bisschen viel. Im Ernstfall sollte es etwas weniger sein. Aber es war prima zu wissen, dass ich so aussehen konnte.

„So, jetzt muss Frau Swoboda ihr Urteil abgeben!" Priska nahm mich am Arm und schob mich die Treppe hinunter. Frau Swoboda war selbstverständlich tief beeindruckt.

„Wie ein Fotomodell!", sagte sie mehrere Male hintereinander. „Lollo, wirklich, wie ein Fotomodell!"

Ich blieb den ganzen Nachmittag geschminkt. Wir

spielten drei Runden Scrabble mit Frau Swoboda. Ich verlor ständig und das gab mir Hoffnung.

Denn Frau Swoboda sagte jedes Mal: „Pech im Spiel, Glück in der Liebe!“ Dann zwinkerte sie mir bedeutungsvoll zu und Priska lachte.

Zum Abschied sagte Priska: „Also, abgemacht. Morgen schminke ich dich vor der Reitstunde!“

Mama vor dem Spiegel

„Leonore!“ Oje! Frau Behrens. Sie hatte mich entdeckt. „Leonore Ollmann, wie lange willst du deinen Kopf noch in deine Tasche stecken?“

Wäre ich ehrlich gewesen, hätte ich sagen müssen: bis zum Ende der Französischstunde. Mir grauste davor, wieder aufzutauchen. Denn ich hatte nichts – gar nichts – dabei, was ich auf meinen Tisch hätte legen können. Kein Heft, kein Buch, keinen Stift. In der Tasche, in der ich meinen Kopf vergrub, waren – Reitsachen.

„Leonore!“

Lange ging das nicht mehr gut. Irgendwie musste ich reagieren. Aber ich wollte nicht. In der Tasche roch es so tröstlich nach Pferd, während hoch über mir Frau Behrens’ Stimme entsetzlich böse klang. Ich würde zugeben müssen, dass ich mit der Reitstatt der Schultasche zum Unterricht gekommen war. Alle würden lachen. Es war fürchterlich. Sie kam also doch noch: die Rache für die fiesen Geschichten, die ich mir vorgestern ausgedacht hatte. Das war doch kein Zufall!

„Leonore!“

Sie musste dicht hinter mir stehen. Ich spürte, wie sie an meinem Pferdeschwanz zog.

„Was ist denn so Interessantes in der Tasche?“, fragte sie mit drohendem Unterton. Mein Kopf tauchte auf.

„Ich möchte, dass du deinen Mitschülern zeigst, was du für Arbeitssachen mit in den Unterricht gebracht hast.“

Doch dazu gab sie mir gar keine Gelegenheit. Sie griff selbst mit spitzen Fingern in die Tasche. „Zum Beispiel das hier. Wenn mich nicht alles täuscht, handelt es sich hierbei um einen Hufkratzer. Was hattest du damit vor? Wolltest du deine Fingernägel säubern?“

Frau Behrens war so wütend, wie ich sie noch nie gesehen hatte. Sie vibrierte vor Spannung. Wirklich, sie wackelte so, dass eine Strähne aus ihrer Hochsteckfrisur fiel.

Sie pustete sie ärgerlich nach hinten und dann entlud sich die ganze zurückgehaltene Kraft: „Leonore Ollmann! Ich bin nicht gewillt, deine Schusseligkeit noch länger hinzunehmen! Ich fordere zumindest ein bisschen Aufmerksamkeit und guten Willen! Bis morgen schreibst du das letzte Kapitel aus dem Französischbuch vier Mal ab!“

„Vier Mal?“, wollte ich fragen. Das konnte doch nicht ihr Ernst sein! Das Kapitel war länger als eine Seite!

„Und die dazugehörigen Grammatikübungen auch!“

„Alle?“ Jetzt fragte ich doch, so unglaublich kam es mir vor. Mehr als eine Seite Text, dazu fünf Grammatikübungen mit jeweils zwölf Lösungssätzen, auf die ich schließlich erst einmal kommen musste! Das war ja fast noch mal eine Seite. Also zwei Seiten mal vier. Waren insgesamt acht! Das konnte sie nicht ernst meinen!

„Ich meine das ernst, Leonore. Und ich kann dir auch genau sagen, warum: Du bist in den letzten fünf Stunden kein einziges Mal pünktlich gewesen. Du hattest deine Sachen nie vollständig dabei. Die Hausaufgaben waren nie gemacht. So geht es nicht! Du hast es selbst gewollt!“

Frau Behrens’ Sätze prasselten im Befehlston auf mich nieder. Ich fragte mich, ob ihre Stimme je wieder normal klingen würde.

„Weißt du überhaupt, bei welchem Kapitel wir sind?“ Jetzt war ich einerseits beruhigt, weil sie wieder leiser sprach, andererseits schnürte es mir den Hals zu, weil ich plötzlich Zweifel bekam, ob wir wirklich bei Kapitel 7 waren, wie ich annahm.

Ich sah sie nur an. Sagen konnte ich nichts. Mir war zum Heulen zumute und ich musste wahnsinnig aufpassen, dass mir nicht vor der versammelten Klasse die Tränen über die Backen kullerten.

Vielleicht bemerkte Frau Behrens das, auf jeden Fall hörte sie auf, Befehle auszuspucken, und sagte stattdessen: „Kapitel 8.“ Mehr nicht.

Dann wandte sie ihren Kopf von mir ab und verwandelte sich wieder in die nette, verständnisvolle Lehrerin, die ich so gern mochte. Sie zeigte der Klasse ihr freundliches warmes Lächeln.

„So, und für euch anderen habe ich heute mal eine französische Jugendzeitschrift mitgebracht." Oh, das hätte mich interessiert! Aber das Lächeln galt nur meinen Mitschülern.

Ich hörte die anderen wie aus der Ferne lachen. Ich erinnerte mich, dass Unterricht bei Frau Behrens sehr lustig sein konnte. Aber ich gehörte ja nicht mehr dazu.

Ich hörte, wie Niko fragte, was „miteinander gehen" auf Französisch heißt. Frau Behrens antwortete freundlich. Ob sie jemals wieder freundlich zu mir sein würde?

Das war die Strafe. Ich war mir ganz sicher. Das war die Strafe dafür, dass ich Florian in den Matsch gesetzt hatte.

Ganz eindeutig gab es eine Art höherer Gerechtigkeit. Aber würde ich dann nicht auch noch dafür bestraft, was ich Priskas Bruder und dem Angeber Niko und Sabines Freund alles angedichtet hatte? Und dafür, dass ich nicht fair zu Jan gewesen war? Bestimmt.

Und in dem Moment ging mir auch auf, worin die Strafe bestand. Wenn ich die Strafarbeit erledigen wollte, würde ich heute Nachmittag zu Hause bleiben müssen. Und heute Nachmittag war Sabines Fest.

Der Gedanke war erschütternd. „Bis morgen" hatte Frau Behrens gesagt, daran war nichts zu ändern. Und „bis morgen" hieß: bis morgen früh um acht. Wir hatten nämlich gleich in der ersten Stunde Französisch. Das war die eine Tatsache.

Die andere Tatsache war, dass ich bis drei, spätestens bis vier Uhr im Reiterhof sein musste. Sonst konnte ich Sabines Party in den Wind schreiben. Alleine, ohne die Reitgruppe, würde ich mich nie und nimmer dorthin trauen. Schließlich hatte sie uns nicht persönlich eingeladen, sondern den ganzen Kurs.

Außerdem konnte ich nicht wissen, wer die Tür aufmachte. Vielleicht ein Freund von ihr aus der Berufsschule. Er würde mich anschauen und sagen: „Nee, hier bist du falsch, hier steigt eine Party, kein Kindergeburtstag!" Das wäre furchtbar.

Oder noch schlimmer: Florian würde öffnen! Da bliebe nur eine Lösung – in Ohnmacht fallen.

Vier Uhr war die absolute Grenze. Ich beschloss, bis Viertel vor vier so viel zu schreiben wie möglich und den Rest in der Nacht zu erledigen. Mit der Taschenlampe unter der Bettdecke.

Um halb drei saß ich superfleißig an meinem Schreibtisch, schrieb französische Sätze ab und massierte zwischendurch mein strapaziertes Handgelenk.

Jedes Mal, wenn ich den Kopf hob, las ich: „Du kannst mich mal!" Ich versuchte, nicht darauf zu achten. Ich musste mich beeilen. Denn noch hatte ich die Hoffnung, es bis zur Reitstunde um drei Uhr zu schaffen.

Ich schrieb und schrieb und schrieb. Als ich zum zweiten Mal mit dem Kapitel durch war, sah ich auf die Uhr: zehn vor drei. Es hatte keinen Wert. Ich setzte mir die nächste Grenze: vier Uhr. Danach war alles verloren.

Ich kam gut voran. Um halb vier schrieb ich gerade zum vierten Mal „Il demande un kilo de pommes“. Es ging um Teilungsartikel und unbestimmte Mengen, so viel hatte ich inzwischen begriffen. Allerdings nahm ich mir fest vor, im Französisch-Unterricht nicht zuzugeben, dass ich durch diese drakonische Strafmaßnahme irgendetwas gelernt hatte. Wenn Frau Behrens mich aufrief, würde ich sagen „Il demande un kilo pommes“. Das klang viel besser.

Ich begann mit dem nächsten Satz – „Il demande une douzaine d’oranges“ (Wer dachte sich eigentlich diese mega-langweiligen Beispielsätze aus?) –, da hörte ich, wie sich der Schlüssel in der Wohnungstür drehte.

Mama. Seltsam. Hatte sie den Laden heute früher zugemacht? Eigentlich wollte ich nicht, dass sie mich hier traf. Sie würde stutzig werden, denn die Reitstunde versäumte ich nie. Ich würde ihr die Strafarbeit nicht verheimlichen können.

Und leider waren meine Schusseligkeit und ihre Folgen genau der Punkt, an dem Mamas viel gerühmte Zurückhaltung endete. Das interessierte sie sehr genau.

Und da sie ja gerade erst den Französischordner in der dreckigen Wäsche gefunden hatte, würde sie sich nur bestätigt fühlen. Ich konnte mir genau vorstellen, wie sie mir noch einmal eine lange Predigt über Vergesslichkeit und Weltuntergang hier und Ordnung und Erlösung dort halten würde. Darauf hatte ich keine Lust.

Sofort beschloss ich, so zu tun, als sei ich nicht zu Hause. An sich war das kein Problem. Mama nahm ja an, dass ich beim Reiten war, und würde bestimmt nicht in mein Zimmer schauen. Allerdings saß ich dann in der Falle. Ich kam nicht aus der Wohnung heraus.

Lügen konnte ich vergessen, darin bin ich so schlecht, dass ich es schon vor drei Jahren aufgegeben habe. Ich schaute auf die Uhr: zwanzig vor vier. Spätestens in fünf Minuten musste ich los!

Ich überlegte mir, ob ich eine Chance hätte, lebend aus dem Fenster übers Dach ins Treppenhaus zu gelangen. Das Ergebnis lautete: Nein. Ich würde platt und tot auf dem Gehsteig liegen, direkt vor Jans Haus. Das Schild vier Stockwerke über mir. Jeder würde denken, ich hätte mich aus dem Fenster gestürzt, weil ich die bösartigen Worte nicht mehr ertragen hatte. Vielleicht würde sogar die Polizei gegen Jan ermitteln, wegen Anstiftung zum Selbstmord. Frau Behrens würde sich Vorwürfe machen, weil sie ein armes, schuldloses Kind für vier Stunden in sein Zimmer verbannt hatte, wo es vor lauter Trostlosigkeit den Weg in den Tod gewählt hatte. Ha! Ich gönnte es ihnen.

Aber Mama würde sich fragen, warum ich am Donnerstagnachmittag zu Hause gewesen war und nicht auf Sabines Grillfest. Sie würde alles über die Strafarbeit und die Vergesslichkeit erfahren und denken: „Woher sie nur diese Schusseligkeit hatte?“ Und ich, als Tote, würde ihre Gedanken lesen können und hätte keine Möglichkeit zu widersprechen! Nein! Das kam gar nicht infrage. Übers Dach klettern würde ich nicht.

16 vor vier. Verzweifelt sah ich zur Tür. Einfach rausgehen, „Ich hab's eilig!“ rufen und das Theater auf heute Abend verlegen? Da würde meine Mutter nicht mitmachen, sie würde mich am Kragen packen und zur Rede stellen. Es war nun mal Tatsache: Sie saß da draußen und ich kam nicht an ihr vorbei.

14 vor vier. Es wurde Zeit, die Hoffnung zu begraben. Geschminkt war ich auch nicht. Aber das tat jetzt wirklich nichts mehr zur Sache. Überhaupt war es ja ein völlig dämlicher Gedanke gewesen, dass ich Florian auffallen könnte. Erstens würde er wahrscheinlich erst abends kommen, wenn die richtige Party losging, zweitens würde er nie im Leben mit mir sprechen, drittens würde ich nur blöd herumsitzen und ihm und Milena beim Turteln zuschauen.

Zehn vor vier. Die Feier war gestorben.

Ich stützte den Kopf auf und sagte erst einmal „Du mich auch!“ zu dem Stück Pappe gegenüber. Ich ließ mir Zeit für die restlichen zwanzig Zeilen Strafarbeit und merkte erst nach dem letzten Französisch-Satz, dass ich ja noch ein ganz anderes schwerwiegendes Problem hatte.

Ich musste spätestens um halb sieben von draußen in unsere Wohnung hineinkommen! Alles andere würde meine Mutter stutzig machen.

Ich dachte nach und tatsächlich fiel mir eine andere Lösung ein. Gut, sie widersprach meinen Prinzipien. Und vielleicht entsteht jetzt hier der Eindruck, dass ich mich *überhaupt* nicht an meine eigenen Grundsätze halte. Aber das stimmt nicht. Ich finde Lauschen wirklich nicht in Ordnung. Dass ich es nun schon zum zweiten Mal innerhalb von vier Tagen tat, lag an der Ausweglosigkeit meiner Situation. Die einzige Möglichkeit bestand nun einmal darin, den Moment abzupassen, in dem Mama aufs Klo ging, und dann – ganz schnell – über den Gang zur Wohnungstür zu schleichen. Ich kniete mich also hinter die Tür meines Zimmers und presste mein Ohr daran.

Eine Viertelstunde lang hörte ich nichts als Töpfeklappern, Schritte, lange Zeit gar nichts, wieder Schritte. Musste sie denn nie aufs Klo? Ich dachte so verzweifelt daran, dass meine eigene Blase zu drücken begann. Und wie!

Ich wippte mit aneinandergepressten Beinen hinter der Tür herum und fand meine Situation wesentlich lächerlicher als alle, die ich mir vorgestern für die Jungs ausgedacht hatte. Ich überlegte mir schon, ob ich vielleicht in den Topf von meinem Pfennigbaum ...

Da hörte ich ein neues Geräusch. Piepstöne. Mama wählte.

„Hallo, Doris, ich bin's, Bea." Oh nein! Wenn Mama mit Doris telefonierte, setzte sie sich normalerweise in den dicken Ohrensessel, zog die Füße hoch und blieb dort etwa eine Stunde sitzen. Für mich war das eine mittlere Katastrophe. Denn vom Ohrensessel aus blickte Mama direkt auf den Gang. Ich hatte keine Chance. Und ich musste so dringend! Vielleicht konnte ich auch zum Fenster hinauspinkeln? Aber wenn Jan das sehen würde!

Wenn Mama jetzt tatsächlich eine Stunde telefonierte, hatte ich sowieso verloren. Sollte ich einfach aus meinem Zimmer kommen und alles zugeben? Ich spürte, wie sich meine Blase allein bei diesem Gedanken entspannen wollte, und kniff schnell wieder alles zu. Ich gab mir noch zehn Minuten. Das war auszuhalten. Und vielleicht hatte ich ja Glück.

Mama redete und redete und nichts deutete auf ein Ende des Gespräches hin.

Aber dann geschah etwas völlig Unerwartetes. Ich hörte ein Rascheln – offensichtlich stand Mama während des Telefonierens vom Sessel auf – und dann Schritte in Richtung Bad.

Ich konnte mir wirklich nicht vorstellen, dass sie beim Telefonieren aufs Klo gehen wollte! Doch das Quietschen jetzt hörte sich ganz deutlich nach der Klinke der Badezimmertür an. Ich wartete darauf, dass sie die Tür wieder schloss. Nichts. Sie konnte doch nicht bei offener Tür ...!

Egal!

Die Chance musste ich nutzen. Ich packte meine Reitsachen und huschte über den Flur.

Die Badezimmertür war angelehnt. Drinnen brannte Licht.

„Na, wegen Thomas“, hörte ich Mama aufgeregt wispern. „Was soll ich denn sagen?“

Ich konnte nicht anders. Ich war zu neugierig. Ich spähte kurz ins Bad hinein.

Mama stand da, warf einen bedeutungsvollen Blick in den Spiegel und sagte mit betroffener Stimme: „Ich muss dir etwas Wichtiges mitteilen!“ Und dann kicherte sie albern ins Telefon!

Schnell schlüpfte ich durch die Wohnungstür. Im Treppenhaus ließ ich mich erst einmal auf die oberste Stufe plumpsen und lachte. Mama! Nahm sie etwa auch Ansprechunterricht?

Freundinnenverrat

Es war jetzt Viertel vor fünf. Mir blieben noch fast zwei Stunden, bis ich wieder zu Hause sein musste. Zwei Stunden, die an Trostlosigkeit nicht zu überbieten waren! Alle anderen saßen jetzt in Sabines Garten.

Vielleicht halfen sie gerade, Lampions aufzuhängen und das Feuer zu entfachen. Bestimmt sprachen sie über Pferde und Sabine erzählte von den Turnieren, auf denen sie gewesen war. Und möglicherweise war Florian da. Es konnte durchaus sein. Vielleicht mischte er sich ins Gespräch ...

O.k., ich gebe zu, ich hatte feuchte Augen. Aber nicht aus Sehnsucht oder so. Sondern aus Wut. Aus Wut auf Frau Behrens mit ihrer gigantischen Strafarbeit und aus Wut auf meine Mutter, die ausgerechnet heute früher heimkommen musste! Und auch aus Wut auf mich, weil ich so dämlich gewesen war und die Reitsachen mit in die Schule genommen hatte.

Ich rannte die Treppen hinunter und setzte mich aufs Rad. Tief in mir drin hatte ich irgendwie die klitzekleine Hoffnung, dass die anderen noch auf dem Reiterhof waren. Vielleicht hatte Priska ja auf mich gewartet. Obwohl wir das nicht ausgemacht hatten. Oder jemand hatte etwas vergessen und war noch mal umgekehrt oder ein Pferd hatte sich verletzt und musste noch versorgt werden oder irgendwas anderes.

Ich fuhr in einem Höllentempo zum Hof – es nutzte nichts.

Die beiden Reitplätze waren leer. Hinterm Stall stand kein einziges Rad. Ich schloss meines ab und ging als Erstes rüber ins Verwaltungsgebäude. Dort waren die Toiletten. Wenigstens wurde ich jetzt den Druck auf meine Blase los.

Als ich wieder herauskam, gingen Florian und Herr Brühl, der Besitzer des Reiterhofs, zwei Meter von mir entfernt den Gang entlang. Ich erschrak, dabei gab es ja eigentlich gar nichts zu erschrecken. Aber so ist das nun mal, wenn man weiß, dass man verliebt ist.

„Schade, Florian“, sagte Herr Brühl. „Wirklich schade, wir hätten Calypso gerne hierbehalten.“

Jetzt erschrak ich richtig. War denn alles schon beschlossene Sache? Musste ich jetzt eingreifen? Musste ich dazwischenrufen: Ich kümmere mich um Calypso!? Was würde passieren, wenn ich es tat? Es ging zu schnell.

Ich weiß nicht, wie ich gehandelt hätte, wenn ich nur ein bisschen mehr Zeit gehabt hätte. Schließlich hatte ich schon zwei Trainingseinheiten hinter mir und mich sehr viel mit dem Gedanken beschäftigt, Florian anzusprechen.

Aber gerade als ich anfing, meine Gedanken zu sortieren, sagte Herr Brühl: „Na, dann viel Spaß heute Abend! Und gratuliere Sabine herzlich von mir!“

Einen Lidschlag später waren beide vom Hof verschwunden.

Ich musste mich auf den Schreck erst einmal setzen. Ich öffnete die Tür zum Kaffeeraum, ging zum Automaten und zog mir eine Cola heraus. Mist, dachte ich, alles lief falsch. Dann ließ ich mich kraftlos auf einen Stuhl plumpsen.

Hatte Florian Calypso offiziell abgemeldet? Und wenn ja, für wann? Da gab es doch sicher Kündigungsfristen.

Ich versuchte, mich zu beruhigen. Calypso musste mindestens bis Ende des Monats bleiben. Bestimmt. So lange hatte ich noch Zeit. Vielleicht hatte Florian auch erst einmal ganz unverbindlich angekündigt, dass er Calypso im nächsten Jahr aus dem Stall nehmen würde. Kein Grund zur Panik, beschloss ich. Dieses Gespräch musste nicht bedeuten, dass Calypso morgen abtransportiert würde. Aber wenn doch?

Kati kam in den Kaffeeraum. Instinktiv wollte ich aufstehen. Doch in dem Moment fiel mir ein, dass Kati wissen könnte, wann Calypso den Reitstall verlassen würde.

Ich ließ mich also wieder auf meinen Stuhl fallen und sagte freundlich: „Hallo, Kati!“

Überrascht drehte sie sich zu mir um.

„Hallo, Lollo!“ In ihren Augen lag ein Glitzern wie bei einem Habicht, der eine Maus entdeckt hat.

„Hast du schon gehört?“, begann sie und bewegte sich dabei so langsam und konzentriert auf mich zu, dass ich das Gefühl hatte, tatsächlich eine Maus im Angesicht des Habichts zu sein. „Carmen ist schwer verletzt worden, weil ihr Pferd gescheut hat, als sie es in den Hänger führen wollte!“

Carmen? Wer um alles in der Welt war Carmen?

„Sie hat weder sich noch das Pferd darauf vorbereitet. Dabei weiß doch jedes Kind, dass manche Pferde einfach einen Horror vor Hängern haben!“

Hänger – das war doch ein gutes Stichwort. Ich versuchte einzuhaken.

„Welches Pferd ist denn abtransportiert worden?“

Sie zog die Augenbrauen hoch und bedachte mich mit einem mitleidigen Blick. „Na, Carmens Pferd: Brazil.“

„Es gibt keinen Brazil auf dem Hof“, sagte ich.

„Natürlich nicht. Carmen wohnt ja auch in Düsseldorf.“

Es war völlig absurd.

„Wer soll Carmen sein?“, fragte ich und ärgerte mich gleichzeitig, denn so würde ich das Gespräch nie auf Calypso bringen.

„Die Nichte von Herrn Brühl. Du weißt doch, seine erste Frau hat eine Schwester und die ist in Düsseldorf mit einem Jockey verheiratet. Sie haben vier Kinder ...“

Kati stand ganz dicht vor mir. Wenn sie sprach,

konnte ich tief in ihren Hals sehen. Wie sich die roten Schleimhäute auseinander- und zusammenschoben. Selbst wenn sie wusste, was mit Calypso geplant war: Das hielt ich nicht aus. Ich musste fliehen!

„Tschüss", rief ich und rannte aus dem Kaffeeraum. Dann fiel mir noch etwas ein. Ich machte die Tür zum Kaffeeraum wieder auf und fragte ganz arglos: „Warum bist du eigentlich nicht bei Sabine?"

Das tat gut. Kati war garantiert nicht eingeladen, nicht einmal so ein bisschen wie ich. Sie war noch blöder dran. Ich schlug die Tür mit grimmiger Befriedigung zu. Draußen beschloss ich, Kati zu übertrumpfen. Ich würde es ihr zeigen. Ich würde ganz mutig sein, zu Sabine fahren und klingeln.

Zwischen meiner Fingerspitze und dem Klingelknopf war nicht einmal mehr ein Zentimeter Platz. Nur ein ganz kleines bisschen Luft trennte Haut und Messing. Aber für mich war es so undurchdringlich wie eine Tresortür. Immer, wenn ich mir einen Ruck gab und dachte, o.k., ja, jetzt schaffe ich es, musste ich mir vorstellen, wie Florian öffnete, mich irritiert von oben bis unten musterte und fragte: „Wer bist denn du?" Dann zuckte ich automatisch zurück.

Es muss idiotisch ausgesehen haben, wie ich da vor der Tür stand und meinen Finger millimeterweise vor- und zurückbewegt habe. Eine Salzsäule vor einem Klingelknopf. Ein Kaninchen vor der Schlange. Ein entsetzliches Dummerchen vor der

Party seines Lebens. Ich bekam Schiss, dass mich jemand beobachtete.

Jetzt, sagte ich mir, jetzt klingle ich wirklich. Und genau in dem Moment bogen zwei Radfahrer in die Straße ein. Sie sahen so aus, als wollten sie zu Sabine. Ertappt, dachte ich und sprang vor Schreck hinter die Rosenbüsche im Vorgarten.

Wie blöd! Die beiden konnten ja gar nicht wissen, dass ich den Klingelknopf schon seit zehn Minuten anstarrte. Im Gegenteil, ich hätte im Schutz der zwei Partygäste ganz locker durchs Haus in den Garten marschieren können. Stattdessen stachen mich die Dornen in den Oberarm und ich musste stillhalten. Denn hinterm Rosenbusch entdeckt zu werden wäre nun wirklich der Gipfel der Peinlichkeit gewesen.

Die zwei klingelten, irgendjemand, den ich nicht kannte, öffnete. Stimmengewirr, Musik und Gelächter ertönten von drinnen. Dann verschwanden die beiden im Haus, die Tür ging zu, die Geräusche wurden schwächer. Ein bisschen hörte ich immer noch. Auch der Geruch von Grillfleisch zog bis zu mir in den Vorgarten. Unentschlossen stand ich auf. Sollte ich es noch mal probieren?

Ich klopfte mir die Erde von den Knien, da sah ich einen kleinen Trampelpfad, der ganz offensichtlich durch die Hecke hindurch in den Garten führte. Na also! Wenn dieser Weg nicht für mich bestimmt war!

Ich ging am Haus vorbei. Neben einem Geräteschuppen endete der Pfad und der Rasen begann. Bestimmt 15 Gäste waren schon da. Ein paar saßen rund um das Feuer, andere spielten Badminton, eine Gruppe, die ich nicht kannte, hatte einen Biertisch für sich in Beschlag genommen.

Ich sah, wie Sabine gerade die zwei Neuankömmlinge begrüßte. Dann durchfuhr mich ein heißer Blitz. Ich sah Florian. Er stand am Feuer. Ganz alleine. Er hatte die Hände in den Hosentaschen und starrte in die Flammen. Man könnte sich einfach so neben ihn stellen ...

Man, dachte ich verächtlich, nur ich nicht. Wo war eigentlich Milena? Ich ließ meinen Blick nochmals durch den Garten wandern. Da entdeckte ich sie weiter hinten im Gespräch mit zwei Leuten: einem Jungen, den ich nicht kannte, und einem Mädchen, das von den beiden verdeckt wurde. Sie schienen sich prächtig zu amüsieren.

Milena sagte etwas und fuhr sich dabei mit der Hand durch die prächtigen Locken. Allein schon diese Bewegung ärgerte mich. Musste sie ständig ihre tollen Haare, ihre weißen Zähne oder irgendwelche anderen Vorzüge zur Schau stellen? Die beiden anderen schien das nicht zu stören. Im Gegenteil, als Milena zu lachen begann, fielen sie bereitwillig mit ein. Dabei beugte sich das Mädchen so weit vor, dass ich ihr Gesicht sehen konnte: Es war Priska.

Verrat! Wenn das kein Verrat war! Priska und ich waren uns immer einig gewesen, dass wir Milena nicht leiden konnten. Das galt ja wohl erst recht, seit sie mit Florian zusammen war, in den ich verliebt war! Und jetzt unterhielt sich Priska mit Milena, als sei sie ihre beste Freundin!

Ich drehte auf der Stelle um und radelte mindestens so schnell heim, wie ich vor gut einer Stunde zum Reiterhof geprescht war. Ich schmiss mein Rad vor die Haustür und rannte die Treppen hinauf.

„Du bist aber pünktlich!“, sagte meine Mutter verblüfft. Ich ging an ihr vorbei in mein Zimmer. Durchs Fenster prangte mir „Du kannst mich mal!“ entgegen.

Jetzt reicht’s!, dachte ich. Wenn sich alle meine Freunde gegen mich wandten, dann musste ich mich wehren. Ich riss die Pappe von zwei College-Blöcken ab und klebte sie zusammen. Dann nahm ich meine Farben, holte ein Glas Wasser und pinselte in dicken Buchstaben „Schwiemeliges Schimmelgesicht“ darauf.

Ich holte Tesafilm aus meiner Schreibtischschublade, kletterte auf den Tisch und klebte das Schild ans Fenster.

Dann klopfte ich mir die Hände ab und rutschte rückwärts wieder herunter. Dabei stieß ich das Wasserglas um, die zartrote Brühe lief über den geöffneten Französischordner und durchtränkte acht Seiten Strafarbeit.

Der erste Satz

Eigentlich fand ich, dass ich jetzt genug für meine bösen Geschichten gebüßt hatte und dass das Leben wieder normal zu mir sein könnte. Genau genommen hätte ich es auch nicht verkehrt gefunden, wenn mir zur Abwechslung ein paar schöne Dinge passiert wären. Aber von wegen!

Am nächsten Morgen war mein Vorderrad platt. Dahinter konnte nur einer stecken. Jan. Er war morgens immer elend früh dran – darum hatten wir auch schon vor unserem Streit nur den Heimweg von der Schule zusammen gemacht.

Ich konnte mir genau vorstellen, wie sich ihm mein Fahrrad heute Morgen als gefundene Beute präsentiert hatte: Einmal kurz drehen und die blöde Lollo hat einen Haufen Ärger am Hals. Schließlich war bei mir die Zeit immer knapp bemessen. Jan konnte sich an fünf Fingern abzählen, dass ich ordentlich zu spät kommen würde, wenn ich erst mein Fahrrad aufpumpen musste. Und ihm war sicher bewusst, dass wir heute Frau Behrens in der ersten Stunde hatten.

Hätte ich das Fahrrad gestern doch nur in die Garage gestellt!

Ich saß also da, pumpte, schwitzte und überlegte mir Besänftigungsstrategien für Frau Behrens, da öffnete Frau Franselow ihr Fenster und rief schadenfroh: „Heute bist du aber sehr spät dran, Lollolein!“

„Ich heiße Leonore!“, rief ich zurück und streckte ihr die Zunge raus.

Im gleichen Moment wurde mir klar, dass sie das meiner Mutter erzählen würde. Na ja, ändern konnte ich es nicht mehr.

Sechseinhalb Minuten zu spät riss ich die Tür zum Klassenzimmer auf. In Anbetracht der Umstände eine sehr passable Zeit. Frau Behrens schaute mich über ihre Brille hinweg an, als sei ich ein widerwärtiges Ungeziefer. Eine Wanze oder eine Kakerlake oder eine dicke haarige Spinne. Der Blick machte mich ganz kleinlaut.

„Mein Fahrrad ...“, begann ich mutlos.

„Dein Fahrrad interessiert mich nicht, Lollo!“

Ich nickte und starrte zu Boden. Ich machte ein paar zaghafte Schritte in Richtung unserer Bank. So weit war es schon, dass ich mich nicht einmal mehr traute, mich an meinen Platz zu setzen.

„Hast du die Strafarbeit erledigt?“

„Ja“, meine Stimme war kaum zu hören. „Aber ...“

„‚Aber‘ interessiert mich auch nicht.“

Die ganze Klasse lachte. Ganz besonders schrill tönte mir Jans Gekicher im Ohr. Ich sah mich nach ihm um und das Flackern in seinen Augen verriet mir, dass ich mit meinem Verdacht recht gehabt hatte. Mir war flau im Magen. Ich hatte tatsächlich Angst umzufallen.

„Was soll ich nur mit dir machen, Lollo?", sagte Frau Behrens. Wieder hörte ich Jan kichern. Dieser Fiesling! Ich lief tagelang mit einem schlechten Gewissen ihm gegenüber herum und er schrieb nicht nur unverschämte Pappschilder, sondern ließ mir auch noch die Luft aus dem Reifen!

Lachte Priska auch? Ich sah zu unserer Bank. Nein, sie zwinkerte mir aufmunternd zu. Offenbar hatte sie nicht den Hauch eines schlechten Gewissens wegen Milena.

„Lollo, kann es sein, dass du mir nicht einmal jetzt zuhörst?"

Erschrocken drehte ich mich wieder zu Frau Behrens. Mir fiel nichts ein, was ich zu ihr sagen konnte. Ihr offenbar auch nicht.

„Setz dich bitte", war das Einzige. Sie seufzte und schaute mich unendlich traurig an. Ganz komisch. Das hätte mich gleich stutzig machen sollen. Aber ich Blödian dachte, damit sei es erledigt.

Neben Priska zu sitzen und zu wissen, dass sie eine Verräterin war, fühlte sich sehr komisch an. Ich schwieg die ganze Stunde. Priska wunderte sich nicht, offenbar dachte sie, ich sei von Frau Behrens' seltsam-traurigem Auftritt völlig geplättet. Als ich dann aber auch in der Pause kein Wort zu ihr sagte, war sie verwirrt.

„Was ist denn los mit dir? Willst du nicht wissen, wie es bei Sabine war?“

Ich sagte nichts.

„Hallo, Lollo, aufwachen!“

Ich schwieg.

„Sag mal, was hast du? Ärgerst du dich so über die Behrens? Du bist doch ganz glimpflich davongekommen!“

Ich konnte das Mitgefühl in ihrer Stimme nicht ertragen.

„Ach komm, Lollo, ist doch alles halb so schlimm!“

„Halb so schlimm? Halb so schlimm, wenn meine beste Freundin mit dieser widerlichen Schnalle kungelt?“

„Wie? Was? Wovon redest du überhaupt?“

„Tu doch nicht so! Ich hab's ja gesehen. Ich hab gesehen, wie du dich bei Sabine mit Milena unterhalten hast!“

„Ja, und?“ Priska sah mich völlig verständnislos an. Das war nicht gespielt. Sie fand überhaupt nichts dabei.

„Wieso denn nicht?“, fragte sie und obwohl für mich völlig klar war, dass es sich hier eindeutig um Freundinnenverrat handelte, wusste ich keine Antwort. Alles, was ich hätte sagen können, klang auf einmal blöde.

Es war typisch. Priska hatte oft so eine Art, an der meine Probleme einfach verpufften.

„Weil sie eine gigantisch blöde Ziege ist, eine widerliche Schnepfe, eine ...“, versuchte ich.

„Ach, so blöd ist sie gar nicht“, meinte Priska, und das in einem Ton, als ob es sich um ein völlig nebensächliches Thema handelte. Mir blieb der Mund offen stehen.

„Jetzt sag mir lieber mal, warum du das gesehen hast, obwohl du nicht auf der Party warst? Und vor allem ...“ Ihre Augen begannen zu leuchten. „Hast du den Typen neben mir gesehen? Den Blonden mit grünem T-Shirt und Jeans?“

So endete meine große Auseinandersetzung mit Priska. Ich kam nicht einmal mehr dazu, darüber nachzudenken, ob sie mich jetzt verraten hatte oder nicht. Für Priska war das kein Thema.

Mir blieb nur zuzuhören, wie sie haarklein von Hannes erzählte. Er ging in Sabines Berufsschulklasse. Er spielte Schlagzeug in einer Band. Er war total nett – und sie hatten sich am Sonntag fürs Kino verabredet.

Im Grunde war ich ganz froh, dass Priska die Sache einfach so beiseitegeschoben hatte. Ein Problem weniger. Ich hatte weiß Gott genug Dinge, über die ich mir den Kopf zerbrechen konnte. Außerdem ging heute das Ansprechtraining weiter. Und zwar mit dem Thema, das meiner Meinung nach am wichtigsten war: „Der erste Satz!“

Priska hatte einen Berg alter Mädchenzeitschriften vor ihrem Sofa aufgetürmt, als ich in ihr Zimmer kam. In vielen klebten Merkzettel, manche lagen aufgeschlagen mit pink unterstrichenen Zeilen auf dem Tisch.

Vor Priska lag ein Zettel mit Stichwörtern.

„Ich habe das Wichtigste herausgeschrieben", erklärte sie mir. Erwartungsvoll hockte ich mich zu ihr aufs Sofa.

Doch die heutige Einheit ging gründlich daneben. Priska hielt mir einen theoretischen Vortrag darüber, was der erste Satz alles sein sollte: witzig, originell, nicht zu direkt, unverfänglich, spannend, er sollte ein längeres Gespräch ermöglichen, aber den anderen nicht festnageln, er sollte eine vertrauliche Atmosphäre schaffen, thematisch aber noch nichts mit Liebe und so zu tun haben, und so weiter und so fort.

Je länger sie sprach, desto mehr hatte ich den Eindruck, dass Priska selber auch nicht so recht wusste, was das Geheimnis eines gelungenen ersten Satzes war.

„Gib mir doch mal ein Beispiel!", bat ich.

Da hatte ich sie erwischt. Ihr fiel nämlich nichts ein. Wir saßen nebeneinander auf Priskas Blümchensofa, blätterten in den Zeitschriften und dachten nach.

„Auf jeden Fall muss es etwas sein, wobei ich nicht ins Stottern komme!", sagte ich.

„Auf jeden Fall muss es total cool und originell sein", sagte Priska.

„Es muss so klingen, als sei er mir ganz egal."

„Aber es darf auch nicht abweisend sein."

„Er darf auf keinen Fall auf die Idee kommen, ich wollte was von ihm!"

„Na ja, aber er muss schon merken, dass es interessant sein könnte, dich kennenzulernen!"

Die Tür ging auf und Frau Swoboda kam mit einem Tablett voller Salzstangen und Chips ins Zimmer.

„Sie müssen uns helfen", meinte Priska und erklärte Frau Swoboda unser ganzes Unterrichtsprojekt. Sie drückte ihr sogar den Programmzettel in die Hand. Frau Swoboda fand es toll – natürlich. Priska riss sie aus ihrer Begeisterung.

„Ja, aber was soll Lollo denn nun als ersten Satz sagen?"

Frau Swoboda musste nicht lange nachdenken.

„Sie soll diesem Florian sagen, dass sie ihn toll findet und sein Pferd erst recht und dass sie sich mit Begeisterung darum kümmern würde!"

„Wie bitte?", fragten Priska und ich wie aus einem Mund.

„Ja, immer schön raus mit der Wahrheit. Das ist meine Devise seit zwanzig Jahren. Und ich bin mit meinem Rudi sehr glücklich!"

„Aber das ist doch peinlich!", rief ich entrüstet.

„Ach Lollo! Die Liebe kennt keine Peinlichkeit! Der andere soll doch wissen, dass man ihn liebt!" Sie sah mich ganz gerührt an.

Priska neben ihr machte dafür ein sehr skeptisches Gesicht.

„Na ja, wir wissen ja noch gar nicht, ob er Lollo auch gut findet."

Das war wirklich sehr diplomatisch ausgedrückt. Wir wussten ja noch nicht einmal, ob Florian mich je bewusst wahrgenommen hatte. Genau genommen hatten wir Anlass genug anzunehmen, dass das bisher nicht der Fall gewesen war.

Frau Swoboda fand das nicht weiter schlimm. Priska legte sich mächtig ins Zeug, um sie nach und nach davon zu überzeugen, dass es unter diesen Umständen für mich angenehmer war, mich Florian erst einmal zu nähern, ohne ihm gleich meine Bewunderung zu gestehen. Es gelang einigermaßen.

Schließlich nickte Frau Swoboda und hatte nur noch einen Einwand. „Aber du musst auf jeden Fall ganz du selbst sein!"

Hier stimmte Priska zu.

„Genau", sagte sie. „Bleib locker, entspanne dich und sei ganz du selbst!"

Beide sahen mich erwartungsvoll an. Jetzt war ich in der Minderheit. Meinten sie das ernst? Locker? Entspannt? Ganz ich selbst?

Und was genau sollte ich sagen? Zu diesem Punkt hatte bisher noch niemand etwas Brauchbares beigetragen. Konnte es sein, dass in der entscheidenden Frage weder Priska noch Frau Swoboda noch die Beratungsseiten sämtlicher Mädchenzeitschriften die richtige Antwort auf Lager hatten? Das durfte doch nicht wahr sein!

„Kannst du mir verraten, wie ich mit zwei Kilo Wimperntusche über den Augen, während ich mir gerade Florian in einer Matschkuhle vorstelle und ein belangloses, aber dennoch originelles Thema anspreche, *ganz ich selbst* sein soll?"

„Na ja ..." Priska kratzte sich die Stirn.

„Ach, Lollo!" Frau Swoboda klopfte mir teilnahmsvoll auf den Rücken. „Mach es dir doch nicht so schwer."

Mach es dir doch nicht so schwer! Sie sollte mich doch in Ruhe lassen. Und Priska auch. Hatte ich dafür drei Ansprechstunden bei ihr genommen? Dass ich jetzt genauso viel wusste wie vorher? Ich kehrte den beiden den Rücken zu und warf mich auf Priskas Bett.

„Lollo? Ein Mandelplätzchen?“, hörte ich Frau Swobodas besorgte Stimme.

Dann wisperte Priska: „Ich glaube, das muss ich jetzt allein mit ihr besprechen.“

Schritte, die Tür fiel ins Schloss. Priska setzte sich zu mir aufs Bett. Ich drehte mich zu ihr um.

„Im Ernst, Priska. Wie machst *du* es denn? Das ist das Einzige, was ich wissen will. Wie machst du es, wenn du einen Jungen ansprichst?“

„Ach, ich mache nichts Besonderes. Es ist wie mit Freundinnen, ich sage eben, was mir so einfällt, was mir lustig vorkommt, worüber ich Lust habe zu sprechen.“

„Beispiele!“, forderte ich. „Gestern, diesen Hannes, wie hast du den denn angesprochen?“

Priska überlegte kurz. Offenbar war es so unspektakulär gewesen, dass sie sich nicht einmal genau erinnerte.

„Ich glaube, ich habe nur gefragt, ob das Fleisch auf dem Grill durch ist.“

„Und Laurenz?“ Das war ihr Exfreund.

„Das weiß ich noch. Ich habe ihn gesehen und gedacht, der hat aber eine schöne Jacke. Dann habe ich zu ihm gesagt: ‚Wo hast du denn die schöne Jacke her?‘ So. Das war alles.“

Das war alles. In mir keimte Hoffnung. Das konnte ich eventuell auch schaffen.

„Oder Yannick?“ Das war ihr aktueller Verehrer.

„Yannick hat mich angesprochen. Ziemlich einfallslos übrigens. Er hat mich nach der Uhrzeit gefragt!“

Priska lachte überheblich. Aber ich verbot mir, über den Spott in ihrer Stimme nachzudenken. Ich wollte mir gar nicht vorstellen, wie Florian womöglich über mich lachte ...

Nein, befahl ich mir, schön bei der Sache bleiben! Ich atmete tief durch.

„Gut“, sagte ich, „so machen wir das jetzt. Du sagst mir Jungs in bestimmten Situationen, ich sage, was ich zu ihnen sagen würde. O.k.?“

„O.k.“

Und dann lief der Nachmittag doch noch ganz prima.

In der Schlange zur Eisdiele fragte ich einen Jungen, ob er schon mal Zimteis probiert habe, mitten in der Fußgängerzone fragte ich, ob er wüsste, wo der nächste Plattenladen sei. Priska hatte recht gehabt. Es war überhaupt nicht schwer! Ich fragte einfach, was mich interessierte!

Mit der Zeit wurde ich total aufgedreht, weil ich mir schon vorkam wie die weltbeste Jungsansprecherin überhaupt.

Dann sagte Priska: „Gut, jetzt stell dir vor, du triffst Florian im Stall. Was sagst du?“

Nichts. Wäre die ehrliche Antwort gewesen. Oder: Ich drehe um. Aber ich zwang mich.

„Dir gehört doch Calypso?“

Priska fand die Frage gut. Nicht zu direkt, aber doch so, dass sich ein längeres Gespräch daraus entwickeln könnte.

„Aber dann merkt er, dass ich mich für ihn interessiere. Woher sollte ich sonst wissen, dass ihm Calypso gehört?“

„Ach Quatsch! Jeder im Reiterhof weiß, wem welches Pferd gehört!“

„Ja?“ Ich war skeptisch. „Warum sollte ich wissen, wer er ist? Er weiß bestimmt auch nicht, wer ich bin.“

„Na, hör mal“, sagte Priska. „Er hat dreimal das Klingsfeld-Turnier gewonnen, er kommt vielleicht in die Nationalmannschaft und er ist einer von drei 18-jährigen Jungen, die auf dem Reiterhof sind. Du dagegen bist eines von fünfzig 13-jährigen Mädchen und hast noch nie etwas gewonnen!“

Sie hatte recht, genau so war es. Und darum konnte ich eigentlich gleich einpacken. Verzweifelt schaute ich Priska an. Sie merkte gar nicht, was sie gesagt hatte.

Ich biss die Zähne aufeinander und schluckte, dann sagte ich mit dünner Stimme: „Lieber frage ich: ‚Weißt du eigentlich, wem Calypso gehört?‘ Oder noch besser: ‚Weißt du, wem der tolle Rappe in der zweitletzten Box rechts gehört?‘“

„Das ist doch Blödsinn! Er wird dich für bescheuert halten! Jeder weiß, dass der tolle Rappe Calypso heißt und Florian Wendland gehört.“

„Meinst du?“

Es war doch schwierig. Vielleicht sollten wir lieber versuchen, Florian in die Stadt vor die Kinoplakate zu locken, und dann könnte ich ihn fragen, ob er den Film schon gesehen hat.

„Nichts da!“, bestimmte Priska. „Du fragst nach Calypso, fertig aus. Am Dienstag proben wir vor der Eisdiele. Und jetzt gehen wir zu Frau Swoboda in die Küche und essen Mandelplätzchen!“

Mamas Schwarm

Wochenende! Und nicht nur das. Es war sogar das erste Wochenende im Monat. An jedem ersten Wochenende im Monat können alle Schüler des Reiterhofes an einem halbtägigen Ausritt teilnehmen – wenn sie sich rechtzeitig angemeldet haben. Und das hatten Priska und ich ja getan.

Es war noch einmal richtig heiß, obwohl der September schon begonnen hatte. Wir radelten im T-Shirt zum Stall und hatten die Reitkappen in der Tasche, weil man so unter ihnen schwitzte.

Sabine teilte mir Maxi zu, die mein Lieblingspferd sein könnte, wenn es Calypso nicht gäbe. Maxi ist eine Haflinger-Stute und sehr freundlich und anschmiegsam. Sie sieht immer so aus, als ob sie lächelt. Das hat mit ihren glänzenden, warmen Augen zu tun.

Es war alles perfekt, so, als hätte sich das Leben entschlossen, jetzt wieder super-freundlich zu mir zu sein. Unter diesen Umständen war ich sogar bereit, darüber hinwegzusehen, dass auch Kati mit auf den Ausritt kam.

Zu zehnt ritten wir in den Wald. Ich mochte das

dumpfe Hufgetrappel und beobachtete, wie einzelne Sonnenflecken über Maxis Fell wanderten. Dann durften wir über die Wiese galoppieren und über den kleinen Bachlauf springen.

Nachdem Maxi sanft auf dem moosigen Boden gelandet war, sagte Sabine zu mir: „Prima, Lollo, tadellos! Wenn du so weitermachst, gewinnst du das Abschlussturnier.“ Das sagte sie nur zu mir. Kann man sich einen schöneren Ausritt vorstellen? Kann man nicht.

Doch als wir wieder zurückkamen und ich Maxis Sattel aufräumte, kam Kati auf mich zu. Sie schaute mich schräg an und sagte: „Calypso wird ja jetzt nach Hohemühl gebracht!“

Ich starrte sie an. „Wer hat dir das gesagt?“

Sie grinste. „Hab's halt gehört.“

„Weißt du, wann?“

Die Neugier muss fett in meinem Gesicht zu lesen gewesen sein. Und Kati nutzte natürlich ihre Überlegenheit, um es mir heimzuzahlen. Sie lächelte mich frech an und sagte: „Oh, schon so spät. Tschüss, ich muss gehen.“

Ich starrte ihr nach. Da drehte sie sich noch einmal um. „Ach, übrigens, warum warst du eigentlich nicht bei Sabine? Abends, meine ich, da war *ich* nämlich dort!“

Diese Giftschlange! Woher wusste sie überhaupt, dass mich Calypso interessierte?

„Sie lauscht eben überall und spioniert herum, die blöde Ziege“, sagte Priska, die neben mir stand, als hätte sie meine Gedanken gelesen.

„Was bedeutet nur das ‚jetzt' in ‚Calypso wird ja jetzt nach Hohemühl gebracht'?"

„Wahrscheinlich, dass der Hänger schon auf dem Hof steht!"

Ich sah Priska entsetzt an. „Meinst du?"

Priska schüttete sich aus vor Lachen. Vor lauter Sorge hatte ich den ironischen Ton in ihrer Stimme überhaupt nicht gehört.

Sie schüttelte mich, als ob sie mich wecken müsste. „Jetzt hör aber mal wieder auf, Lollo! Lass dich doch von der dummen Kuh nicht so aus der Ruhe bringen. Kein Mensch kann einen Stellplatz von heute auf morgen kündigen. Calypso ist bestimmt noch eine Weile da und nächste Woche fragst du ja schon!"

Ich wollte ihr nur zu gern glauben und beschloss, den kleinen Rest Unruhe zu begraben.

Es gelang mir ganz gut. Immer wieder dachte ich daran, wie Sabine mich gelobt hatte. Und je öfter ich daran dachte, desto stolzer wurde ich.

Ich träumte sogar in der Nacht, dass ich die Goldmedaille bekam. Gut gelaunt wachte ich auf und es lief auch alles prima weiter: Mama machte uns weich gekochte Eier und erlaubte mir, einen Schluck Kaffee in meine Milch zu tun.

„Hast du Lust, mit Doris und mir zum Baden zu fahren? Vielleicht ist heute der letzte schöne Tag im Jahr!"

„Ja, klar!" Priska konnte ich heute sowieso abschreiben, sie musste sich ja bei der brütenden Hitze mit Hannes ins Kino setzen.

„Hast du deine Hausaufgaben alle gemacht?" Komisch, danach erkundigte sie sich normalerweise nur, wenn ich in der Woche zuvor eine Fünf geschrieben hatte. Aber meine Noten waren in letzter Zeit ganz passabel gewesen.

„Mach ich gleich", sagte ich und muss dabei so fragend geschaut haben, dass Mama mir eine Erklärung lieferte.

„Ich hab da so einen Anruf gekriegt." Sie lächelte irgendwie bedrückt. „Meinst du, ich komme meinen Erziehungspflichten nicht ganz nach?"

Oh, ich wollte sie umarmen dafür, dass sie auf Frau Behrens' Anruf nicht mit einer Standpauke reagierte.

„Nein, nein, nein, du machst das alles super!" Und um meine Mutter vor weiteren Anrufen zu schützen, setzte ich mich gleich hin und machte alle meine Hausaufgaben und packte danach auch noch ganz sorgfältig meine Schultasche. Am Montag würde ich alles dabeihaben.

Mama hatte in der Zwischenzeit die Küche aufgeräumt und die große Badetasche gepackt. Sie hatte ihre Sonnenbrille aufgesetzt und war unglaublich gut gelaunt, richtig aufgedreht. So, dass es mir fast ein bisschen komisch vorkam.

Auf der Treppe sah mich Mama an. „Vielleicht hat Jan Lust mitzukommen?"

„Mmh, ich glaube, der hat keine Zeit."

Er saß dann natürlich vor dem Haus und bastelte an seinem Mountainbike herum.

„Na, frag ihn doch", sagte Mama.

„Nö“, sagte ich.

Mama schüttelte verständnislos den Kopf. Mehr nicht.

Wir holten Doris ab und kurze Zeit später saßen wir alle drei in Mamas kleinem Fiat, hatten die Fenster heruntergekurbelt und sangen. Mama hört immer Radio in ihrem Laden und darum kann sie alle Lieder auswendig, die in den Charts sind. Doris dagegen erfand einfach Text und Melodie. Manchmal lag sie furchtbar daneben, aber das störte sie kein bisschen.

Am Kronsdorfer Weiher herrschte ein fürchterliches Gewimmel. Ich war mir sicher, dass Mama sich irgendeinen abgelegenen Platz weit weg vom eigentlichen Strand suchen würde. Aber Pustekuchen! Sie trug die dicke Badetasche mitten auf die Liegewiese. Dort, wo die Handtücher am engsten beieinanderlagen, wo am meisten Kinder schrien, Babys krabbelten, Sonnenschirme gespannt waren und heruntergefallene Eiskugeln zerliefen, blieb sie stehen und sagte fröhlich: „Hier ist doch ein guter Platz!“

Ich konnte nur nicken, so erstaunt war ich. Ich zog mich um und ging erst mal ins Wasser. Als ich zurückkam, saß ein Mann bei Mama und Doris auf dem Handtuch.

„Ah, Lollo“, sagte meine Mutter mit einer völlig affektierten Stimme. „Das ist Thomas, ein Freund von Doris und mir. Wir haben ihn zufällig getroffen.“

Das „zufällig" betonte sie so stark, dass ich sofort misstrauisch wurde. Das hing doch irgendwie mit unserem komischen Platz mitten auf der überfüllten Liegewiese zusammen. Hatte sie gewusst, dass dieser Thomas hier vorbeikommen würde? Wollte sie ihn treffen? Nahm sie seinetwegen Ansprechunterricht?

So benahm sie sich jedenfalls. Sie brachte keinen natürlichen Satz mehr heraus, seit dieser Thomas da war. Alles wirkte fahrig und nervös. Ich hoffte inständig, dass man mir die Aufregung nicht so anmerken würde, wenn ich nächste Woche Florian ansprach.

Ich ließ mich neben ihr aufs Handtuch fallen. „Haben wir was zu essen dabei?", fragte ich.

Mama nickte stolz. Ganz nebenbei: Das deute ich als hinreichenden Beweis für ihre Vergesslichkeit. Sie ist nämlich immer total stolz, wenn sie an etwas gedacht hat, und das müsste sie ja nicht, wenn es normal wäre.

Sie zog also eine prächtige Melone aus der Tasche. Leider konnte sie das Messer nicht finden.

„Gib her", sagte ich und schaute selber nach. Aber von einem Messer war nichts zu sehen. Stattdessen merkte ich, dass Mama auch noch einen zweiten Bikini dabeihatte, den weißen mit dem schmalen silbernen Rand, den sie überhaupt noch nie getragen hatte, weil er so knapp sitzt.

„Komm, wir holen uns stattdessen ein Eis", sagte dieser komische Thomas und stand auf. Musste ich da jetzt echt mitgehen? Was sollte ich denn mit ihm reden? Er lachte mich super-freundlich an. „Na, was ist?“

Unsicher sah ich zu Mama. Vielleicht wollte sie lieber mit ihm gehen, dann hätte sie die Gelegenheit, mal alleine mit ihm zu reden.

Aber Mama nickte mir aufmunternd zu. „Geh schon.“

Er war dann eigentlich ganz nett. Er fragte mich, ob ich reite und wie das geht. Da konnte ich ihm natürlich eine ganze Menge erklären. Allerdings hörte er gar nicht mehr auf mit seinen Reitfragen, auch als wir wieder an unserem Platz waren. Das war mir ganz unangenehm. Mama sollte sich mit ihm unterhalten, ich wollte ihr da nicht im Weg sein. Also ging ich schnell wieder ins Wasser.

Trotz meiner Bemühungen ließ es sich nicht vermeiden, dass Thomas später noch eine Runde Badminton mit mir spielte. Ich hatte Mama wirklich alle Chancen gelassen, aber sie hatte steif und fest behauptet, sie habe keine Lust dazu. Sie stellte sich wirklich ungeschickt an. Denn dass sie in Thomas verliebt war, daran gab es keinen Zweifel. Spätestens auf dem Rückweg im Auto war alles klar. Die erste Frage, die sie mir stellte, war: „Wie findest du ihn?“

Probleme lösen mit Herrn Kerkl

Nach diesem Wochenende segelte ich am Montag auf einer Glückswolke in die Schule. Ich war pünktlich. Frau Franselow hinter ihrem Fenster schwieg, ich hatte eine tadellos gepackte Schultasche, Jan war mir egal.

Ich saß auf meinem Platz und war rundum zufrieden mit mir. Sabine hatte mich gelobt, ich war eine großartige Springreiterin. Florian würde ich auch ansprechen, es war ja nicht schwer. Vielleicht würde ich das Abschlussturnier schon auf Calypso reiten.

Still und konzentriert würde ich auf ihm sitzen, den Parcours vor uns. Wir würden so wunderbar aussehen wie Florian neulich, als wir an ihm vorbeiradelten. Dann würde ich Calypso sanft, aber bestimmt antreiben, meine Bewegungen ganz seinem Sprung anpassen, mich aus dem Sattel heben, mit ihm durch die Luft fliegen und – makellos landen.

Booiing! Was war das für ein Geräusch? Warum tat mein Hintern so weh? Woher kam das Gelächter?

Ich war vom Stuhl gefallen. Die ganze Klasse grölte vor Begeisterung.

„Lollo übt fürs Springturnier!“, gluckste Jan und neue Lachsalven gingen auf mich nieder.

Ich warf Frau Wittek einen entschuldigenden Blick zu. Sie sah mit hochgezogenen Augenbrauen über den Rand ihres Buches. Wenigstens war mir das nicht in Französisch passiert. Nicht auszudenken, wie Frau Behrens reagiert hätte.

Ich stieß einen Seufzer der Erleichterung aus – da ging die Tür auf. Frau Behrens kam ins Zimmer.

„Entschuldigen Sie, Frau Wittek, aber nebenan gibt es keine Krei–“ In diesem Augenblick entdeckte sie mich auf dem Fußboden.

„Leonore? Was machst du denn da?“

„Sie ist vom Stuhl gefallen“, erklärte Frau Wittek ungerührt.

Frau Behrens dagegen wirkte bestürzt.

„Du kommst nach der Stunde zu mir ins Lehrerzimmer!“, bestimmte sie. Sie warf Frau Wittek einen missbilligenden Blick zu, schnappte sich ein Stück Kreide und verließ das Zimmer.

Ich rappelte mich auf und sah ihr entgeistert hinterher. Durfte sie das? Durfte sie in der Stunde einer anderen Lehrerin bestimmen? Jedenfalls hatte Frau Wittek nicht widersprochen. Aber das hieß gar nichts. So viel Einsatz war von Frau Wittek einfach nicht zu erwarten. Mist. Auch wenn sie eigentlich das Sagen gehabt hätte.

Ich hatte mich zu früh gefreut. Am Freitag, als die durchtränkte Strafarbeit keine Folgen hatte, und jetzt, als ich dachte, bei der richtigen Lehrerin vom Stuhl gefallen zu sein.

Vor Frau Behrens graute mir. Ich stellte mir alle möglichen furchtbaren Dinge vor: eine Strafarbeit, die das Maß der letzten ums Vierfache überstieg. Einen Monat Schulhofkehren oder Hilfsdienste bei der mürrischen Frau Kettermann in der Schulbibliothek.

Nichts von alledem trat ein. Als ich nach dem Klingeln bei ihr erschien, sah mich Frau Behrens ganz eigentümlich an. Mitfühlend. Besorgt.

„Leonore", sagte sie. „Du benimmst dich in letzter Zeit so eigenartig. Möchtest du nicht einmal mit Herrn Kerkl, dem Vertrauenslehrer, darüber sprechen?"

Ich war zu verdutzt, um zu antworten. Ich hatte mit Strafe gerechnet, nicht mit Besorgnis. Frau Behrens gab mir das Gefühl, dass irgendetwas nicht mit mir stimmte. Das war unangenehm. Sie schien zu glauben, dass ich an einer furchtbaren psychischen Krankheit litt, und das beunruhigte mich.

War ich wirklich seltsam? Merkten das auch andere? Florian? Was war mit Priska? Spielte sie mir ihre Freundschaft nur vor, aus Mitleid mit einer psychisch Kranken?

Dass ich zu Herrn Kerkl sollte, beschäftigte mich nicht halb so viel. Ein kleiner Plausch über problematische Beziehungen und Konfliktlösungsstrategien – das war verkraftbar.

„Du weißt, er hat montags um 14 Uhr Sprechstunde. Ich möchte, dass du heute dort hingehst.

Bring mir bitte morgen eine Bestätigung von ihm." Ich nickte brav und versprach, ihr morgen den Zettel zu bringen.

Den Rest des Vormittags benahm ich mich dann wirklich seltsam – weil ich herausfinden wollte, ob die anderen mich auch für sonderbar hielten. Ich sagte kaum etwas und bemühte mich, Priska, Marion und Lena zu beobachten. Gaben sie sich Zeichen hinter meinem Rücken? Veränderte sich ihr Blick, wenn sie sich mir zuwandten? Ich stellte mich sehr ungeschickt an und immer wieder musste ich plötzlich ertappt meine Augen senken, was natürlich erst recht auffällig war.

„Was glotzt du denn die ganze Zeit so blöd?", pflaumte mich Priska schließlich an. Ich war erleichtert: So unflätig spricht man doch nicht mit einer psychisch Kranken!

Herr Kerkl ist – wie soll ich sagen – in erster Linie komisch. Schon nett. Wirklich, ich mag ihn, aber mehr aus Mitleid. Weil er sich so bemüht. Weil ihm nichts zu viel ist, wenn er das Gefühl hat, dass er uns helfen kann. Er ist an jedem Schüler total interessiert, aber leider kapiert er nie, worum es geht.

Neulich zum Beispiel, als ich noch so lange im Klassenzimmer saß, um Jan loszuwerden – das war absolut typisch. Herr Kerkl roch sofort einen Konflikt mit unseren Eltern und wäre bestimmt bereit gewesen, sich den ganzen Nachmittag mit uns darüber zu unterhalten, abzuwägen, wen wo welche Schuld trifft und wie wir mit unseren Eltern darüber sprechen können. Wenn wir gewollt hätten, wäre er mit uns nach Hause gegangen und hätte dort ein Problemgespräch geleitet.

Eigentlich irre nett, nur völlig unnötig. Dass es mir ausschließlich darum ging, Jan loszuwerden, hätte er nie und nimmer verstanden. Er wäre wahrscheinlich enttäuscht gewesen. Man kann ihm gegenüber ein richtig schlechtes Gewissen kriegen, wenn man kein Problem hat.

Als ich am Nachmittag vor seiner Tür stand, kontrollierte ich zuerst einmal die Sprechzeiten. „14 bis 15 Uhr" stand da. Gott sei Dank. Schließlich musste ich um drei Uhr zur Reitstunde und hatte nicht die geringste Lust, sie wegen Frau Behrens schon wieder zu verpassen.

Ich klopfte. Herr Kerkl öffnete und sah mich dann richtig glücklich an. Wahrscheinlich war noch nie zuvor jemand in seine Sprechstunde gekommen.

„Lollo! Schön, dich zu sehen!", rief er.

Alle anderen Lehrer sagen Leonore zu mir und das finde ich auch gut so. Aber bei Herrn Kerkl bin ich nachsichtig. Er meint es nicht böse. Er will sich nicht anbiedern. Er fühlt sich uns Schülern einfach so nahe, dass er uns selbstverständlich wie Familienmitglieder anspricht. Wahrscheinlich würde es ihm nicht auffallen, wenn wir „Uli" zu ihm sagten.

„Komm, setz dich." Er zog mir den Stuhl zurecht und klopfte mir auf die Schultern. Ich setzte mich.

„Magst du Tee? Hier sind Kekse." Er schob einen Teller mit Gebäck über den Tisch. Ich stopfte mir gleich zwei in den Mund und dachte, dass es eigentlich eine sehr angenehme Strafe war, in Herrn Kerkls Sprechstunde gehen zu müssen.

Herr Kerkl steckte den Wasserkocher ein. „Was gibt's? Worüber möchtest du sprechen?"

Ich konnte nicht gleich antworten, weil ich so viele Kekskrümel im Mund hatte, und daher schaute er mich eine ganze Weile erwartungsvoll an.

Umso sichtbarer war seine Enttäuschung, als ich schließlich sagte: „Frau Behrens hat mich zu Ihnen geschickt."

„Ach so."

Kurz hatte ich das Bedürfnis, ihm zu sagen, dass ich auch so gekommen wäre, aber dann hielt ich mich Gott sei Dank zurück. Es wäre nicht nur eine Lüge gewesen, es hätte mich auch verpflichtet, ein Problem zu haben.

„Und warum sollst du zu mir kommen?"

„Ich bin vom Stuhl gefallen."

„Wieso denn das?"

„Na ja, ich war in Gedanken."

Seine Miene hellte sich auf. Er sah die Chance, ein Problem ans Licht zu ziehen. Das Problem hieß „Flucht aus der Realität". Er stellte mir jetzt also lauter Fragen, um herauszufinden, warum ich die Wirklichkeit nicht ertrug und mich darum in einer Gedankenwelt aufhielt. Aber darauf ließ ich mich nicht ein. Bei allem Mitgefühl mit Herrn Kerkl. Mir ging es im Grunde gut. Und dass ich mit meinem Kopf ständig bei Calypso – beziehungsweise bei Florian – war, ging ihn nun wirklich nichts an.

„Mir ist neulich auch schon aufgefallen, dass du nicht heimgehen wolltest."

„Nein, es hat nichts mit zu Hause zu tun!"

Ich hielt durch. Immer wenn Herr Kerkl das Gespräch auf daheim bringen wollte, bog ich es wieder ab in Richtung geistige Abwesenheit im Unterricht und vergessene Hausaufgaben.

Schließlich sagte er sich wohl „Besser ein kleines Problem als gar keines" und sprach mit mir ganz ernsthaft darüber, wie ich es anstellen konnte, nicht mehr so vergesslich und schusselig zu sein. Und das war dann wirklich gut und interessant. Er hat mir richtig geholfen.

„Schusseligkeit an sich gibt es überhaupt nicht", sagte er. Ich merkte mir den Satz, um ihn, ausgestattet mit der Wucht einer Lehreraussage, meiner Mutter an den Kopf zu werfen. „Schusseligkeit heißt nur, dass man etwas im Kopf hat, das im Moment einfach wichtiger ist als all der Alltagskram."

Auch da dachte ich an Mama. Ich sah die prächtige Melone vor mir, die wir erst am Sonntagabend in der Küche essen konnten, weil Mama das Messer vergessen hatte.

„Und es ist ja auch gut, dass wir noch etwas anderes im Kopf haben als diesen Alltagskram. Aber, glaub mir, man hat mehr Zeit, sich mit den wichtigen Dingen zu beschäftigen, wenn man dem Alltag genügend Aufmerksamkeit schenkt. Man muss zum Beispiel nicht stundenlang Strafarbeiten machen."

Oder ewig nach rotseidenen Schals suchen.

„Was ich von dir möchte, Lollo, ist, dass du Kontrollen einbaust. Das hilft, den Alltag zu bewältigen. Dass du an bestimmten Punkten des Tages bestimmte Dinge überprüfst. Zum Beispiel möchte ich, dass du in dem Moment, wo du morgens die Klinke eurer Wohnungstür in die Hand nimmst, deine Tasche anschaust – und nur dann zur Tür hinausgehst, wenn du auch die richtige Tasche dabeihast. Ja?“ Er schaute mich bedeutungsvoll an. „Jeden Morgen!“

Ich nickte beeindruckt. Ich wusste gar nicht, dass Herr Kerkl so ernst sein konnte.

„So, jetzt überlegen wir gemeinsam, was du noch für Kontrollpunkte einbauen könntest.“

Ich sollte mir welche ausdenken, aber mir fielen die ganze Zeit nur Kontrollpunkte für Mamas Leben ein: Sie könnte zum Beispiel jedes Mal, wenn sie zur Tür hereinkam, stillhalten und sich überlegen, wohin sie Mantel, Tasche, Schlüssel und Brille legen sollte, dann müsste sie die Sachen später nicht immer suchen. Oder sie könnte jedes Mal, bevor sie den Fiat aus der Garage fuhr, einen Blick auf die Tankuhr werfen.

Mit Herrn Kerkl einigte ich mich jedenfalls auf drei Kontrollpunkte für meinen Alltag:

1. *Morgens an der Tür: Habe ich die richtige Tasche dabei?*
2. *Mittags nach den Hausaufgaben: Habe ich alle Schulsachen aufgeräumt?*
3. *Beim Blick aufs Vogelhaus im Baum vorm Klassenzimmerfenster: Weiß ich noch, wovon die Lehrerin spricht?*

Ich hatte konzentriert zugehört. Doch in dem Moment, als Herr Kerkl vom Baum vor dem Klassenzimmerfenster sprach, löste er in mir genau das Gegenteil aus. Auf einmal fiel mir ein, dass jenseits von Herrn Kerkls Zimmer sehr viele interessante Sachen auf mich warteten.

Mein Blick schweifte aus seinem Fenster hinaus auf die Schuluhr. Viertel vor drei. Ich musste los. Herr Kerkl sah allerdings gar nicht so aus, als wolle er seine Beratung schon beenden. Ich wusste nicht so recht, was ich machen sollte. Dies war schließlich eine Strafarbeit. Ich konnte nicht einfach gehen, wann ich wollte. Ich sah wieder zur Uhr. Der Minutenzeiger war vorgerückt. Da entschloss ich mich zur Dreistigkeit.

„Vielen Dank, Herr Kerkl, Sie haben mir sehr geholfen, aber jetzt muss ich zur Reitstunde."

Er war nicht sauer. Er war belustigt. Ein Lächeln zuckte um seinen Mund, als er mir den Bestätigungszettel für Frau Behrens schrieb. Er sagte zwar nichts, aber die ganze Zeit hatte ich das Gefühl, dass er dachte: „Sie hat also den ganzen Tag nur das Reiten im Kopf – wenn's weiter nichts ist!"

Und das war mir irgendwie auch nicht recht. Ich wollte nicht, dass er mich für derart harmlos hielt. Für so ein pferdebegeistertes junges Ding, das vom richtigen Leben noch gar nichts weiß. Wo ich mich doch gerade meinen Gefühlen stellte und mich genau in dieses richtige Leben hineinwagte! Die belustigt zuckenden Mundwinkel machten mich sauer. Und bevor ich richtig nachgedacht hatte, sagte ich tatsächlich zu Herrn Kerkl: „Es ist nicht nur das Reiten, es ist ein Mann!"

Oh! Ich hätte mich in den Hintern beißen können. Voller Entsetzen starrte ich Herrn Kerkl an, packte meine Tasche, rannte hinaus und knallte die Tür zu. Was war ich für ein Riesenidiot! Was war ich für ein Hornochse!

Ich trat in die Pedale, als sollte ich ein Kraftwerk für eine Millionenstadt antreiben. Nie wieder wollte ich Herrn Kerkl sehen. Ich würde aus der Kirche austreten, dann hätte ich Ethik bei Frau Adelmann-Lutz. Ob Mama mir das erlaubte? Wie lange das wohl dauern würde? Wenn Mama dafür irgendwelche Anträge zu unterschreiben hatte, musste ich mit Monaten rechnen. So was vergaß sie grundsätzlich.

Für Mama würden drei Kontrollpunkte nie und nimmer reichen. Schließlich ist sie viel schusseliger als ich. Und das immer. Ich dagegen war in einer Ausnahmesituation. Ich musste Florian ansprechen und das verlangte mir viel ab. Na ja, Mama war wahrscheinlich auch in einer Ausnahmesituation. In einer Ausnahmesituation mit Namen Thomas.

Zimteis im Übermaß

Ich musste bremsen. Ich war so schnell gefahren und so mit meinen Gedanken beschäftigt gewesen, dass ich gar nicht gemerkt hatte, wie weit ich schon war. Tatsächlich preschte ich gerade zwischen den Reitplätzen hindurch und vor mir tauchten urplötzlich Calypsos Hinterbeine auf. Ich trat in die Bremse.

Florian führte sein Pferd langsam vom Reitplatz zum Stall. Voller Ungeduld stieg ich ab und schob mein Rad hinterher. Was sollte ich tun? Ich hatte es eilig. Bei jedem andern wäre ich einfach vorbeigegangen. Aber sollte ich dann grüßen? Hoffentlich schaute er sich wenigstens nicht um. Es war ja völlig idiotisch, wie ich da hinter ihm hertrottete. Spätestens am Stall würde er es merken. Ich musste vorbei. Es war die natürlichste Sache der Welt. Ich würde einfach „Hallo!“ sagen. Das war total unverbindlich, das musste nicht heißen, dass ich wusste, wer er war. „Hallo!“, das sagte man so, wenn man auf demselben Reiterhof ritt.

Entschlossen packte ich den Lenker fester, machte schnellere Schritte und schob mich an ihm vorbei. „Hallo!“, sagte ich, als ich auf seiner Höhe war.

„Hallo“, sagte Florian. Dann stieg ich auf und fuhr weiter. Meine Knie zitterten. Ich fürchtete, direkt vor ihm hinzufallen, aber ich fuhr fehlerfrei bis zum Stall. Ich war glücklich.

Sabine empfing mich mit den Worten „So, jetzt wollen wir mal sehen, ob der perfekte Sprung beim Ausritt *deine* Leistung war oder ob es nur am Pferd lag.“

Sie lachte freundlich, aber das änderte nichts daran, dass ich Dark Angel bekam. Wenigstens war Florian schon gegangen, so konnte ich mich wesentlich besser konzentrieren als in der letzten Stunde. Ich brannte darauf, Sabine zu zeigen, dass ich gut reiten konnte – egal, auf welchem Pferd ich saß.

Ich war also schon beim Satteln viel freundlicher zu Dark Angel, als ich es normalerweise bin. Ich klopfte ihm den Hals und sprach mit ihm – alles, was bei anderen Pferden selbstverständlich ist, wozu ich aber bei ihm bisher nie Lust gehabt hatte.

Auf dem Springplatz bemühte ich mich, meine gute Laune auf ihn überströmen zu lassen.

„Komm, dunkler Engel“, flüsterte ich ihm zu. „Jetzt zeigen wir’s allen.“

Ganz sanft gab ich meine Hilfen – und es klappte. Ich war so erstaunt, als Dark Angel in den Galopp fiel, dass ich für einen kurzen Moment aufhörte, mich zu konzentrieren. Schon war das Hindernis direkt vor uns. Ich ließ die Zügel lockerer, beugte mich vor und sprang so herrlich weich mit ihm über die Stangen, als flöge ich auf einer Wolke. Wir kamen auf und ich hörte Sabines Lob: „Prima, Lollo, wirklich prima, du hast ganz schön was gelernt!“

Beim nächsten Mal verweigerte Dark Angel zwar wieder, aber danach gelang uns noch ein super Sprung. Es war ein großartiges Gefühl. Fast noch großartiger, als wenn ich auf Maxi sprang. Weil es ein richtiger Erfolg war, weil es an mir lag und daran, dass ich mich auf mein Pferd eingestellt hatte. Maxi trug schließlich auch den unbegabtesten Anfänger über jede Hürde. Aber zu Dark Angel hatte ich persönlich eine Verbindung hergestellt.

Noch auf dem Heimweg war ich ganz erfüllt von diesem Gefühl und fast wünschte ich mir, das nächste Mal wieder auf ihm zu reiten. Doch dann fiel mir ein, wie schön es erst sein musste, auf einem Pferd zu reiten, zu dem man diese Verbindung schon hatte. Auf Calypso, dachte ich, würde sich Reiten anfühlen wie Schweben.

Am nächsten Morgen stand ich in der Wohnungstür und warf einen Blick auf meine Tasche. Es war die richtige. Ich zog die Tür zu. Eigentlich war es sehr einfach, den Alltag zu bewältigen.

Frau Franselow sah zum Fenster heraus und ich gönnte ihr von Herzen, dass ich schon wieder pünktlich war!

Im Unterricht war es schwieriger. Ins Träumen gerät man schließlich langsam und allmählich. Aber der Trick mit dem Vogelhäuschen funktionierte ganz gut. So überstand ich den Morgen einigermaßen konzentriert. Und das, obwohl für den Nachmittag die praktischen Übungen auf dem Programm standen. Das war natürlich entsetzlich aufregend. Ich hatte mit Priska vereinbart, dass wir uns um drei an der Eisdiele treffen würden und dass ich erst nach Hause gehen dürfte, wenn ich sechs Jungs angesprochen hatte.

Sechs! Und mehr als „Hast du schon mal Zimteis probiert?“ war mir bisher nicht eingefallen.

Ich hatte das grün geringelte T-Shirt an. Priska hatte mir etwas Wimperntusche und Kajal aufgemalt. Ich sah gut aus. Ich lungerte neben Priska – die natürlich auch gut aussah – auf der Bank gegenüber der Eisdiele. Ich war mir sicher, dass wir ziemlich cool wirkten.

Innerlich allerdings war mir eher heiß. Die Hitze kam in Wellen.

Eine Welle brach immer dann los, wenn ein Junge in unserem Alter oder etwas älter aus der Häfnerstraße in den alten Markt einbog und auf die Eisdiele zusteuerte.

Priska stieß mich dann jedes Mal mit dem Ellenbogen in die Seite und sagte: „Los, jetzt!“ Mir schoss die Hitze ins Gesicht, dass ich das Gefühl hatte, die Wimperntusche müsse schmelzen.

„Ich kann nicht.“

„Lollo, du musst!“, drängte Priska nach dem vierten Mal.

„Gut“, sagte ich. Ich ballte die Fäuste und schloss

die Augen. „Sag mir Bescheid, wenn der Nächste kommt.“

Ich wollte nicht mehr selbst auf die Häfnerstraße starren, das machte mich nur nervös. Ich nahm mir vor, mit geschlossenen Augen aufzustehen. Wenn ich den ersten Schritt schon gemacht hatte, würde es leichter gehen.

„Jetzt!“, hörte ich Priska. Ich schluckte. Und dann stand ich auf! Ich machte einen Schritt, dann öffnete ich die Augen.

Der Junge war ein bisschen älter als ich. Ich kannte ihn nicht. Er sah nett aus. Braune kurze Haare, cooles T-Shirt. Er kramte nach seinem Geldbeutel. Ich stellte mich hinter ihn, als wolle ich anstehen.

„Oh, geh nur vor, ich muss erst meinen Geldbeutel suchen!“, sagte er. Das war nicht vorgesehen! Ich sollte doch ihn ansprechen! Und nicht er mich. Zählte das jetzt?

„Äh, o.k.“, antwortete ich verwirrt. Machte es Sinn, jetzt noch nach Zimteis zu fragen? Ich sah, wie Priska auf der Bank wild mit den Armen fuchtelte. Was wollte sie mir mitteilen? Ich starrte sie verzweifelt an.

„Ist das deine Freundin da drüben?“, fragte der Junge und schaute jetzt auch zu Priska. „Ist sie stumm?“

Ich war völlig überfordert. Darum nickte ich.

„Wahrscheinlich sollst du ihr ein Eis mitbringen. Frag sie doch.“ Dann lief ein kurzer Schauer des Entsetzens über sein Gesicht. „Oder ist sie auch taub?“ Um Gottes willen, was tat ich Priska an?!

„Nein, nein, taub ist sie nicht!“ Zur Bekräftigung rief ich zu Priska hinüber: „Welche Sorten willst du?“

Riesenfehler!

Denn Priska antwortete mit klarer lauter Stimme: „Schoko und Erdbeer.“ Ich wäre am liebsten im Boden versunken!

„Stumm?“, sagte der nette Junge nur spöttisch. „Ich glaube, ihr Gefuchtel hatte einen anderen Grund.“

Ich lief rot an.

„Du bist an der Reihe!“, sagte er und ich merkte, dass mich die Eisverkäuferin schon eine ganze Weile ungeduldig ansah.

Oh Mann! Konnte man noch mehr versagen? Konnte es einem noch leichter gemacht werden? Gab es irgendjemanden außer mir auf der Welt, der eine derartig einfache Übung so grundsätzlich versemmeln konnte?

Mit zwei Eistüten in der Hand marschierte ich zurück zur Bank. Jetzt war auf jeden Fall erst einmal Pause, schließlich mussten wir Eis essen.

Beim nächsten Jungen ging es besser. Ich fragte nach dem Zimteis und er hatte es noch nicht probiert. Das war alles. Um die Frage echt erscheinen zu lassen, musste ich allerdings dann auch noch Zimteis bestellen.

Ich aß es mit Priska gemeinsam auf, während wir auf das nächste Opfer warteten. Als es kam, fragte ich wieder nach Zimteis. Das Ansprechen klappte wie am Schnürchen.

„Mach mal was anderes. Immer nur Zimteis ist langweilig."

„Schmeckt es dir nicht?" Mir selbst war es mittlerweile schon etwas zuwider. Ich bin nicht so furchtbar süß veranlagt und drei Eis hintereinander machten meinem Magen ziemlich zu schaffen.

„Nein, aber es geht ja darum, Kreativität und Originalität zu entwickeln. Wenn du immer dieselbe Frage stellst, lernst du nichts."

Na ja, ich hatte jetzt immerhin schon zwei Erfolge zu verbuchen. Ich war nicht mehr so ängstlich.

Man muss eben den Mund aufmachen, dachte ich mir, das war alles. Mega-cool fragte ich also den nächsten Typen einfach, woher er die tolle Jacke hatte, obwohl jeder sehen konnte, dass sie seine Mutter bei C&A gekauft hatte.

Er wurde rot und stammelte: „Ich weiß nicht!" Ich kam mir vor wie Britney Spears.

Hochmütig ging ich auf mein fünftes Opfer los, einen pickeligen Jungen, der mir gerade bis zur Schulter reichte.

„Ey, willst du mich nicht auf einen Milchshake einladen?", nuschelte ich nachlässig. Ich hatte alle Hemmungen verloren. Er nickte eifrig.

Wir suchten uns einen Tisch und er stolperte zur Theke – hier war Selbstbedienung. Es sah recht unbeholfen aus, wie er die zwei Milchshakes zu uns balancierte. Direkt vor mir verlor er das Gleichgewicht und ein roter Erdbeershake-Schwall ergoss sich über mich.

Ich kniff die Lider zu, um die Soße nicht auch

noch im Auge zu haben. Als ich mir den Erdbeershake wieder aus dem Gesicht wischte, entdeckte ich, dass mich jemand mitleidig ansah: Florian!

Er stand am Ende der Häfnerstraße, den einen Arm locker um Milena gelegt. Mit der anderen Hand zeigte er auf mich.

Na also, dachte ich, jetzt weiß er wenigstens, wer ich bin.

Ich wollte aufhören. Schließlich war ich total verkleckert. Aber Priska ließ mich nicht. Sie verbrauchte ein ganzes Päckchen Taschentücher, um den Erdbeershake aus meinem Gesicht und von meinem Ringel-Shirt zu wischen, und entschied, dass ich ordentlich genug aussah, um auch noch Nummer sechs zu absolvieren.

Der Übermut hatte mich allerdings verlassen. Ich musste wie bei Nummer eins die Augen zukneifen. Priska beobachtete die Häfnerstraße.

Auf ihr Kommando stand ich auf und machte meinen Schritt. Ich öffnete die Augen und im ersten Moment wollte ich mich umdrehen und Priska ohrfeigen. Es war nicht ein Junge, es waren fünf! So zwischen 15 und 16. Sollte ich sie wirklich ansprechen? Und wie? „Hat einer von euch schon mal Zimteis ...?“ Oje, oje. Das musste ich irgendwie anders machen.

Der Zufall kam mir zu Hilfe. Und zwar in Form einer Zeitschrift. Sie segelte mir direkt vor die Füße. Ganz offensichtlich war sie dem einen Jungen aus der Tasche gefallen. Ich hob sie auf und sah ein

Rennauto auf dem Titelbild. Niemals hätte ich gedacht, dass ich Jan einmal für seine Automonologe dankbar sein würde. Und niemals hätte ich gedacht, dass ich mir so viel davon gemerkt hatte!

„Das ist ja der MP4-19 von Mercedes“, sagte ich zu dem Jungen und reichte ihm sein Heft.

„Ja, genau.“ Er sah mich neugierig an. „Weiter hinten ist ein Bericht über den MP4-19 B, der wird schneller als jeder Ferrari.“

„Ich weiß nicht“, hielt ich dagegen. „Das haben sie beim MP4-19 auch schon gesagt. Und was war: totaler Reinfall.“ Ich merkte, wie sich die ganze Gruppe für mich zu interessieren begann, und fachsimpelte munter weiter. „Gegen Ferrari haben die keine Chance, Delfinnase hin oder her.“ Ich plapperte einfach nur die Sätze nach, die Jan mir hundertmal vorgesagt hatte – und war der Star!

Priska schaute von ihrer Bank gebannt herüber. Einmal sah ich mit einem Seitenblick, dass sie mir zuzwinkerte. Ein Junge war meinem Blick gefolgt, aber ich dachte mir nichts weiter dabei, sondern zählte nun die Vor- und Nachteile der Bridgestone-Reifen auf.

„Seh ich auch so“, stimmte mir der erste Junge respektvoll zu. Er strich sich die Haare aus dem Gesicht.

„Wie heißt'n du?“

„Lollo“, sagte ich. „Und du?“

„Lollo?“, fragte der Junge, der vorhin mit mir zur Bank hinübergeschaut hatte.

„Ja, Lollo, was dagegen?“

Ein Grinsen spielte um seine Lippen.

„Und das da drüben ist wohl deine Freundin Priska?“

„Woher weißt du das?“

Er streckte mir die Hand entgegen.

„Gestatten, Swoboda“, sagte er. „Michael Swoboda. Aber ich möchte die Damen nicht weiter beim Unterricht stören!

„Du bist der Sohn von Frau Swoboda?“

„Erfasst! Aber ehrlich gesagt bezweifle ich, dass du mit dieser Rennautonummer bei deinem Pferde-Heinz landen kannst!“

Und dann erzählte er seinen Freunden haarklein von Priskas und meinem Trainingsprogramm. Ich ballte die Fäuste vor Wut. Oh, wenn mir Frau Swoboda das nächste Mal begegnete! Die konnte sich auf was gefasst machen!

Was, wann, wo

Die Nachbesprechung unseres Trainings am Tag darauf fand wieder im Heuschober des Reiterhofes statt. So konnten wir sichergehen, dass Frau Swoboda nichts mitbekam. Unser Vertrauen in sie war schwer erschüttert. Wir hielten es sogar für möglich, dass sie lauschte.

Ich stellte mein Rad ab. Als ich die Zahlen am Schloss in die richtige Kombination drehte, merkte ich, dass meine Hände zitterten: Das ganze Ansprechtraining hatte bisher lediglich bewirkt, dass ich noch viel mehr Schiss davor hatte, Florian zu begegnen, als sowieso schon. Schnell huschte ich um den Stall herum.

Priska lag schon im Heu. Sie las in ihrem Notizbuch, hatte einen Stift in der Hand und unterstrich ab und zu etwas. Sie hatte tatsächlich Ähnlichkeit mit Frau Behrens. Das lag vielleicht auch daran, dass sie sich die Haare hochgesteckt hatte. Ich kam mir jedenfalls ein bisschen so vor, als wartete ich nach der mündlichen Prüfung auf die Note.

„Setz dich“, sagte Priska.

„Jawohl, Frau Behrens!“

Sie verdrehte die Augen. „Grundsätzlich muss ich dir Folgendes sagen.“ Priska sah mich an und legte eine Kunstpause ein. Uäähh, war das unangenehm! Und sie genoss es. Ich sah es genau. Denn kurz bevor sie in Lachen ausbricht, erscheint immer ein kleines Grübchen unterhalb der Schläfe.

„Du warst spitze!“

„Na ja. Richtig gut hat nur die Zimteis-Tour funktioniert.“

„Trotzdem!“, sagte Priska und blies sich genau wie Frau Behrens eine Strähne aus dem Gesicht. „Du hast es immer prima gemacht, die Begleitumstände waren eben nicht optimal. Wie du den Jungen angehauen hast, er solle dich einladen, das war große Klasse!“

Wahrscheinlich meinte sie es ernst. Vielleicht war es sogar wirklich gut gewesen. Aber das nützte jetzt alles nichts mehr. Denn Florian kannte ja jetzt mein Gesicht: Es war das mit dem Erdbeershake über Nase und Mund.

„Ach, das macht doch sympathisch!“, meinte Priska leichthin. „Kurz: Es gibt keinen Grund mehr, Florian nicht anzusprechen. Wann wirst du es tun? Heute?“

Sie zog ihr Schminkmäppchen aus der Tasche. Wie immer hatte sie an alles gedacht. Ich sah sie entsetzt an.

„Ich weiß ja nicht einmal, ob er heute hier ist!“

„Wir können ja schauen.“

„Nee, ich muss mich da schon innerlich drauf einstellen. Ich muss wissen, wo ich ihn treffe und was ich dann sage."

Plötzlich hatte ich das Gefühl, dass das überhaupt die einzigen zwei Dinge waren, die ich wissen musste. Dass ich anstelle des ganzen Ansprechtrainings einfach nur hätte überlegen sollen, wann ich Florian was sagen würde.

„Gut", sagte Priska. „Dann gehen wir jetzt runter ins Büro und schauen nach, wann Florian das nächste Mal einen Platz belegt hat." Priska ist immer so entsetzlich tatkräftig. Man kommt einfach nicht gegen sie an. Als ich hinter ihr zum Büro ging, hoffte ich inständig, dass Florian sich das nächste Mal für Ostern eingetragen hatte.

Und offensichtlich sollte mein Wunsch erhört werden. Wir gingen die ganze nächste Woche durch und die übernächste auch. Nirgends war der Name „Florian Wendland" zu lesen. Ich wollte gerade vorschlagen, noch zur Eisdiele zu fahren, als das Telefon im Büro klingelte.

Herr Brühl kam aus dem Nebenzimmer und hob ab.

„Hallo, Florian", sagte er und Priska und ich blieben wie erstarrt stehen. Leider war nicht herauszufinden, worum sich das Gespräch drehte. Herr Brühl sagte nur „Ja" und „Nein" und dann wieder „Ja".

Aber ganz zum Schluss, kurz vor dem Auflegen, sagte er: „Dann sehen wir uns morgen um zwölf hier."

Priska und ich warfen uns einen vielsagenden Blick zu. Wenn das kein Wink des Schicksals war!

Kurz freute ich mich, doch dann überwog die Aufregung. Als Herr Brühl aufgelegt hatte und mit einem kurzen Nicken in unsere Richtung das Zimmer verlassen hatte, war ich so weit, dass ich Priska irgendetwas von „vormittags“ und „Schule“ und „keine Zeit“ erzählen wollte.

Aber da war ich natürlich an die Falsche geraten. „Das ist prima, donnerstags haben wir ja schon um halb zwölf aus, das kannst du locker schaffen.“ Sie sah mich an. „Ich finde das ideal, da sind auch nicht so viele Leute im Reiterhof, und wenn wir um 15 Uhr Reitstunde haben, kannst du mir alles berichten!“

Morgen also. Gleich nach der Schule. Priska zückte ihr Notizbuch und schrieb den Termin hinein. Ich hatte das Gefühl, dass mir eine 40-seitige Strafarbeit drohte, sollte ich Florian morgen nicht ansprechen.

„Priska“, sagte ich. „Priska, was genau soll ich ihm denn nun eigentlich sagen!?“

„Sag: Hallo, du bist doch Florian. Ich habe gehört, du suchst jemanden, der sich um dein Pferd kümmert.“

Ich bat sie um ein Stück Papier aus ihrem Notizbuch und schrieb mir den Satz auf.

Es wird ernst

Zu Hause merkte ich, dass ich noch viele andere Fragen an Priska hatte. Zum Beispiel war völlig ungeklärt, was ich anziehen sollte. Und wann würde mich Priska schminken? Und was war der zweite Satz?

Ich wählte sofort Priskas Nummer. Besetzt. Ihr Handy war abgestellt. Um ihr eine SMS zu schreiben, hätte ich Mamas Handy gebraucht.

Mama hatte mich an meinem Geburtstag vor die Wahl gestellt: Handy oder Reitstunden. Jetzt kamen mir zum ersten Mal Zweifel, ob ich mich damals richtig entschieden hatte. Was sollte ich tun?

Ich beschloss, mich erst einmal um die Kleiderfrage zu kümmern, das ging zur Not auch alleine. Ich würde Reithosen anziehen, dann konnte Florian denken, ich sei nur ein wenig zu früh dran für die Reitstunde. Ein wenig zu früh! Drei Stunden!

Na ja, ich ging nicht davon aus, dass er meine Termine im Kopf hatte. Überhaupt würde er sich kaum Gedanken darüber machen, warum ich auf dem Reiterhof war. Es sei denn, ich hätte keine Reithosen an. Und damit war klar, dass es gar keine andere Möglichkeit gab. Reithosen, basta.

Der Rest war auch nicht besonders schwer. Ich wollte mein grünes Ringelshirt anziehen. Mein absolutes Lieblingsstück. Das einzige Teil überhaupt, das Priska je zu einer Bemerkung verführt hatte. „Ist ja süß!“, meinte sie, als ich es das erste Mal in der Schule trug.

Ich öffnete meinen Kleiderschrank, doch da war es nicht.

Logisch, schoss es mir durch den Kopf, es liegt ja mit Erdbeershake-Spritzern übersät im Wäschekorb. Ich rannte in die Wäschekammer, zerrte das Shirt aus dem Korb und ließ heißes Wasser ins Waschbecken ein. Ich schüttete jede Menge Waschmittel dazu und rieb, was das Zeug hielt. Die Flecken waren zäh – aber ich schaffte es. Ich wrang das Shirt aus, hängte es im Bad über die Duschstange und wählte erneut Priskas Nummer.

Diesmal erreichte ich zumindest Frau Swoboda.

„Nein, Lollo, tut mir leid“, sagte sie. „Ein Junge, Hannes oder so ähnlich, hat Priska abgeholt. Sie wollten zur Eisdiele. Soll ich ihr etwas ausrichten?“

Als Frau Swoboda das Wort „Eisdiele“ aussprach, fiel mir ein, wie sauer ich auf sie war.

„Nein, Frau Swoboda“, zischte ich in den Hörer. „Ihnen sage ich gar nichts, man weiß ja nie, an wen Sie das weiterplaudern! Auf Wiederhören!“

Ich legte auf – einerseits sehr zufrieden, weil ich fand, genau den richtigen Tonfall getroffen zu haben, andererseits völlig verzweifelt, weil ich nicht wusste, wie ich Priska jetzt noch erreichen sollte.

Ich ging ins Bad. Das Shirt tropfte auf den Wannenrand, davor hatte sich schon eine Lache gebildet. Ich fasste es an. Am unteren Saum war es klatschnass. Ich wrang es noch einmal aus und hängte es wieder über die Stange, dann wischte ich den Boden auf, mutlos. Das Ringelshirt würde morgen früh noch nicht trocken sein.

Warum hatten wir keinen Trockner? Warum hatte ich kein Handy? Warum hatte ich nicht viele neue, schicke Kleider, sondern nur ein einziges T-Shirt, das für die morgige Aufgabe infrage kam? Sauer setzte ich mich auf den Badewannenrand und ließ die Hand mit dem nassen Wischlappen auf meine Hose sinken. Er durchweichte meine Hose, aber das war mir egal.

Als meine Mutter kam, saß ich immer noch so da.

„Was ist denn mit dir los?"

„Ich hab mein T-Shirt gewaschen."

„Warum?"

„Ich brauch es morgen."

„Ist was Besonderes?"

„Nee."

Mama verstand. Sie fragte nicht weiter. Mit einem schnellen Handgriff testete sie, wie nass das Shirt war.

„Sollen wir es föhnen?"

Sofort schlug meine Stimmung um. Mama würde mich retten. Es würde zwar ewig dauern, aber ich war zu einem langwierigen Föhn-Einsatz bereit. Ich wusste sowieso nicht, wie ich den Abend herumbringen sollte.

Mama und ich wechselten uns ab. Wer nicht föhnte, musste das Abendbrot vorbereiten. Als alles auf dem Tisch stand, machten wir Essenspause.

„Ich war heute Nachmittag kurz zu Hause“, erzählte Mama, als sie sich Salat auf den Teller lud. „Da hat Jan geklingelt.“

Dazu fiel mir nichts ein. Ich hätte zwar gerne mit Mama darüber geredet, wie es ist, jemanden zu verletzen, aber mehr so abstrakt. Der Name Jan sollte in dem Gespräch nicht fallen. Also biss ich nur von meinem Wurstbrot ab.

„Ich finde, ihr solltet euch wieder vertragen.“

Fast verschluckte ich mich.

„Hat er dir erzählt, dass wir gestritten haben?“ Das kam mir sehr seltsam vor.

„Na hör mal, ich bin doch nicht blind!“, protestierte Mama „Was ihr da auf eure Pappschilder geschrieben habt, klingt nicht gerade nach Harmonie.“

Stimmt, das war wohl nicht zu übersehen.

„Was hat er gesagt?“

„Mmmh, nur gefragt, ob du da bist.“

Wir aßen eine Weile schweigend. Ich gab mir einen Ruck.

„Was kann man denn machen, wenn man jemanden verletzt hat?“

Meine Mutter hob die Schultern. „Das kommt ganz drauf an, wie man das getan hat.“

Sollte ich das jetzt verschlüsseln? Ich sah sie an und setzte ganz auf ihr Taktgefühl.

„Wenn man gesagt hat, man ist verliebt, und dann nicht küssen wollte!“

Ich hatte mich nicht in ihr getäuscht. Sie kaute ein bisschen, als ob sie überlegte, und meinte dann: „Da gibt es eigentlich nur eine Möglichkeit. Man muss sich entschuldigen und sagen, dass man sich geirrt hat.“

„Aber das tut dem anderen doch weh!“

„Ja“, sagte sie. „Das tut dem anderen weh. Aber es gibt keinen anderen Weg.“ Sie machte eine kleine Pause. „Normalerweise sollte man eben vorher aufpassen. Also erst von Liebe reden, wenn man sich sicher ist.“ Sie sah mich an. „Sollen wir weiterföhnen? Wer nicht föhnt, räumt die Küche auf.“

Meine Mutter war einfach spitze. Sie wusste immer genau, wie nah sie mir kommen durfte. Ich verzichtete doch sehr gerne auf die vielen Kleider und den Trockner und das Handy, solange sie so einfühlsam war!

Obwohl ...

„Mama?“

„Ja?“

„Kannst du mir kurz dein Handy leihen? Nur für eine SMS!“

Sie reichte es mir herüber. Ich tippte. „Bring morgen Schminkzeug mit in die Schule! Lollo.“ Dann ging ich ins Bad und föhnte weiter.

Priska hätte die Schminksachen sowieso nicht vergessen. In solchen Dingen ist auf sie Verlass.

„Das klappt schon alles!“, flüsterte sie mir zu und berichtete dann erst einmal ausführlich von Hannes.

Ich hörte ihr zu, weil sie mir ja schließlich auch immer zuhört. Aber ich war nicht bei der Sache. Ich fand den ganzen Vormittag unerträglich. Er verging so langsam! Ich fühlte mich wie ein kleines Kind an Heiligabend, das alle zwei Minuten fragt, wann denn endlich Bescherung sei. Wobei an Heiligabend wenigstens klar ist, dass die Bescherung etwas Gutes bringen wird.

Die Schulstunden zogen sich wie ellenlanger Kaugummi. Zumal ich ja nicht mehr vor mich hin träumen durfte, sondern jedes Mal, wenn ich den Vogelkasten sah, geistig in den Unterricht zurückkehren musste! War das zäh!

Aus lauter Verzweiflung versuchte ich, mich richtig zu beteiligen. Aber dazu hätte ich fragen müssen, was das kleine *r* bedeutete, das Frau Wittek immer an den Strich in den Kreisen schrieb. Und das hatte sie bestimmt schon mehrmals erklärt.

In Geschichte merkte ich, dass das Fach eigentlich gar nicht so langweilig ist, wie ich immer gedacht hatte, dafür brach in Biologie die völlige Verständnislosigkeit aus: Was waren das für komische Flecken, die Frau Trautmann an die Tafel malte, und was um alles in der Welt bedeutete *Amöbe*?

Nicht einmal die Pausen brachten Erholung. Es

interessierte mich nicht im Mindesten, was Marion und Lena für ihr Wochenende planten. Und es nervte mich, dass Priska mir ständig ihren Ellenbogen in die Rippen stieß und verschlüsselte Bemerkungen über den frühen Schulschluss machte. Ich war doch so schon aufgeregt genug!

Aber als es um halb zwölf läutete, war ich dann doch überrascht. Jetzt kam es mir so vor, als sei der Vormittag nur so dahingeflogen. Priska zog mich am Arm und wir verschwanden eilig in der Schultoilette. Ich schlüpfte in die mitgebrachten Kleider. Priska schminkte mich sorgfältig. Allerdings fiel es mir wahnsinnig schwer, ruhig zu sitzen.

„Sei nicht so zappelig", schimpfte Priska. „Sonst verschmiere ich die Wimperntusche!" Das wollte ich natürlich nicht.

Um 20 vor zwölf schlüpften wir aus dem Klo. Ich sah Herrn Kerkl am Ende des Ganges. Sofort machte ich kehrt. „Der sieht uns doch gar nicht!", zischelte Priska.

Und wenn doch? Ich musste an meine bescheuerte Bemerkung in der Beratungsstunde denken. Oh Gott, was musste er von mir denken! Überhaupt. Was für eine blöde Idee, sich in der Schule zu schminken. Tausend Leute fielen mir ein, denen ich jetzt auf keinen Fall begegnen wollte. Von Frau Behrens bis zu Kati, die eine Klasse über uns war.

Aber ich hatte Glück. Unerkannt gelangten wir in den Fahrradkeller. Priska, die zu Fuß in die Schule gekommen war, drückte mich an sich.

„Viel Glück! Ich halte dir die Daumen!"

Ich zeigte ihr noch kurz meinen Glücksbringer: alle ihre Zettelchen, zusammengebunden mit einer blau-grünen Schleife. Sie küsste an meiner Backe vorbei in die Luft.

„Alles Gute!" Dann ließ sie mich allein.

Mir war ganz flau. Mit butterweichen Knien wollte ich aufs Rad steigen. Da merkte ich, dass etwas nicht stimmte. Das Hinterrad war platt! Hatte schon wieder jemand die Luft rausgelassen? Jan?

Ich krempelte die Ärmel hoch, pumpte aus Leibeskräften und schimpfte innerlich auf Jan. Aber der Reifen wurde und wurde nicht prall. Er hatte ganz offensichtlich ein Loch. Dass Jan Fahrradreifen aufschlitzte, traute ich ihm dann doch nicht zu.

Mir fielen die Glasscherben ein, die heute Morgen vor der Parkbank gelegen hatten, auf der Frau Franselow immer sitzt und schnauft. Ich war zwar ausgewichen, aber offensichtlich hatte es nichts genutzt. Wie mich das ärgerte, dass immer wieder irgendwelche Leute Flaschen auf den Boden warfen! Stunden meines Lebens hat mich diese elende Flickerei schon gekostet.

Und jetzt gingen offenbar die bisher wichtigsten Minuten auch noch dafür drauf. Ich schaute auf die Uhr: Viertel vor. Ich konnte es kaum schaffen. Schließlich musste ich das Fahrrad erst noch heimschieben, ich hatte ja kein Flickzeug dabei.

Na ja, zehn Minuten hin oder her würden nichts ausmachen. Florian hatte sich sicherlich nicht um zwölf mit Herrn Brühl verabredet, um dann gleich wieder zu verschwinden. Also los, sagte ich mir, mach schon, Lollo!

Ich staunte über meine Entschlossenheit. Bisher war mir doch jede Ausrede recht gewesen, um Florian aus dem Weg zu gehen. Das lag an Priska. Sonst konnte ich sicher sein, dass sie mir den entscheidenden Stoß gab. Aber jetzt war ich ganz auf mich gestellt. Und ich wollte ihr zeigen, dass ich es auch ohne sie konnte. Ich schnappte mein Rad und schob es in einem Höllentempo nach Hause.

Keuchend kam ich vor der Garage an. Was war mit den schwarzen Händen, die ich nachher haben würde, und den Flecken auf der Reithose, die ich extra angezogen hatte? Sollte ich mich vor dem Flicken noch einmal umziehen? Reichte dann die Zeit? Lieber nicht. Ich würde eben vorsichtig sein und mich nicht schmutzig machen.

Ich rannte in die Garage und kramte im obersten Regalfach nach dem Flickzeug. Ich fand die kleine grüne Schachtel und öffnete sie. Darin waren Sandpapier, Kleber und ein paar alte Alupapierchen. Kein Flicken! Was nun?

Jan. Er hatte bestimmt Flickzeug. Er hatte sogar zwei Fahrräder. Früher wäre es kein Problem gewesen. Er hätte mir ohne Weiteres sein Mountainbike geliehen. Aber früher hätte ich es auch nicht dazu benutzt, um zu seinem Konkurrenten zu radeln. Sollte ich klingeln und fragen?

Ich tat es. Schließlich blieb mir gar nichts anderes übrig.

Jan war überrascht, aber er sah nicht sauer aus, als er seinen Kopf zum Fenster herausstreckte.

„Kannst du mir Fahrradflickzeug leihen?“, schrie ich.

„Klar!“, rief Jan. Es klang weder böse noch freundlich noch ironisch noch irgendwas, sondern ganz normal. „Warte, ich komm runter.“ Gleich darauf stand er neben mir.

„Platt?“

Ich nickte.

„Hast du’s eilig?“

Ich nickte wieder.

„Komm, nimm mein Fahrrad, ich hab ja noch das Mountainbike.“

Er lächelte.

Ich sagte: „Danke“, und dann noch: „Tut mir leid wegen neulich.“ Allerdings nuschelte ich da so, dass ich mir nicht sicher war, ob Jan es verstanden hat.

Es war auch nicht so wichtig. Wir wussten trotzdem beide, dass alles wieder so werden würde wie vor dem vermasselten Heimweg. Ich schwang mich auf sein Rad und war um Viertel nach zwölf auf dem Reiterhof.

Der Hof schien vollkommen leer zu sein. Ich sah keinen Menschen. Ich beschloss, noch kurz bei Calypso vorbeizuschauen, bevor ich Florian suchte. Um mir Mut zu machen. Ich wollte meine Nase in seine Mähne stecken, seinen Duft einsaugen und wissen, wozu ich diese Mutprobe auf mich nahm. Schnell schloss ich das Rad ab, drückte die schwere Stalltür auf, lief die Stallgasse entlang, bog rechts ab – und bekam beinahe einen Herzschlag: Calypsos Box war leer!

Das konnte nicht sein! Auf den beiden Reitplätzen hatte ich niemanden gesehen!

Ritt Florian in der Halle? Bestimmt nicht! Es hatte zwar ein wenig abgekühlt, aber die Sonne schien noch immer. Wir hatten mildes, schönes Herbstwetter. Da fiel mir ein, dass sich Florian für die nächsten Wochen überhaupt nicht eingetragen hatte! Er kam heute nicht zum Reiten auf den Hof, sondern aus irgendeinem anderen Grund.

Auf einmal wurde mir alles klar. Es gab nur eine Erklärung: Calypso war schon abtransportiert worden! Etwas anderes konnte das nicht bedeuten. Florian hatte sich mit Herrn Brühl verabredet, weil er Calypso heute aufs Gestüt seiner Tante bringen ließ. Darum hatte er sich in den folgenden Wochen auch keinen Reitplatz mehr reserviert. Wahrscheinlich zog er selbst schon in den nächsten Tagen nach Frankfurt zum Studium. Wann begann denn ein Semester?

Ich ärgerte mich, dass ich auf diese Frage nicht schon früher gekommen war. Dann hätte ich gewusst, ab welchem Zeitpunkt sich Florian nicht mehr um Calypso kümmern konnte. Jetzt würde ich Calypso nie wiedersehen! Und Florian wahrscheinlich auch nicht.

Selbst wenn er von Frankfurt aus ab und zu nach Hause fuhr: Warum sollte er auf den Reiterhof kommen, wenn sein Pferd nicht mehr da war? Ich musste mich an der Trennwand abstützen. Ich war eine

Viertelstunde zu spät gekommen und jetzt war Calypso weg.

Weg, für immer. Weil ich so lange herumgetrödelt hatte, weil ich nicht gleich gefragt hatte. Weil ich versagt hatte.

Ich schluchzte laut auf. Ich hatte keine Hemmungen mehr. Sollte doch jeder mitkriegen, wie enttäuscht ich war. Ich tastete mich aus der Box hinaus und wollte auf den Heuboden. Mich hinlegen. Heulen.

Ich öffnete die hintere Stalltür. Da sah ich einen Pferdetransporter. Er stand mutterseelenallein im Hof. Niemand sonst war zu sehen. Ich ging um den Hänger herum, die Rampe war noch unten. Vorsichtig warf ich einen Blick hinein – und da war Calypso! Ich stahl mich hinauf und umarmte ihn.

Calypso schnaubte mir freundlich ins Ohr. Ich lachte und ließ ihn los. Ich streichelte seine lustige Blesse und tätschelte seinen Hals. Er stupste mich. Er freute sich. Bestimmt war es ihm unheimlich in dem ungewohnten Transporter. Ich flüsterte ihm beruhigende Sachen zu. Er beugte seinen Kopf und suchte in meiner Tasche nach Karotten.

„Ja, Calypso, brav", murmelte ich und zog eine heraus. Mit einem Haps hatte er sie verschlungen. Ich klopfte ihm auf den Hals. Wir trösteten uns gegenseitig. Es war ein ganz schöner, ruhiger Augenblick.

Peng! Ein lauter Schlag erschreckte uns beide. Jemand hatte die Transportertür zugeschlagen.

Ich hätte sofort losschreien müssen. Das wäre die einzig richtige Reaktion gewesen. Aber das sagt sich jetzt so leicht.

Als ich im Hänger eingeschlossen war, sah alles irgendwie anders aus. Ich konnte nicht klar denken. Ich hörte Florians und dann Milenas Stimme und mir war ganz klar, dass ich mich erst sammeln musste, bevor ich den beiden begegnete.

Ich konnte ihnen jetzt nicht einfach so aus dem Hänger entgegenspazieren und sagen „Hallo, ich bin's, ich wollte mich nur von Calypso verabschieden". Ich traute mich einfach nicht! Es ging nicht. Ich wusste, dass ich schreien musste, aber ich wartete ab.

Ich hörte Schritte, Türenschlagen, einen anspringenden Motor.

Jetzt traute ich mich. Ich schrie. Aber jetzt hörte mich niemand mehr.

Zehn Messer in der Wade

Ein Pferd von Calypsos Größe wiegt ungefähr 600 Kilo. Das wusste ich. Ich wusste auch, dass es immer wieder zu Verletzungen kommt, wenn man Pferde in einen Hänger führt. Viele Tiere mögen das nicht, scheuen und schlagen aus. Ein Mensch ist sehr klein und schwach im Vergleich zu einem Pferd. Ein 13-jähriges Mädchen erst recht.

Das alles ging mir durch den Kopf, als der Wagen ruckelnd anfuhr. Ich hatte Angst und flüchtete mich in die Spitze des Hängers, vor die Stange, an der Calypso angebunden war. Hier schien es mir am sichersten.

Erst jetzt sah ich wieder zu ihm hoch. Ganz brav und geduldig stand er da, seinen Blick fragend auf mich gerichtet. Als wolle er wissen, warum ich mich plötzlich vor ihm verkroch. Er wirkte fast ein bisschen enttäuscht von mir. Augenblicklich bekam ich ein schlechtes Gewissen.

Ich rückte also wieder ein bisschen näher und streckte meine Hand nach der weichen Stelle zwischen seinen Nüstern aus. Er schnaubte dieses vertraute Schnauben. Er kam mir nicht gefährlich vor. Er war derselbe brave Calypso wie immer, keine 600-Kilo-Gefahr.

Trotzdem blieb ich vorsichtshalber hinter der Stange. Das war ganz gut so, weil ich mich in den Kurven daran festhalten konnte. Ich streichelte ihn und wir unterhielten uns, und nach einer Weile beschloss ich, dass Calypso nicht zu den Pferden gehörte, die Angst in einem Hänger haben. Mir war schon wieder viel wohler zumute. Ich versuchte es mit einem Lächeln in Calypsos Richtung.

Dann fiel mir etwas ein, das mich endgültig beruhigte. Ich hatte nämlich schon öfter gehört, dass Fohlen gemeinsam mit ihrer Mutter in einem Hänger transportiert werden. Wenn es für das Fohlen nicht gefährlich ist, dann doch auch nicht für mich, dachte ich.

Ich schlüpfte unter der Stange hindurch neben Calypso und lehnte meine Stirn an seinen Hals, so wie ich es am liebsten mag.

Ich atmete tief durch. Dann rieb ich meine Stirn an seinem weichen Fell und dachte in Ruhe über meine Situation nach.

Was sollte ich tun, wenn der Wagen auf Hohemühl hielt und Florian den Hänger öffnete? Mir fielen nur alberne Sachen ein. Winken und „Huhu“ rufen. Wie witzig.

Auch der Satz, den ich mir mit Priska ausgedacht hatte, war hoffnungslos überholt: „Hallo, du bist doch Florian. Ich habe gehört, du suchst jemanden, der sich um dein Pferd kümmert.“

Es gab überhaupt nichts, das in dieser Situation nicht lächerlich gewirkt hätte. Ganz abgesehen davon, dass mich allein die Tatsache, dass ich mich in den Hänger geschlichen und nicht geschrien hatte, für alle Zeiten als Pflegerin für Calypso unmöglich machte. Ich konnte es vergessen. Ich konnte froh sein, wenn Florian nicht allzu sehr schimpfte und mich in seinem Auto wieder mit nach Hause nahm. Ich seufzte.

Wenigstens zog Florian dann nach Frankfurt und ich musste ihm nicht jeden Tag begegnen und mich an die peinliche Situation erinnern. Ich biss mir auf die Lippen.

Da machte der Wagen eine scharfe Kurve und bremste abrupt. Calypso geriet aus dem Gleichgewicht und stolperte zur Seite.

Ich spürte einen harten Schlag gegen meine Wade und dann einen heißen Blitz, der mitten durch das Bein schoss. Ich fiel hin.

Das Auto fuhr wieder an.

Calypso machte einen Schritt zurück.

Ich blieb liegen, in meinem Bein brannte es vor Schmerz. Etwas ähnlich Schlimmes hatte ich noch nie gespürt. Es tat unglaublich weh. Als bohrte jemand mit einem Messer in meinem Unterschenkel herum.

Ich lag auf dem Stroh und wimmerte. Blut tropfte mir auf die Hand. Ich tastete mein Gesicht ab und merkte, dass ich mir die Lippe aufgebissen hatte. Im Vergleich zu meinem Bein schmerzte es überhaupt nicht, aber die Blutspur nahm kein Ende. Mein schönes Ringelshirt war übersät mit roten Flecken. Und zwischen das Blut mischten sich Tränen. Ich konnte sie nicht mehr zurückhalten.

Es war vorbei. Ich brauchte mir eigentlich nichts mehr zu überlegen. Wenn Florian den Hänger in Hohemühl öffnen würde, gab es nichts zu retten. Er würde ein Häufchen Elend sehen, ein Mädchen, das übers ganze Gesicht mit Wimperntusche und Blut verschmiert war und dem Mädchen erstaunlich glich, das er vorgestern mit Milchshake überschüttet in der Eisdiele gesehen hatte.

Er würde seine Gestütsbesitzer-Tante holen, auf mich zeigen und verächtlich sagen: „Siehst du, darum konnte ich Calypso nicht auf dem Reiterhof lassen. Genau so ein verantwortungsloses 13-jähriges Mädchen hätte sich dann um ihn gekümmert. Und das konnte ich doch unmöglich zulassen!"

Ich wusste nicht, was ich mir wünschen sollte. Jedes Mal, wenn der Wagen bremste, bekam ich Hoffnung, aus meiner Lage befreit zu werden. Ich hörte auf zu schluchzen – bekam dann aber Schiss vor Florian und begann zu zittern.

Wenn der Wagen wieder anfuhr, atmete ich erleichtert auf, um gleich darauf zu hoffen, er würde wieder anhalten.

All die guten Ratschläge der letzten zwei Wochen kamen mir wieder in den Sinn. Was hatte Herr Kerkl gesagt? Ich sollte immer erst denken, bevor ich handelte. Hätte ich das nicht tun können, bevor ich einfach so in Calypsos Hänger hineinstürmte?

Kontrollpunkte! Hätte ich nicht einfach auf der

Rampe zum Hänger stehen bleiben können und mich fragen: „Was willst du dort im Hänger, Lollo, und was machst du, wenn jemand die Tür zuschlägt?"

Und Priska mit ihrer ewigen Aufforderung, mich nicht so zurückzuhalten. Priska hätte einfach geschrien, als die Klappe zuschlug, aber ich, ich Riesenhornochse, hatte mich nicht getraut.

Sogar Frau Swoboda hatte recht behalten. Ich hätte ganz einfach schon letzte Woche zu Florian gehen sollen und ihm sagen, was ich wollte. Es wäre doch so egal gewesen, ob er gemerkt hätte, dass ich in ihn verliebt bin. Ich schluchzte laut auf. An allem war ich selber schuld.

Als der Transporter dann tatsächlich hielt und der Motor des Wagens erstarb, hätte ich beinahe vergessen zu schreien. Ich war völlig weggetreten. Doch als ich merkte, dass sich die Schritte vom Auto entfernten, nahm ich alle Kraft zusammen und brüllte, so laut ich konnte.

„Hiiilfe!"

Die Schritte kamen wieder näher. Wenn ich Glück hatte, würde Florian mich gleich aus meiner Lage retten. Glück! Gestern hatte ich mir darunter noch etwas anderes vorgestellt. Ich konnte kaum schlucken, solch einen Kloß hatte ich im Hals. Ich hörte, wie sich Florian an der Verriegelung des Transporters zu schaffen machte. Langsam sank die Klappe nach unten.

„Hallo? Ist da wer?", rief eine Stimme.

In dem Moment fiel mir gar nicht auf, dass die Stimme weiblich war.

„Ja“, wimmerte ich, ohne aufzusehen. Mir war alles egal. Schritte näherten sich. Ich sah blank gewienerte Reitstiefel, darüber eine helle Hose.

Langsam kroch mein Blick die Beine hinauf. Die Person trug einen Frack wie für ein Reitturnier. Ich sah noch weiter hinauf – direkt in Milenas braune Augen.

Kurze Zeit später saß ich auf dem Rücksitz eines alten Mercedes. Milena fuhr. Draußen zog eine langweilige Landschaft vorbei, die mir völlig unbekannt war. Die Polster waren weich und ich sank so tief ein, dass es schon wieder unbequem war. Mein Bein lag auf zwei Pferdedecken. Es tat noch immer höllisch weh.

Milena hatte mich so sanft wie möglich ins Auto gehievt, nachdem sie mich im Hänger gefunden hatte. Ich hatte geschrien. Bei jeder Bewegung war es mir vorgekommen, als steche mir jemand tausend Messer in das Bein und drehte sie tief in der Wunde um.

Milena hatte mich gestützt, damit ich versuchen konnte aufzutreten, aber das war völlig unmöglich. Schließlich hatte sie mich halb getragen und halb hatte ich mich auf das gesunde Bein gestützt. So hatten wir den Weg bis zur Autotür geschafft.

Milena hatte mich vorsichtig auf dem Rücksitz gelagert, bis wir die Stellung gefunden hatten, in der ich es am besten aushalten konnte. Sie hatte mir sogar noch Schokolade gekauft. Denn als sie mich gefunden hatte, befanden wir uns auf einer Autobahnraststätte irgendwo zwischen Darmstadt und Aschaffenburg.

Der alte Mercedes gehörte Milenas Eltern. Sie hatte ihn geliehen, um aufs Klingsfeld-Turnier zu fahren.

Genau: aufs Klingsfeld-Turnier. Dies war nicht der Transport, der Calypso für immer vom Reiterhof wegschaffen sollte. Dies war eine Fahrt für einen Tag.

Meine Panik war vollkommen unbegründet gewesen. Calypso wäre am Abend wieder im Reiterhof gewesen. Milena hätte ihn geritten und vielleicht den Pokal geholt. Sie hätte das erste Mal in ihrem Leben am Klingsfeld-Turnier teilgenommen und ich wagte gar nicht, mir vorzustellen, wie sehr sie sich darauf gefreut hatte.

Denn aus dem Turnier wurde nichts. Milena fuhr stattdessen ein dummes, kleines verheultes Mädchen ins Krankenhaus.

Ich sagte gar nichts. Ich aß meine Schokolade und verstand nicht, warum Milena so nett zu mir war. Sie hatte noch kein bisschen geschimpft. Sie hatte mir keine Vorwürfe gemacht, sie hatte nicht einmal gesagt: „Bist du nicht das Mädchen mit dem Erdbeershake im Gesicht?“

Ich sah zu ihr nach vorne. Beim Autofahren trug Milena eine Brille. Ein ziemlich billiges altes Gestell. Auf der Stirn hatte sie vor lauter Konzentration eine kleine steile Falte. Eingebildet wirkte sie überhaupt nicht.

„Magst du Calypso sehr?“, fragte sie jetzt.

„Ja, er ist mein Lieblingspferd!"

„Das kann ich gut verstehen. Er sieht toll aus, mit diesem dunklen glänzenden Fell, stimmt's?"

„Ja, findest du auch?"

„Und er kann einen so anschauen, dass man meint, er verstehe jedes Wort", sagte sie und lachte. „Vielleicht tut er es ja auch. Oft denke ich, dass die Pferde viel klüger sind als wir Menschen!"

Warum hatte ich sie bisher nicht gemocht? Ich versuchte, mich zu erinnern, aber mir fiel nichts ein.

Milena schwieg eine Weile. Dann sah sie durch den Rückspiegel zu mir. „Willst du mir erzählen, warum du in den Hänger gestiegen bist?"

Eigentlich wollte ich nicht. Aber es war das Einzige, worum mich Milena bat, und ich war ihr ganz schön viel schuldig. Ihr zuliebe hätte ich jetzt auch Tornados Box ausgemistet. Oder Französisch-Strafarbeiten geschrieben oder was auch immer.

„Ich wollte mich von Calypso verabschieden."

„Wieso, ziehst du weg?", fragte sie verdutzt.

„Nein, ich dachte ..." Da merkte ich, wie mir wieder das Schluchzen in die Quere kam, und ich musste kurz Pause machen. Ich schniefte und Milena reichte mir ein Taschentuch.

„Ich dachte, Calypso würde nach Hohemühl gebracht", begann ich zaghaft, doch schon bald konnte ich gar nicht mehr aufhören zu reden. Ich merkte, dass ich nicht ihr zuliebe erzählte, sondern weil ich es selbst wollte.

Weil es gut tat, endlich mit jemandem zu sprechen, der Bescheid wusste. Der nicht nur vermuten konnte, ob Calypso nun den Stall verlassen würde oder nicht, und ob Florian tatsächlich jemand suchte, der Calypso als Pflegepferd nahm. Ich wollte, dass dieser unendliche Kreis, in dem sich meine Gedanken die letzten zwei Wochen gedreht hatten, ein Ende nahm.

Ich erzählte Milena lauter Sachen, die mir bisher immer furchtbar peinlich gewesen waren. Ich erzählte ihr Dinge, die nicht einmal Priska wusste. Von den Märchen, die ich mir für Calypso ausgedacht hatte, zum Beispiel.

Und dann überhaupt alles von dem Ansprechunterricht und dem Schminken und die Sache mit dem Erdbeershake. Das war die einzige Stelle, an der sie lachte. Sonst hörte sie mir sehr ernst zu. Ich erzählte ihr sogar, dass ich sie unausstehlich gefunden hatte.

Dann fuhr Milena auf den großen Parkplatz vor einem Krankenhaus und parkte. Sie zog den Schlüssel ab und drehte sich zu mir um.

„Ich kann das alles sehr gut verstehen, Lollo. Mir ist nämlich mal was Ähnliches passiert."

Und dann erzählte sie mir von ihrem ersten Lieblingspferd. Das war eine alte Stute und sie sollte auf den Schlachthof, weil sie als Reitpferd nicht mehr zu gebrauchen war. Herr Brühl wäre aber bereit gewesen, ihr das Gnadenbrot zu geben – wenn sich jemand gefunden hätte, der die Pflege übernommen hätte. Doch niemand meldete sich. Auch Milena nicht – weil sie sich nicht traute.

„Verstehst du, Lollo? Ich habe es nicht mal geübt! Dabei hätte ich nur mit Herrn Brühl sprechen müssen und das wäre ja lange nicht so kompliziert gewesen wie mit Florian." Sie zwinkerte mir zu. „Du bist immerhin einen Schritt weitergekommen als ich."

Ich staunte. Konnte es sein, dass Milena sich etwas nicht getraut hatte? Dass ihr Dinge peinlich waren? Sie lächelte mich an und es sah so aus, als fände sie es wirklich gut, wie ich mich auf das Ansprechen vorbereitet hatte.

Dann sagte sie: „Beim nächsten Mal klappt es bestimmt!"

„Beim nächsten Mal?" Jetzt verstand ich sie nicht mehr.

„Na ja", sie seufzte etwas und warf ihren Pferdeschwanz zurück. „Es stimmt schon, was du gehört hast. Florian hat Calypso auf dem Reiterhof abgemeldet. Allerdings erst zum Jahresende. So lange kann ich mich noch um ihn kümmern. Mein Studium beginnt nämlich erst im Frühjahr. So, und jetzt bleib du mal hier sitzen. Ich hole einen Rollstuhl für dich!" Und dann verschwand sie in dem Krankenhaus.

Ich konnte nicht anders. Ich war jetzt trotzdem enttäuscht. Calypso würde den Reiterhof verlassen und so wie es Milena erzählt hatte, gab es daran nichts mehr zu rütteln. Ich sah ihr nach und nutzte die Zeit, die sie verschwunden war, für ein paar letzte Tränen.

Dann wischte ich mir mein verschmiertes Gesicht mit Milenas Taschentüchern ab. Von dem Moment an, als sie mit zwei Krankenpflegern zurückkam, war ich tapfer.

Milena blieb, bis die Untersuchung abgeschlossen war. Ich hatte einen Unterschenkelbruch und musste über Nacht im Krankenhaus bleiben.

Milena rief meine Mutter an und drückte mir beide Hände ganz fest, bevor ich in den Gipsraum geschoben wurde.

Sie war klasse. Eine warme Welle schwappte durch mich hindurch, so sehr mochte ich sie auf einmal. Ich schämte mich für jeden schlechten Gedanken, den ich je über sie gedacht hatte. Ich schämte mich so sehr, dass es den Schmerz in meinem Bein völlig überdeckte.

Hoher Krankenbesuch

Ich lag irgendwo in Deutschland in einem Krankenhauszimmer. Vor dem Fenster war nicht mehr zu sehen als ein paar Tannenzweige und dahinter ein Gebäude, ich vermute, ein weiterer Trakt des Krankenhauses. Sehr langweilig.

Im Bett neben mir lag eine junge Frau mit eingegipstem Arm, die ununterbrochen las. Sie war auch sehr langweilig. Ich hatte ein Telefon neben dem Bett und ein Radio. Als ich es einschaltete, sagte die Frau den einzigen Satz, den ich in der ganzen Krankenhauszeit von ihr zu hören bekommen sollte: „Kannst du das bitte ausmachen? Es stört mich beim Lesen."

Mein Bein war bis zum Knie eingegipst. Zwei Krücken lehnten neben dem Bett. Erst in zwei Wochen würde ich einen Gummiabsatz an den Gips bekommen, vorher durfte ich nicht auftreten. Ich würde nicht lange im Krankenhaus bleiben müssen. Aber den Gips nahm man mir frühestens in fünf Wochen ab. Das Abschlussturnier war auf jeden Fall gelaufen.

Na ja. Ich sah das alles nicht mehr so eng, seit ich diese Angst im Hänger ausgestanden hatte.

Es war alles noch mal gut gegangen, das war das Wichtigste. Selbst dass Calypso jetzt unwiederbringlich vom Reiterhof verschwinden würde, erschien mir nicht mehr so schlimm. Eine ungeheure Gelassenheit erfüllte mich. Ich hatte das Gefühl, dass mich nach diesem Abenteuer nichts mehr aus der Ruhe bringen konnte. Wenn jetzt zum Beispiel Florian ins Zimmer käme, würde ich ihn ohne Weiteres ansprechen. Allerdings wollte ich das gar nicht mehr. Ehrlich. Es war o.k., dass er mit Milena zusammen war. Sie passte doch viel besser zu ihm. Ich würde ihn weiterhin toll finden, klar, aber mehr musste nicht sein.

Das Telefon klingelte.

„Lollo, Schatz, es wird später, tut mir wirklich leid, aber ich fahre jetzt erst los. Der Autoschlüssel war ... Ach, ist ja egal, ich habe ihn jetzt gefunden."

Ich musste grinsen. Da klingelte das Telefon wieder.

Es war Jan.

„Lollo, tut mir leid für dich, echt. Ich würde dich auch besuchen, aber das Krankenhaus ist so weit weg."

„Macht nichts", sagte ich und merkte, wie es in mir kribbelte vor Freude. Ich hatte Jan mehr vermisst, als ich mir eingestanden hatte. Es war schon beruhigend, ihn zu hören!

„Ich habe das Schild abgehängt", sagte er. „Da hab ich deins erst gesehen."

„Ich mach's auch weg“, versprach ich.

Er erzählte noch ein bisschen von dem letzten Autorennen und dann verabschiedeten wir uns.

Die Schwester brachte das Abendessen. Um 17 Uhr! Spinat mit Spiegelei. Nicht gerade meine Leibspeise. Ich stocherte schlecht gelaunt darin herum. Die Frau neben mir legte ihr Buch nicht einmal beim Essen zur Seite.

Es klopfte. Erstaunt sah ich auf und machte dabei irgendeine blöde Handbewegung. Tatsache ist, dass mein Hagebuttentee umkippte und sich das Tablett in einen See verwandelte. Schnell stellte ich den Becher wieder hin und versuchte, ein Überlaufen aufs Bett zu verhindern, indem ich zehn Taschentücher aus der Packung auf dem Nachttisch riss und sie zwischen Tablett und Klapptischchen klemmte.

Als ich wieder aufsah, stand Milena vor mir mit Blumen – und mit Florian.

Meine Haare, dachte ich als Erstes. Ich hatte mich seit heute Morgen nicht mehr gekämmt. Die sowieso schon störrische Mähne war durch das Liegen völlig zerdetscht.

Mein Nachthemd, dachte ich dann. Schließlich war ich ohne irgendwelche eigenen Sachen eingeliefert worden und trug deshalb so ein krankenhausgrünes Teil, das zu allem Unglück hinten auch noch offen war.

Erst dann wurde mir klar, dass die Sauerei auf meinem Tablett am allerschlimmsten war. Ich musste wirken wie ein Kleinkind. Im Tee schwamm Spinat und die kleinen grünen Fitzelchen blieben überall dort kleben, wohin sich der Teestrom bewegte.

Bestimmt hingen mir auch Spinatreste an den Zähnen. Hatte ich vorhin gedacht, ich würde Florian direkt und ohne Hemmungen ansprechen? Jetzt dachte ich: Bloß den Mund geschlossen halten!

„Na, Lollo, wie geht's?", fragte Milena.

Ich musste den Mund öffnen. Es ging auch, ich sagte sogar vernünftige Sätze.

Milena plauderte ein wenig mit mir, über das Bein, die Ärzte, das Krankenhaus. Dann sagte sie ganz unerwartet: „Du wolltest doch Florian etwas fragen!" Sie schob Florian an mein Bett, drückte sich selbst in den Hintergrund und nuschelte noch: „Ich geh kurz eine Vase holen!"

Wie gemein, dachte ich zuerst. Sie lässt mir ja gar keine Chance. Jetzt, hier, ungekämmt und im Krankenhausnachthemd! Aber dann wurde mir klar, dass alles schlimmer wurde, je länger ich wartete.

Ich holte tief Luft und sagte: „Ich würde mich gerne um Calypso kümmern, wenn du zum Studium nach Frankfurt gehst!" Dann kniff ich die Augen zu.

Gut, das war vielleicht das Alleralbernste, was ich tun konnte, aber ich wusste nicht, wie ich diese Situation anders überstehen sollte. Ich kniff die Augen zu und wartete. Dann hörte ich ein leises Lachen.

„Milena hat gesagt, dass du absolut vertrauenswürdig bist. Und außerdem ist sie ja den ganzen Herbst noch da und ihr könnt euch die Arbeit teilen.

Wenn es gut läuft und dein Bein wieder in Ordnung ist, kannst du danach alleine weitermachen."

Wow! Ich riss die Augen auf.

„Echt?"

„Echt!"

Ich wollte aus dem Bett springen, aber das Bein im Gips erlaubte das nicht. Ich wollte Milena küssen und Florian natürlich auch. Aber nur auf die Backe.

Ich war so glücklich! So glücklich wie vor zwei Wochen, als ich das Gespräch zwischen Florian und Milena belauscht hatte. Nur dass jetzt alles echt war. Dass ich Florians Einverständnis hatte und dass tatsächlich alles, alles wahr werden würde.

Es machte mir nichts mehr aus, dass die Frau neben mir ständig las. Ich hatte genug Dinge, die ich mir vorstellen konnte: Wie ich Calypso fütterte, wie ich seine Box ausmistete, wie ich ihn ritt und so weiter.

Milena und Florian waren schon längst gegangen, aber ich schwebte immer noch vor Glück.

Es dämmerte schon, als meine Mutter schließlich ins Zimmer gestürmt kam.

„Ach Mäuslein!", sagte sie. „Es tut mir so leid! Ich bin in die falsche Richtung gefahren und bis ich dann eine Ausfahrt gefunden habe ... Egal. Wie geht es dir?"

Mir ging es gut. Keine Frage. Aber es war mir viel zu kompliziert, meiner Mutter jetzt die ganze Geschichte zu erklären. Später vielleicht einmal. Im Moment interessierte mich, ob sie es mittlerweile geschafft hatte, ihre Aufgabe zu erledigen. Ich bezweifelte es. Sie wirkte nicht so, als könne sie gelassen auf die Aufregung der letzten Tage zurückblicken, so wie ich. Sie war immer noch nervös.

„Mama“, sagte ich. „Du musst dich einfach nur trauen! Frag ihn halt einfach!“

„Was?“

„Na, diesen Thomas, frag ihn doch endlich. Du hast doch geübt, ihn anzusprechen!“

Meine Mutter grinste. Ganz breit und ziemlich verschmitzt. Sie sah plötzlich irrsinnig gut gelaunt aus.

„Nein“, sagte sie. „Du liegst falsch. Mit Thomas ist alles in Ordnung. Wem ich die ganze Zeit etwas sagen möchte, das bist du!“

Wie? Was wollte sie?

„Ich habe mich darauf vorbereitet, dir etwas Wichtiges zu sagen.“

Ich verstand das nicht. Was sollte schwer daran sein, mir etwas zu sagen? Erst recht für meine Mutter. Ich schaute sie verwirrt an. „Was ist es denn?“

„Kommst du nicht drauf?“

Nein, wirklich nicht. Ich hatte den Namen Thomas doch gehört, als Mama im Badezimmer geübt hatte. Diese ganze Geschichte musste doch mit ihm zu tun haben.

„Lollo, schau“, sagte Mama und drückte mir ganz fest die Hand. „Es ist so: Ich habe mich verliebt. Das heißt, *wir* haben uns verliebt. Thomas und ich. Er ist mein Freund. Beim Baden wollte ich, dass du ihn mal kennenlernst. Und jetzt will ich dich fragen, ob das in Ordnung geht!“

Und wenn sie nicht gestorben sind ...

Kati hat dann übrigens das Abschlussturnier gewonnen. Es hat mir überraschend wenig ausgemacht. Selbst hatte ich ja sowieso nicht mitreiten können, weil mein Bein noch nicht in Ordnung war.

Mit Milena verstehe ich mich prima. Einmal war ich sogar mit ihr und Florian beim Eisessen. Ich habe mich mit Florian unterhalten, was wahnsinnig anstrengend war, weil ich keine Ahnung hatte, was für Musik er gut fand und welche Filme und so. Danach war ich sehr erleichtert, dass er mit Milena zusammen ist und nicht mit mir.

Priska hat einen neuen Freund, Hannes, den sie auf Sabines Grillfest kennengelernt hat. Er reitet nicht, sondern spielt Schlagzeug. Priska interessiert sich jetzt auch mehr für Musik als fürs Reiten.

Ich dagegen bin jeden Tag auf dem Hof, weil ich ja Calypso versorgen muss. Das ist toll. Calypso ist jetzt nicht nur das schönste, sondern auch das gepflegteste Pferd auf dem Reiterhof.

Er hat sich total an mich gewöhnt und es ist immer wieder ein super Gefühl, auf ihm zu reiten, weil wir uns so gut verstehen. Er hört auf mich und ich auf ihn.

Sogar Sabine ist das aufgefallen und sie hat gesagt, dass ich in diesem Herbst enorme Fortschritte gemacht hätte.

Wenn ich abends aus dem Stall komme, ist Thomas oft bei uns zu Hause. Das geht klar. Er ist ganz nett. Vor allem ist Mama jetzt immer so gut gelaunt und fröhlich.

Allerdings hat sie neulich angedeutet, dass wir vielleicht mit Thomas zusammen in ein Reihenhaus ziehen. Das will ich auf keinen Fall. Ich bin nämlich wieder sehr gut mit Jan befreundet. Und jeden Abend blinken wir uns Botschaften zu. Manchmal denke ich, dass ich vielleicht doch in ihn verliebt bin. Aber ich bin mir nicht sicher. Und eins ist klar: Solange ich es nicht wirklich hundertprozentig weiß, behalte ich das schön für mich.

Herzklopfen, Heu und Heimlichkeiten

Der Pakt

Ohne angeheiratete Zwillingsschwester hätte ich niemals ein Pferd bekommen. Das ist sicher. Ich hätte nicht einmal davon geträumt – auch nicht von einem halben. Ich bin nämlich Realistin: Wenn ich etwas für unmöglich halte, stelle ich es mir gar nicht erst vor. Das führt nur zu Enttäuschungen.

Marietta sieht das anders. Sie denkt sich die verrücktesten Sachen aus und glaubt auch noch daran. Ohne Wenn und Aber. Und das Seltsame daran ist: Bei ihr klappt es dann auch.

Die Sache mit dem Pferd begann an einem ziemlich missratenen Samstagabend. Wir beide hießen damals noch Marietta Hansen und Juliane Kuszlik und waren nicht mehr als enge Freundinnen. Das heißt, ein bisschen mehr waren wir schon. Wir wohnten seit genau einer Woche zusammen. Aber Christof – also Mariettas Vater – und Mama waren noch nicht verheiratet.

Wir saßen in dem neuen, halb eingerichteten Reihenhaus beim Abendessen und alles fühlte sich ein bisschen komisch an. Die Fenster hatten noch keine Vorhänge und überm Tisch hing nur eine nackte Glühbirne. Aber daran lag es nicht. Das Komische war, dass Christof und Mama am Tisch saßen wie ein echtes Elternpaar und Marietta und ich wie Geschwister. Wir mussten immer kichern. Vor allem, wenn Mama und Christof sich verliebt anlächelten. Das taten sie oft.

Nach einem solchen Lächeln machte Mama dann ihren idiotischen Vorschlag. Sie wandte sich zu mir und sagte ganz harmlos, mit zuckersüßer Stimme: „Juliane, ich habe mir überlegt, nach der Hochzeit Christofs Namen anzunehmen, wie findest du das?"

In diesem Moment war mir noch nicht klar, dass sie meinte, wir *beide* sollten Christofs Nachnamen annehmen. Darum war es mir nicht sonderlich wichtig und ich zuckte mit den Schultern. Als sie dann aber lächelnd fortfuhr: „Es wäre doch schön, wenn wir als eine Familie auch alle denselben Namen hätten!", dämmerte es mir.

„Wieso alle?", zischte ich misstrauisch.

„Na, Christof, Marietta, du und ich."

Sie meinte im Ernst, dass ich mich Hansen nennen sollte! Hansen! Langweiliger geht es ja wohl nicht. Und das, wo wir einen so lustigen Namen haben, der klingt wie eine Mischung aus kuschlig und kitzlig. Es kam überhaupt nicht infrage.

„Nein, das finde ich nicht gut", sagte ich und zwar in einem völlig normalen Tonfall. Ehrenwort! Von meiner Seite aus hätte es überhaupt nicht zum Streit kommen müssen. Aber mit Mama ist eben alles entsetzlich kompliziert.

„Wieso denn nicht?“, fragte sie jetzt betont einfühlsam. Ich wusste genau, was sie dachte: dass ich nicht Hansen heißen wollte, weil ich irgendein Problem mit der Hochzeit hatte. Dabei stimmte das gar nicht.

„Mir gefällt der Name einfach nicht!“, sagte ich. Wieder völlig normal, obwohl ich mich schon etwas beherrschen musste.

„Hansen! Gegen Hansen kann man doch nichts haben. Der Name ist einfach, klar und schön!“ Mama schüttelte den Kopf, als hätte ich eine fürchterliche Dummheit gesagt. „Aber es ist schon in Ordnung, Liebes, wenn du hier am Tisch nicht darüber sprechen willst. Wir zwei reden dann heute Abend!“

„Ich finde einfach den Namen blöd! Sonst nichts!!“ Es fiel zu laut aus. Das merkte ich gleich. Aber ich hasse es, wenn mich Mama so in die Ecke drängt. „Es hat eben nicht jeder deinen spießigen Geschmack!“ Stille. Ich hatte mich ohne Zweifel im Ton vergriffen. Ich bin impulsiv. Das habe ich von meinem Vater, dafür kann ich nichts. Mama schaute ganz sorgenvoll zu Christof, als ob sie Angst hatte, dass er sie jetzt doch nicht heiraten würde.

„Juliane!“, sagte sie dann streng.

Ich ließ seufzend meine Gabel fallen, die ich wie eine Waffe vor mich gehalten hatte, und sah Hilfe suchend zu Marietta hinüber. Sie sagte gar nichts. Sie ließ ihre glatten schwarzen Haare wie einen Vorhang vors Gesicht fallen und klinkte sich aus. Das habe ich später noch oft erlebt. An Familienstreitigkeiten nimmt sie einfach nicht teil. Sie beamt sich in ihren Gedanken irgendwo anders hin. Wahrscheinlich saß sie in diesem Augenblick schon längst auf unserem Pferd und machte im Geist irgendwelche abenteuerlichen Ausflüge.

„Stell dir das doch mal vor“, kam jetzt wieder Mamas Zuckergussstimme. „Ihr beide als Stiefschwestern mit demselben Namen! Wäre das nicht wunderschön?“

„Stiefschwestern!“, kreischte ich. Den Ausdruck fand ich noch schlimmer als den Namen Hansen. Er klang nach Aschenputtel und Bosheit und vergiftetem Essen. „Und dann piesacken wir uns beide und nehmen uns gegenseitig den Prinzen weg, oder wie? Nie und nimmer!“

Ich stand auf und ging in mein Zimmer. Als ich die Tür zuschlug, hörte ich noch, wie Mama zu Christof sagte: „Der Umzug, die Hochzeit – das ist jetzt alles ein bisschen viel für sie.“ Oh Mann! Konnte sie nicht einfach mal den Mund halten?

Ich saß auf meinem Bett, boxte auf das Kopfkissen ein und versuchte, mich zu beruhigen. Mir war klar, dass ich ein bisschen heftig reagiert hatte. Es war ja nur ein Vorschlag von Mama gewesen. Und im Grunde – also abgesehen von dem Namen – war ich ja mit allem einverstanden. Mit der Hochzeit und dem Umzug und so. Eigentlich fand ich es sogar super. Vor allem, dass ich mit Marietta zusammenwohnte. Wir waren schon lange befreundet. Über uns hatten sich Mama und Christof überhaupt erst kennengelernt. Weil Christof nämlich eine Delle in Mamas Auto gefahren hatte, als er viel zu spät zu unserem ersten

Reitturnier angebraust gekommen war. Ich fand es auch echt klasse, dass wir in das neue Haus gezogen waren, ein Reihenhaus ganz nah am Reiterhof. Ich mochte mein großes helles Zimmer und ich freute mich auf die Hochzeit, die wir am Freitag vor den großen Ferien feiern würden. Vor allem freute ich mich auf die Reise danach. Mama und Christof hatten versprochen, dass wir zu viert drei Wochen lang in dic Südsee fliegen würden.

Ich mochte auch Christof. Ich war nur etwas unsicher ihm gegenüber. Weil er oft Witze machte, die ich nicht verstand, und Sachen sagte, bei denen ich nicht wusste, wie er sie meinte. Aber das änderte nichts daran, dass ich ihn wirklich nett fand.

Das Einzige, was mich störte, beziehungsweise *die* Einzige, war Mama. Seit wir hier wohnten, lächelte sie ununterbrochen, sprach ständig mit superfreundlicher Stimme und in jedem zweiten Satz kamen die Worte „Familie“ und „wunderschön“ vor. Mir ging das entsetzlich auf den Wecker. Gleichzeitig forschte Mama ständig nach, ob Marietta oder ich irgendwelche Probleme mit „den neuen Umständen“ hatten. Sie fand nichts. Und manchmal kam es mir so vor, als sei sie deswegen enttäuscht.

Ich boxte noch einmal fest in mein Kopfkissen. Da hörte ich, wie sich ganz leise die Tür öffnete. Jetzt schleicht sie sich auch noch hier rein, dachte ich zuerst. Mama macht das manchmal, sie findet das irgendwie versöhnlich, wenn man sich zu jemand anderem ins Zimmer schleicht. Ich finde es ätzend.

Aber die Tür öffnete sich nur einen kleinen Spalt. Mama hätte nie hindurchgepasst. Marietta schon. Marietta ist lang, schmal und dunkel. Irgendwie geheimnisvoll. Sie sagt nicht so viel, oft weiß man nicht, was sie denkt. Und wenn sie dann etwas sagt, sind es ganz abgefahrene Dinge.

Eigentlich ist sie das genaue Gegenteil von mir. Ich sage immer alles sofort und es ist nie etwas Verrücktes oder Besonderes. Wenn ich mich ärgere, bekommt es jeder mit, und wenn ich mich freue, auch. Ich habe blonde Locken und Sommersprossen und immer wieder passiert es, dass wildfremde Frauen bei meinem Anblick stehen bleiben und sagen: „Oh, was für ein niedliches Mädchen!"

Niedlich! Dabei hätte ich auch gern etwas Mysteriöses an mir. Irgendetwas Außergewöhnliches, meinetwegen sogar etwas Abstoßendes! Aber da ist nichts – sieht man von meinen abstehenden großen Zehen einmal ab. Marietta schlüpfte jedenfalls in mein Zimmer und setzte sich zu mir aufs Bett. Sie schob den Haarvorhang nach hinten und sah mich aus ihren grünen Augen durchdringend an. „In einem Punkt hat deine Mutter recht: Wir müssen jetzt ähnlich heißen, wenn wir Schwestern sind."

Was sollte denn das? Fing sie jetzt auch mit dem Friede-Freude-Familien-Gerede an?

„Natürlich sind wir nicht Stiefschwestern", sagte sie zu meiner Beruhigung, „sondern Zwillinge, angeheiratete Zwillinge!"

Ich musste lachen. Angeheiratete Zwillinge gefiel mir. Es klang interessant und überhaupt nicht kitschig. Und es stimmte auch. Schließlich waren wir fast gleich alt. Marietta wurde am 14. Juni 13 Jahre alt und ich am 27.

„Und was hast du dir jetzt ausgedacht? Wie sollen wir heißen? Hanszlik?“

Marietta schüttelte verschwörerisch den Kopf. „Nein. Es geht um die Vornamen.“ Jetzt wurde ich erst recht hellhörig. Einen Spitznamen wollte ich nämlich schon lange. Aber in meiner Klasse nannten sich beide Julias „Jule“ und etwas anderes war mir bisher nicht eingefallen.

Marietta hielt einen Moment inne, nahm dann meine beiden Hände und sagte feierlich: „Ich bin Mai und du bist Juli. Und zusammen bekommen wir alles, was wir wollen!“

Es klang wie eine Zauberformel. Und es gefiel mir sofort.

Mai und Juli.

Zwei wunderschöne Spitznamen. Wo wir auftauchten, würde der Sommer beginnen.

„Ich finde es klasse“, sagte ich.

Mai nickte. „Es bedeutet, dass wir von nun an für immer zusammengehören“, sagte sie. „Wir schließen einen Pakt – und dann sind wir berechtigt, diese Namen zu tragen!“

Ein Pakt. Das war gut. Das war geheimnisvoll. Ich war sofort einverstanden und wir stellten Regeln auf: Wir würden einander alles erzählen. Wir würden alles füreinander tun. Wir würden alles, was wir besaßen, miteinander teilen. Wir legten unsere Hände aufeinander und versprachen uns diese drei Dinge. Danach küssten wir uns auf die Backe und fingen gleich mit Punkt eins an: alles erzählen, schonungslos offen sein.

Ehrlich gesagt, fiel mir überhaupt nichts ein, was Mai nicht sowieso schon wusste. Außer, dass ich ihrem Vater heute Morgen im Bad begegnet war, als er gerade nackt aus der Dusche stieg. Das war vielleicht peinlich gewesen! Es ist schon sehr komisch, wenn auf einmal so ein fremder Mann zur Familie gehört. Ich habe ihn jedenfalls nur angestarrt und er mich auch. Gesagt hat keiner was.

Eigentlich glaube ich nicht, dass ich verklemmt bin. Aber da ich jahrelang mit Mama alleine gelebt habe, habe ich nicht so die Erfahrung mit nackten Männern. Ich fand ihn ein bisschen eklig. Ich habe ganz schnell die Tür wieder zugeschlagen und Mai ausnahmsweise nichts davon erzählt. Irgendwie war es mir auch peinlich vor ihr. Schließlich war es ihr Vater, der eklig aussah. Jetzt aber fühlte ich mich durch den Pakt dazu verpflichtet.

Mai lächelte nachsichtig. Ich glaube, sie fand die Geschichte ziemlich langweilig. War sie ja auch im Vergleich zu ihrer. Mai erzählte mir an diesem Abend ein echtes Geheimnis. Etwas, das niemand wusste und auch niemand wissen durfte: Sie hatte sich verliebt.

„Es ist Robert“, sagte sie mit erwartungsvoller Stimme, als müsste dieser Name auch in mir etwas ganz Besonderes auslösen. Dabei hörte ich Roberts Namen zum ersten Mal. Tatsächlich. Obwohl ich ja auch so oft wie möglich auf dem Reiterhof war.

Robert war der Sohn der Eigentümer, erzählte Mai. Ich nahm mir vor, das nächste Mal auf ihn zu achten.

„Er ist lang und dünn und hat dunkle sanfte Augen," beschrieb ihn Mai völlig verzückt. „Er wird bald sechzehn. Wann, weiß ich nicht genau, aber es muss jetzt irgendwann sein. Ich bin mir sicher, dass sein Sternzeichen auch Zwilling ist." Sie sah mich an, als sei diese Mitteilung von größter Bedeutung. „Er sagt nicht viel, er ist sehr verträumt, so wie ich. Ich spüre die Seelenverwandtschaft."

Ich schwieg beeindruckt. Ich selbst hatte noch nie eine Seelenverwandtschaft gespürt. So etwas gab es nur bei Mai. Sie erzählte von den Schwingungen, die zwischen ihr und Robert entstanden, und von dem Zittern, das dann durch ihren ganzen Körper lief. Ich hörte gespannt zu und war ein bisschen stolz, dass sie das alles ausgerechnet mir anvertraute. Mir, die ich doch nichts weiter als niedlich war.

Es war so, als würde ich durch den Pakt auch ein wenig mysteriös und außergewöhnlich. Ich fühlte mich unglaublich gut, als wir uns zum Schluss noch einmal auf die Backen küssten. Danach sprach ich die Formel: „Du bist Mai und ich bin Juli. Und zusammen bekommen wir alles, was wir wollen!"

Mai huschte zur Tür. Als sie schon die Klinke in der Hand hielt, dachte ich zum ersten Mal über den zweiten Teil der Formel nach:

„Was wollen wir eigentlich?", fragte ich.

Mai sagte ganz selbstverständlich: „Ist doch klar – ein Pferd!“ Sie meinte es ernst. Das ist das Erstaunliche an Mai. Sie meint es immer ernst. Wie sehr, das wurde mir am nächsten Tag nach der Reitstunde klar. Mir tat nämlich mein rechter Zeh weh und zwar ziemlich.

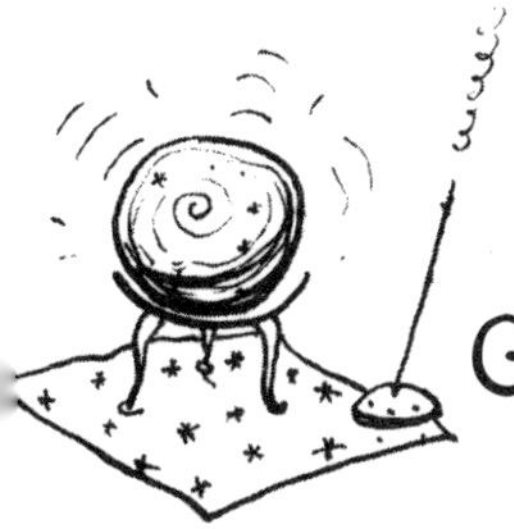

Geburtstagswünsche

„Durch die halbe Bahn wechseln!", rief Frau Heimberger, unsere Reitlehrerin und – wie ich seit gestern Abend wusste – Roberts Mutter. Ich ritt auf Sultan und das war mein Pech. Denn Sultan braucht zu allem eine extra Einladung. Er ist das einzige Pferd, das ich kenne, das niemals auf die Idee käme, einfach der Abteilung zu folgen.

Eigentlich finde ich das ganz sympathisch. Es kommt mir immer so vor, als mache er das aus Spaß. Als wollte er sagen: „Ätsch, du hast die Hilfen vergessen, also schwenke ich auch nicht an der richtigen Stelle in die Diagonale." Tatsache ist, dass man sich auf Sultan nie ausruhen kann.

Aber genau das wollte ich heute, denn jede Bewegung mit dem rechten Bein verursachte ein Stechen im Zeh. Er wächst so komisch nach außen, dass mir immer alle Schuhe zu eng sind. Bei Leder geht es, weil es sich der Fußform anpasst. Gummi nicht. Ich hatte aber nur Gummireitstiefel. Teurere müsste ich mir entweder selbst kaufen oder wünschen – das hatte Mama verfügt. Und in solchen Angelegenheiten war sie unbeugsam.

„Galopp!“, wies uns Frau Heimberger an und jetzt wurde es erst recht schmerzhaft. Denn je enger ich meine Schenkel an Sultans Bauch presste, desto mehr stach es. Aua!, dachte ich und dann: Gott sei Dank habe ich bald Geburtstag.

Es war einfach gemein, dass dieser Zeh mir die einzige Stunde in der Woche versaute, in der ich reiten konnte. Das war wieder so ein Streitpunkt mit Mama: Sie zahlte mir keine zweite Reitstunde, so sehr ich auch bettelte.

Ich war nicht gerade gut gelaunt, als wir nach der Stunde die Pferde versorgten. Schon in Sultans Box zerrte ich mir den Stiefel vom Fuß und ließ dann vorsichtig den geschundenen Zeh kreisen. In der Nachbarbox nahm Mai gerade ihrem Pferd, der Stute Madlenka, die Trense ab.

„Zu Hause sage ich Mama als Erstes, dass ich mir neue Reitstiefel zum Geburtstag wünsche. Das darf sie ja nicht vergessen“, sagte ich.

„Wieso?“, fragte Mai. „Das geht doch gar nicht!“

Ich hatte keine Ahnung, worauf sie hinauswollte.

„Was geht nicht?“ Auf einem Bein hüpfte ich in die Stallgasse, wo meine Tasche mit den Turnschuhen an Sultans Box hing.

„Wir wollen doch ein Pferd!“ Mai tauchte mit Madlenkas Zaumzeug in der Hand in der Stallgasse auf. „Die Stiefel kannst du vergessen. Wir brauchen all unsere Wünsche für das Pferd!“

Sie hatte sich schon einen vollständigen Plan ausgedacht. Das Grundprinzip war einfach: nerven! Bei jeder Gelegenheit sagen, wie viel besser das Leben mit Pferd wäre. Wer alles ein Pferd besaß und wie gut sich das auf Verhalten, Schulnoten und Charakter auswirkt. Vor allem war auf die Frage nach den Geburtstagswünschen nur eine Antwort erlaubt: „Ein Pferd!"

„Ich weiß nicht", sagte ich zweifelnd. Klar – ich wollte auch ein Pferd. Schon immer. Aber es ist eben etwas anderes, ob man an der Koppel lehnt und sagt: „Ach, wäre es nicht schön, wenn wir auch ein Pferd hätten", oder ob man einen Plan ausarbeitet.

Mai ließ keine Widerrede zu. „Das ist unser Pakt!", sagte sie bestimmend und verschwand mit dem Zaumzeug in der Hand Richtung Sattelkammer.

Natürlich war es unser Pakt. Aber ich hatte ihn mehr symbolisch verstanden. Dass Mai jetzt alles so wörtlich nahm, beunruhigte mich sehr. Unsere Geburtstage waren in zwei beziehungsweise drei Wochen. Niemals würden sich Mama und Christof entschließen, ein Pferd zu kaufen – und erst recht nicht in so kurzer Zeit!

Wenn wir keine anderen Wünsche nannten, würde Mama irgendwelche Sachen kaufen, die kein Mensch haben wollte. Hässliche Ohrringe zum Beispiel. Sie hatte großes Talent darin, ganz besonders scheußliche Exemplare aufzutreiben.

Ich zog meine Turnschuhe an und machte mich daran, Sultans Sattelgurt zu lockern. Mit dem Sattel über dem Arm lief ich Mai hinterher. Im Gang vor der Sattelkammer holte ich sie ein.

Mit größter Selbstverständlichkeit sagte sie: „Hoffentlich bekommen wir einen Rappen. Am liebsten wäre mir ein Araber!“

Ein Araber! Sie war doch nicht ganz bei Trost!

„Im Ernst, Mai“, sagte ich. „Wir werden überhaupt kein Pferd bekommen und wenn wir so weitermachen, kriegen wir nicht einmal andere brauchbare Geburtstagsgeschenke!“

„Ach Juli“, seufzte sie und warf mir einen enttäuschten Blick zu.

„Wirklich, du kennst meine Mutter schlecht, sie kauft Schmuck, den würde nicht mal meine Großtante Margret anziehen!“

„Juli!“ Mais Stimme klang jetzt richtig streng. „Wenn man nicht daran glaubt, dann wird es auch nichts! Du musst daran glauben. Ich tu es und ich spüre hier drinnen“, sie zeigte in Höhe des Bauchnabels auf ihr T-Shirt, „dass wir ein Pferd bekommen.“

Mai glaubte seit einiger Zeit an ihre übersinnlichen Fähigkeiten. Sie hatte dreimal hintereinander ihre Schulnoten gespürt und jetzt war sie sicher, dass sie ein wenig hellsehen konnte.

„Vielleicht wird es kein Araber, aber bestimmt ein Rappe.“ Sie schloss die Augen, um sich besser konzentrieren zu können. „Wahrscheinlich ein Hannoveraner.“

Ich dagegen verdrehte die Augen, aber das konnte sie natürlich nicht sehen. Die Geschichte mit dem

Hellsehen war ja ganz lustig und interessant. Aber konnten wir jetzt nicht einmal ernst sein?

„Mai“, sagte ich. „Ich brauche dringend neue Reitstiefel. Wenn ich sie mir jetzt nicht wünsche ...“

„Sei still!“, rief sie da und hielt mir den Mund zu. „Er kommt!“

Tatsächlich war die Tür zur Sattelkammer aufgegangen und ein langer schlaksiger Junge schlenderte herein.

„Das ist Robert“, flüsterte Mai aufgeregt. „Ich habe ihn gespürt. Ich habe sein Kommen vorausgeahnt. Das ist die Seelenverwandtschaft!“

Jetzt war ich doch beeindruckt. Mai spürte offensichtlich wirklich mehr als andere Menschen. Ich sagte nichts mehr von meinen Reitstiefeln. Es kam mir kleinkariert vor.

Robert steuerte auf die verschlossene Tür zu dem Raum neben der Sattelkammer zu. Hier bewahrten die Privatpferdebesitzer ihr Sattelzeug und ihre privaten Sachen auf. Robert zückte den Schlüssel.

Er hatte tatsächlich eine gewisse Ähnlichkeit mit Mai. Er hatte auch so dunkle Haare, die ihm direkt vor die Augen wuchsen, und die er mit schräg gehaltenem Kopf nach hinten schütteln musste. Dann sah man seine Augen, die allerdings nicht durchdringend und grün waren wie Mais, sondern dunkel und freundlich. Sonst fiel mir nichts auf.

Ich meine, ich habe nichts gespürt. Kein Kitzeln in der Magengegend oder einen trockenen Mund oder was weiß ich, was sonst so alles passieren kann, wenn man seiner ersten Liebe begegnet. Eindeutig keine Seelenverwandtschaft. Er war grußlos an uns vorbeigegangen und ich schaute ihm nur deswegen bewundernd hinterher, weil ich so geplättet war, dass Mai sein Kommen gespürt hatte.

Ich hörte ihre flüsternde Stimme neben meinem Ohr. „Der Schrank neben Roberts Platz ist frei. Wenn wir das Pferd haben, können wir ihn in Beschlag nehmen, und dann lässt es sich sicher ganz locker von Pferdebesitzer zu Pferdebesitzer mit Robert plaudern."

Ich starrte sie an. Wollte sie jetzt ein Pferd oder wollte sie Robert kennenlernen? So war das mit Mai. Sie hatte immer einen Hintergedanken.

Meine Bewunderung für Mais übersinnliche Fähigkeiten hielt noch den Rest des Nachmittags an. Am nächsten Morgen war sie allerdings komplett verflogen, stattdessen machte ich mir wieder Gedanken darüber, wie ich die geschenklosen Geburtstage abwenden konnte.

Es war kurz vor acht. Ich kauerte auf der Heizung vor unserem Klassenzimmer und biss auf meinen Fingernägeln herum. Das mache ich immer, wenn ich ein unlösbares Problem habe. Gestern Abend hatten wir Mama und Christof eröffnet, dass wir uns nichts weiter wünschten als ein Pferd. Die Antwort war ein sehr knappes, sehr bestimmtes „Nein" gewesen. Und jetzt?

Ich besah meine Finger. Über den Nägeln quoll schon ein richtiges Fleischpolster hervor. Ich hatte Lust, an den Fußnägeln weiterzukauen. Aber das mache ich nur, wenn ich alleine zu Hause bin.

Isabel kam um die Ecke und pfefferte ihre Tasche vor die Heizung. Dann setzte sie sich neben mich.

„Probleme?“, sagte sie statt einer Begrüßung.

Isabel kannte mich einfach wahnsinnig gut. Sie war meine beste Freundin – in der Schule. Ich hatte nämlich zwei beste Freundinnen. Eine auf dem Reiterhof – Mai – und eine in der Schule. Ich ging damals noch auf ein anderes Gymnasium als Mai, weil ich mit Mama bisher am anderen Ende der Stadt gewohnt hatte.

Erst zum neuen Schuljahr würde ich zu Mai in die Klasse wechseln.

Früher waren Isabel und ich unzertrennlich gewesen. In letzter Zeit hatte das ein bisschen nachgelassen. Isabel interessiert sich einfach nicht für Pferde. Sie interessiert sich für Raumfahrt und solche Dinge.

„Kannst du mir zufällig ein paar neue Reitstiefel besorgen?“, fragte ich sie. Und dann erzählte ich ihr die Sache mit den Geburtstagsgeschenken. Den Pakt erwähnte ich nicht – das war schließlich Mais und mein Geheimnis. Ich sagte nur, dass ich Mai versprochen hatte, mir nichts anderes als ein Pferd zu wünschen.

„Das klappt auf keinen Fall!“, sagte Isabel und schüttelte ihren Kopf so heftig, dass die kurzen braunen Haare wippten. „Niemals bekommt ihr ein Pferd.“

„Ja, genau, aber erklär das mal Marietta, äh, Mai!“ Ich genoss es sehr, dass Isabel die Sache so sah wie ich. Ich hatte das Gefühl, endlich mal wieder ein richtig vernünftiges Gespräch zu führen.

„Könnt ihr nicht zusätzlich noch eine Wunschliste machen? Auf der ausdrücklich steht ‚Wir wünschen uns ein Pferd und …‘?"

„Ich weiß nicht, das klingt doch total unverschämt."

„Und selber kaufen? Was kosten lederne Reitstiefel denn?"

Isabel blies lautstark die Luft aus, als sie den Preis hörte. „O.k., da scheidet selber kaufen aus. Was wünscht sich denn Mai?"

„Eine Kristallkugel."

„Eine was?"

„Eine Kristallkugel, zum Wahrsagen." Ich schaute Isabel nicht an. Ich konnte mir ihren abschätzigen Blick gut genug vorstellen. Sie fand das natürlich albern – und ich wollte nicht, dass sie Mai albern fand.

„Na, wie auch immer …", sagte sie und wir drehten noch einmal alles hin und her, um eine Möglichkeit zu finden, doch an annehmbare Geburtstagsgeschenke heranzukommen. Es brachte nicht viel. Letztendlich kamen wir immer wieder auf denselben Punkt: Dass Mais Plan nicht durchführbar war.

Herr Kleinschmidt bog um die Ecke und scheuchte uns ins Klassenzimmer.

„Und sie lässt sich da gar nichts sagen? Kannst du Mai nicht klarmachen, dass es so nicht geht?", fragte Isabel, als wir uns setzten. Ich ärgerte mich wieder ein bisschen. Isabels Tonfall ließ deutlich durchblicken, dass sie Mai für eine Spinnerin hielt.

„Sie will eben nicht aufgeben!“, verteidigte ich Mai. Es glückte. Isabel nickte verständnisvoll. Ein starker Wille war etwas, womit man sie beeindrucken konnte.

Sie holte ihre Mathe-Sachen aus der Tasche und sagte abschließend: „Unter diesen Bedingungen bist du nicht mehr an dein Versprechen gebunden. Du musst deiner Mutter eben heimlich erzählen, was ihr euch wünscht.“

Herr Kleinschmidt klopfte aufs Pult. „Ruhe bitte!“

Ich nickte. Wahrscheinlich hatte Isabel recht. Aber leicht fiel es mir nicht. Schließlich hatten Mai und ich uns erst vorgestern Abend zu absoluter Offenheit verpflichtet. Heimlich Herzenswünsche weiterzuplaudern, war ja wohl das genaue Gegenteil.

Isabel merkte, dass ich noch nicht ganz zufrieden war. „Ach, sieh das doch nicht so eng. Schließlich tust du es ja auch für Mai!“

Das stimmte, Mais Geburtstag würde entsetzlich trostlos werden, wenn sie nur Sachen bekam, die Mama aussuchte.

„Der Geburtstag wird sowieso eine einzige Katastrophe!“, seufzte ich.

„Juliane, lies uns bitte die erste Aufgabe der Hausaufgabe vor!“ Hausaufgaben? Ich erinnerte mich, dass ich gestern vor der Reitstunde noch irgendetwas erledigen wollte …

Blitzschnell schob mir Isabel ihr Heft vor die Nase. Sie hatte mal wieder alle Aufgaben perfekt gelöst. Sie war ein Genie. Ich musste nur noch ablesen.

„Du kannst ihr ja zum Trost ein Album machen, mit lauter so Pferdesachen. Mit einem Haar aus dem Schweif und Körnern aus dem Futtertrog oder so“, flüsterte Isabel, als ich fertig war. Und damit heiterte sie mich wirklich auf. Ich fand die Idee prima. Auf Isabel war einfach Verlass. In jeder Hinsicht. Ich fing gleich an zu überlegen, was ich alles in das Album hineinkleben könnte.

Isabel lachte leise. „Na also“, sagte sie und dann vertiefte sie sich in die Bruchrechnung. Das machte ihr tatsächlich Spaß. Ich dagegen träumte von Pferdebildern, Schweifhaaren, Hufnägeln und anderen wunderschönen Dingen.

Mama holte mich mit dem Auto ab. Das tat sie, seit wir umgezogen waren und mein Schulweg so weit war. Ich beschloss, die Sache gleich hinter mich zu bringen. Schließlich war die Gelegenheit günstig. Ich erzählte, dass sich Mai eine Kristallkugel wünschte.

„Tatsächlich?“, sagte Mama interessiert. „Weißt du denn, wo man so was kaufen kann?“

Ich Idiot erklärte ihr haarklein, wie man zu dem Esoterik-Geschäft kam, in das mich Mai letzte Woche geschleift hatte.

„Solche Läden kennt ihr?“, fragte Mama betont

gleichmütig. Aber genau das machte mich misstrauisch. Ich merkte sofort, dass sie irgendetwas herausfinden wollte. Das ärgerte mich.

„Ja, na und?", antwortete ich bockig.

„Ich meine ja nur", sagte Mama. „Mai ist immer so verschlossen. Christof und ich wissen gar nicht, wie sie damit umgeht, dass ihre Mutter weggegangen ist. Vielleicht sucht sie Trost bei solchen esoterischen Geschichten ..."

Nicht schon wieder! Immer wenn wir alleine waren, versuchte Mama, aus mir herauszuquetschen, was ich über Mai und ihre Beziehung zu ihrer Mutter wusste.

Dabei redeten Mai und ich eigentlich nie über unsere Eltern – also über die anderen Hälften. Ich wusste, dass Mais Mutter die Familie vor zehn Jahren verlassen hatte und mit ihrer großen Liebe nach Australien ausgewandert war. Ab und zu kamen Briefe, das war alles.

Mein Vater dagegen kam alle zwei Wochen persönlich vorbei. Das war immer richtig schön und lustig, aber danach reichte es mir auch. Ich verstand Mama sehr gut, dass sie nicht mit ihm zusammenleben wollte. Er versprach jedes Mal tausend Sachen, die er niemals hielt.

So viel dazu. Es gab wichtigere Dinge, über die ich mich mit Mai unterhalten wollte.

„Wann hat denn das angefangen mit dieser Esoterik-Sache?"

Mist, jetzt hörte sie nicht mehr auf. Im Gegenteil, Mama hatte ein neues Thema gefunden: Mai in den Klauen einer Esoterik-Sekte. Niemals hätte ich Mais Wunsch preisgeben dürfen.

Und erst jetzt ging mir auch auf, was es bedeuten würde, wenn die Kristallkugel auf Mais Geburtstagstisch lag: Sie würde sofort wissen, dass ich sie verraten hatte. Ich bekam ein entsetzlich schlechtes Gewissen. Und Schiss. Mai würde mich zutiefst verachten.

Mais ausgeklügelter Aktionsplan

„Du machst das Erdgeschoss und ich den ersten Stock.“ Mai öffnete ihre Schultasche und zog daraus eine Unmenge an Deko-Material hervor. Ausgeschnittene Pferdebilder, selbst gemalte Reiter, Pferdeköpfe mit Sprechblase „Ich wünsche mir Mai und Juli als Besitzer“, lachende Kindergesichter mit der Unterschrift „Ich bin glücklich, denn ich habe ein Pferd“ und jede Menge mehr.

„Wo hast du das denn alles her?“, fragte ich verblüfft.

„Och …, mir war in Englisch ein bisschen langweilig …“ Mai grinste. Ich konnte mir gut vorstellen, wie sie in der Schule einfach ihren Haarvorhang vors Gesicht hatte fallen lassen und dann unbemerkt unter der Bank Bilder aus Zeitschriften ausgeschnitten hatte.

„Los, an die Arbeit“, drängte sie. Die Sachen mussten aufgehängt werden, solange Mama beim Einkaufen war.

Ich nahm einen Stoß Bilder unter den Arm und kam mir vor wie ein Doppelagent. Auf der einen

Seite unterstützte ich Mais Plan, so gut es ging, auf der anderen Seite bereitete ich dessen Scheitern vor. Es war ein ganz schön ekliges Gefühl. Bisher hatte ich nämlich immer von mir gedacht, ich sei geradeaus und ehrlich, aber offensichtlich war ich hintenrum und verlogen.

Trotzdem stieg meine Stimmung, als ich die Bilder verteilte. Ich ging Mamas ganzen Tagesablauf durch und überlegte mir, wo sie hinschauen musste. Einen Zettel mit der Aufschrift „Wir wünschen uns ein Pferd" klebte ich an die Decke über ihrem Bett. Ein Bild von einem galoppierenden Schimmel an die Innenseite ihres Kleiderschrankes, dann eines an den Badezimmerspiegel, das nächste an die Kaffeemaschine und so weiter. Es sah sehr lustig aus, als das ganze Haus zugepflastert war.

Mai kam die Treppe herunter und klatschte mich ab. Sie lachte siegesgewiss. „Da muss man doch weich werden, oder?" Kurz hatte auch ich das Gefühl, dass es doch klappen könnte mit dem Pferd.

Wir gingen gemeinsam durchs ganze Haus und waren sehr zufrieden mit unserer Arbeit. Ich dachte daher, dass jetzt das Vergnügen an der Reihe sei.

„Kommst du noch mit Isabel und mir ins Freibad?", fragte ich.

Aber Mai schüttelte den Kopf. „Dazu haben wir gar keine Zeit. Wir müssen noch zum Metzger und dann kochen. Heute Abend bekommt Papa eine Sonderbehandlung."

„Wie bitte?" Ich hatte keine Ahnung, wovon sie

sprach. Es war wirklich nicht einfach, bei ihren Plänen mitzukommen.

„Bei Papa funktioniert das ganz einfach“, erklärte sie mir. „Man muss ihn einlullen. Ihm gutes Essen kochen und so. Was Nettes mit ihm unternehmen. Ich hab mir das alles schon überlegt. Heute kommt er ja früher von der Arbeit, da machen wir mit ihm einen Spaziergang auf den Reiterhof, zeigen ihm alles und danach kochen wir ihm Leber mit Apfel, das ist sein Lieblingsessen.“

„Leber mit Apfel?“ Das klang ziemlich widerlich. „Kannst du das überhaupt?“

„Ich habe schon oft für Papa gekocht! Meistens hat es geklappt.“

Komisch. Ich hatte noch nie für Mama gekocht. Wahrscheinlich war es doch ein sehr großer Unterschied, ob man alleine mit seiner Mutter oder alleine mit seinem Vater zusammenlebte. Leber! Worauf hatte ich mich da nur eingelassen? Es war ziemlich anstrengend, sich gemeinsam mit Mai ein Pferd zu wünschen, und es sah ganz so aus, als könnte ich mich nicht einmal mehr nach Belieben zum Baden verabreden.

„Isabel wartet aber darauf, dass ich sie abhole!“

Das beeindruckte Mai überhaupt nicht.

„Dann ruf sie an und sag ihr ab. Es geht heute einfach nicht.“

Mai sagte das mit einer solchen Überzeugung, dass ich gar nicht auf die Idee kam, ihr zu widersprechen. Es ging heute einfach nicht. So war das. Ich griff zum Telefonhörer und wählte Isabels Nummer.

Auf dem Weg zum Metzger machte mir Mai klar, dass mit der Kocherei längst nicht alles erledigt war. Sie erläuterte mir einen ausgeklügelten Aktionsplan. Das nächste Opfer war Mama.

„Morgen Nachmittag gehen wir in die Bücherei. Ich habe hier eine ganze Liste mit Büchern, in denen steht, wie gut es für die Entwicklung von Kindern ist, sich um ein eigenes Tier zu kümmern." Sie zeigte mir stolz einen Computerausdruck.

„Woher hast du denn das?", fragte ich beeindruckt.

„Oh, meine Bio-Lehrerin fand es klasse, dass ich mich so für den ‚pädagogischen Aspekt der Tierhaltung' interessiere!" Mai ahmte die begeisterte Stimme ihrer Lehrerin nach. Ich musste lachen. „Und deine Mutter liest doch immer so Erziehungsratgeber!"

Mai hatte recht. Das war genau der Punkt, mit dem man meine Mutter ködern konnte.

„Du musst mir helfen, ich kann das nicht alles alleine schleppen!"

„Geht klar", sagte ich. Aber irgendwie kam ich mir ganz schön überrumpelt vor.

„Am Donnerstag bieten wir dann Hilfsarbeiten im Haushalt gegen Pferdeanteile an."

„Was?"

„Na ja, zum Beispiel: einmal abtrocknen gegen ein Zwanzigstel Pferd. Oder: einmal Bad putzen gegen ein Zehntel Pferd."

„Ob das klappt?" Ich war sehr skeptisch. Meine Mutter ließ eigentlich nie mit sich handeln. Trotzdem versprach ich, am Donnerstag da zu sein.

In der Metzgerei wurde mir dann fast schlecht, als die Verkäuferin den rot-lila Fleischklumpen einpackte.

„Ich fasse das nicht an!“, zischte ich Mai noch im Laden zu.

Sie grinste. „Keine Sorge, du bekommst eh nur die niederen Aufgaben zugeteilt: Äpfel schälen, Zwiebeln schneiden, meinen Dreck wegräumen … “

So war es dann auch, als wir später gemeinsam in der Küche standen. Mir war es recht. Hauptsache, ich musste dieses rohe Fleisch nicht anfassen. Zwiebeln schneiden und rumheulen war dagegen ein Klacks. Ich überlegte mir dabei, was Mama zu den Pferdebildern sagen würde, wenn sie vom Einkaufen heimkam. Ich konnte ihre Reaktion ganz schlecht einschätzen. Normalerweise ist es so, dass sie ein „Nein“ nicht zurücknimmt, aber manchmal kann man so einen Punkt bei ihr erwischen … Sie ist nämlich leicht gerührt. Also, sie heult immer bei Liebesfilmen und sie wirft auch jedem Bettler was in seinen Hut. Es gibt so eine ganz bestimmte Laune, in der sie einem keinen Wunsch abschlagen kann. Aber ich war sehr skeptisch, ob ausgerechnet Pferdebilder diese Laune hervorrufen würden … Ich schniefte und zerlegte die letzte Zwiebel in dünne Ringe.

Mai wirkte wesentlich zuversichtlicher. Sie summte sogar vor sich hin, als sie den Fleischklumpen in kleine Scheiben schnitt. Igitt!

Als Christof um halb fünf nach Hause kam, hatten wir alles so weit vorbereitet, dass wir Leber,

Äpfel, Zwiebeln und Kartoffeln nur noch in die Pfanne werfen mussten. Wir deckten die Schüsseln zu und stellten alles in den Kühlschrank.

Mama kam zwei Minuten nach ihm zur Tür herein. Sie blieb vor dem Spiegel neben der Eingangstür stehen und las, was auf dem Zettel mit dem süßen Fohlen stand: „Wenn ich groß bin, möchte ich Mai und Juli gehören!"

Sie schmunzelte. War sie gerührt? Ich ging einen Schritt auf sie zu, um ihr Gesicht besser zu sehen. Es war niederschmetternd. Sie lächelte zwar, aber sie lächelte auf diese furchtbar gönnerhafte Erwachsenenart, mit der Eltern sich darüber amüsieren, wenn ihr Kleinkind gerade die ersten vergeblichen Versuche unternimmt, sich selbst die Schuhe anzuziehen oder die Jacke zuzuknöpfen. Mir wurde ganz kribbelig vor Wut.

„Ist ja rührend", sagte Mama, löste den Tesafilm und schmiss das Bild in den Papierkorb. Christof nahm sie am Arm und zeigte ihr den nächsten Zettel am Kühlschrank. Ein altmodisches Zwillingspärchen war darauf zu sehen. Zwei Mädchen mit Schleifen im Haar und weißen Spitzenschürzen. Darunter hatte Mai geschrieben: „Kinder, die Pferde besitzen, sind brav und hilfsbereit."

Christof und Mama lachten laut. „Ach Gott, wie süß!", rief Mama und streckte den Arm nach mir aus. Sie wollte mich küssen. Aber mir war eher danach, sie zu kratzen oder zu beißen. Unwirsch schob ich ihren Arm beiseite.

„Ach, Juli“, sagte Mama. „Ich finde es ja wirklich nett, was ihr da gebastelt habt.“

Nett! Gebastelt! Sie begriff wohl nicht, wie ernst es uns war! Ganz abgesehen davon fragte ich mich, warum die Zettel alle gleich im Papierkorb landeten, wenn Mama sie so „nett“ fand.

Ich nahm mir vor, abends den Eimer zu durchwühlen und die schönsten Bilder für Mais Album zu sichern.

Ansonsten hielt ich mich zurück. Ich meckerte nicht, ich schrie nicht, ich benahm mich sehr vernünftig. Schließlich hatten wir noch etwas vor: Christofs Sonderbehandlung.

Mai beherrschte sich genauso. Ich glaube, nur ich hörte den beleidigten Unterton, als sie mit zuckersüßem Lächeln sagte: „Ihr müsst eure Schuhe wieder anziehen, wir haben nämlich noch eine Überraschung für euch: Familienspaziergang mit anschließendem Festessen!“ Dann wandte sie sich entschuldigend an Mama. „Es ist ein bisschen mehr für Papa, aber das macht doch nichts?“

Das machte Mama natürlich überhaupt nichts aus. Mit einem Familienspaziergang konnte man sie immer beglücken, egal für wen das Festessen war.

Mai hakte Christof unter und marschierte in Richtung Reiterhof. Mama und ich spazierten hinterher.

Der Weg ist nicht weit, 500 Meter vielleicht. Früher einmal lag der Hof einsam auf einem Hügel vor der Stadt. Aber mittlerweile ist die Stadt gewachsen. Das jüngste Neubaugebiet hat ihn erreicht und grenzt direkt an die erste Pferdeweide. Hier wohnen wir.

Mai und ich nehmen normalerweise eine Abkürzung über die Spielstraße und gelangen dann von hinten direkt zum Stall. Aber heute kamen wir von vorne. Das hatte sich Mai gut ausgedacht, denn es ist ein wunderschöner Anblick, wenn man von der Straße aus in den Reiterhof einbiegt. Rechts liegt das alte Fachwerkhaus mit Büro und Sattelkammer, in den oberen Stockwerken wohnen Heimbergers. Vor jedem Fenster blühen Geranien, das ganze Haus sieht sehr einladend und gemütlich aus.

Dahinter ist die Scheune. Darin stehen Geräte, ein Traktor und auch eine alte Kutsche. An der Rückwand sind Kaninchen- und Meerschweinchenställe. Das ist Frau Heimbergers „Streichelzoo". Er ist der Anziehungspunkt für die kleinen Kinder, die montags zum Voltigieren und donnerstags zum Ponyreiten kommen. Quer dazu steht die Reithalle und die dritte Seite des Hofes begrenzt der Stall.

„Ist es nicht schön?", rief Mai.

„Ja, aber das wissen Ulrike und ich", sagte Christof, „schließlich haben wir uns hier kennengelernt."

Mai ließ sich nicht aus der Ruhe bringen. „Aber ihr wart noch nie drinnen, stimmt's? Ihr wart noch nie im Stall und noch nie in der Reithalle!"

Mai stellte ihnen jedes Pferd mit Namen vor. Sie erklärte Mama und Christof alle Arbeiten vom Füttern bis zum Hufauskratzen, sie redete so viel wie sonst in einem halben Jahr.

„So, und jetzt in die Reithalle!“ Wir stiegen die Stufen zum Zuschauerrang hinauf und auf einmal wurde Mai ganz still. Da ich die Letzte in der Reihe war, sah ich erst spät, woran es lag. Da unten drehte ein einsamer Reiter seine Runden. Ein schlaksiger Typ mit dunklen Haaren – Robert.

Er ritt fantastisch. Es war wie eine Dressurvorstellung. Als wir kamen, durchquerte Robert gerade in Traversalen die Bahn – so geschmeidig, dass ich keinerlei Hilfen sah.

Das Pferd kannte ich: Prinzess, eine glänzend schwarze, zierliche Stute. Ich wusste, dass sie Heimbergers gehörte, und hatte mich schon oft gewundert, warum sie so selten für den Unterricht genutzt wurde. Aber als ich Robert jetzt reiten sah, war mir sofort klar, dass Prinzess sein Pferd sein musste. Wahrscheinlich erlaubte er seinen Eltern nur im Notfall, sie für den Schulbetrieb einzusetzen.

Ich glaube nicht, dass Mama und Christof auffiel, was für eine perfekte Vorführung sie bekamen. Aber bestimmt hatten sie bemerkt, wie schön es ist, wenn Reiter und Pferd so übereinstimmen, wie die beiden da unten es gerade taten. Wir schauten eine Weile lang andächtig zu. Robert übte einen fliegenden Galoppwechsel, dann Pirouetten und noch einige andere Dressurübungen. Am Schluss zeigte er das Rückwärtsrichten.

Rückwärtsrichten ist die Übung, die ich am allerwenigsten mag, weil ich immer das Gefühl habe, dass es den Pferden unangenehm ist. Aber als Robert jetzt mit beiden Händen halbe Paraden gab, reagierte Prinzess so geschmeidig, als hätte sie die ganze Zeit darauf gewartet, endlich rückwärts gehen zu dürfen. Ich war sehr beeindruckt.

„Wirklich schön", sagte sogar Christof, als wir wieder ins Freie traten. „Aber das lässt sich doch alles viel besser genießen, wenn man sich nicht selbst kümmern muss, sondern nur ein Pferd nimmt, das die Woche über von jemand anderem versorgt wird!"

Er lachte, als er mein erbostes Gesicht sah.

„Ein Pferd ist doch kein Auto!", protestierte ich. „Man muss eine Beziehung zu ihm haben! Sonst erreicht man niemals diese Übereinstimmung wie gerade bei Robert und Prinzess!"

„Übereinstimmung?", fragte Christof, „aber am Schluss haben sie doch gekämpft! Oder nicht? Das Pferd ist sogar rückwärts gegangen, ich glaube, das war ganz falsch!"

Ich warf Mai einen leidenden Blick zu. Aber mein Blick erreichte sie nicht. Mai schaute gewissermaßen in sich hinein. Sie lächelte ganz verzaubert. Sie hatte rote Flecken auf den Wangen und wirkte, als sei sie ganz weit weg. Das muss echte Liebe sein, dachte ich.

Die Leber ließ Christof sich dann trotzdem schmecken. Das ärgerte mich. Er kaute und machte gleichzeitig keinen Hehl daraus, dass er unseren Wunsch nicht zu erfüllen gedachte.

„Man kann nie wegfahren, man muss sich um alles kümmern, dann wird das Pferd krank, dann wird die Miete für den Platz im Stall erhöht … Nein.

Kommt gar nicht infrage." Er sagte es und wischte sich mit seiner Serviette zufrieden den Mund ab.

Am liebsten hätte ich ihm das Essen wieder aus dem Magen geholt. So ging das nicht, so ganz ohne Gegenleistung! Vor meinem inneren Auge tauchte wieder Mais Geburtstagstisch mit der Kristallkugel auf. Mir wurde ganz flau. Mai würde so enttäuscht sein. Kein Pferd und dann noch ein Verrat. Es war schrecklich.

Ich setzte meine ganze Hoffnung auf das Album – es musste ganz besonders schön werden, damit es Mai besänftigen würde. Und ich hatte auch eine gute Idee: Ich würde vor allem Sachen von Prinzess nehmen – von Roberts Pferd! Wenn ich zum Beispiel ein Schweifhaar von ihr hatte, konnte sich Mai immer vorstellen, dass Robert es schon tausendmal berührt hatte. Das kam mir sehr romantisch vor.

Fehlschlag auf der ganzen Linie

Ich mag Büchereien. Wirklich. Aber obwohl ich mir mindestens einmal im Monat dort Lesefutter hole, verwirren mich diese komischen Buchstaben-Codes noch immer. Ich habe mir das System schon mehrmals von der Bibliothekarin erklären lassen, aber das Einzige, was ich gelernt habe, ist, dass das Regal garantiert bei Era-118/b aufhört, wenn man das Buch mit dem Code Era-120 sucht.

Kein Wunder, dass der folgende Nachmittag in unheimlich viel Arbeit ausartete. Schließlich suchten wir nicht nur ein Buch, sondern zwanzig! Und diese zwanzig Bücher standen an lauter verschiedenen Stellen: ein paar bei „Pädagogik", ein paar bei „Ratgeber: Erziehung", wieder andere bei „Tierhaltung" und so weiter. In den meisten Büchern gab es dann nur einen kleinen Absatz darüber, wie gut es für Kinder ist, ein eigenes Tier zu haben. Speziell von Pferden war noch viel seltener die Rede.

Mai bestand darauf, dass wir Lesezeichen in jedes einzelne Buch legten.

„Wir müssen es deiner Mutter so leicht wie möglich

machen!“, sagte sie, als ich zu murren anfing. Damit hatte sie natürlich recht. Wir konnten unmöglich erwarten, dass sie sich selbst all diese kleinen Sätze und Passagen heraussuchte. Folglich waren wir drei Stunden lang beschäftigt. Drei Stunden! Ich wollte gar nicht daran denken, wie enttäuschend es sein würde, wenn der Erfolg wieder ausblieb!

Ich nahm mir vor, mit Mai ein Gespräch über das Verhältnis von Zeitaufwand und Nutzen ihrer Pläne zu führen. Aber als ich dann das letzte Lesezeichen in ein Buch mit dem Titel „Tiere – die idealen Pädagogen?“ gesteckt hatte, wollte ich den Zeitaufwand nicht noch durch eine Diskussion vergrößern.

Wir schleppten also die präparierten Bücher endlich zur Ausgabe. Als ich meinen Stapel auf die Theke wuchtete, sah ich, dass Mai sich noch einen zusätzlichen Titel aufgeladen hatte: „Flirten und Flunkern – wie man Jungs den Kopf verdreht“.

Und siehe da, mit den Büchern hatten wir eindeutig mehr Erfolg. Das merkte ich am nächsten Tag nach Schulschluss.

Mama kam zu spät, was sonst nicht unbedingt ihre Art ist. Ich stand noch ein bisschen mit Isabel vor dem Schulhof herum.

„Kommst du heute mit zum Schwimmen?“, fragte sie.

„Nein“, sagte ich. „Ich muss im Haushalt helfen!“

„Was hast du gemacht? Ist das irgendeine Strafe?“

„Nein, das gehört zu Mais Plan.“

„Sag mal, hast du eigentlich noch was anderes im Kopf als Mais verrückten Plan?“

Ich zuckte mit den Achseln. Wenn ich mit Isabel zusammen war, kam mir Mais Plan ja auch völlig sinnlos vor, aber wenn Mai dann mit ihrer unerschütterlichen Zuversicht auftauchte, sah alles wieder ganz anders aus …

„Was ist mit morgen? Da ist Sommerfest im Freibad. Sie bauen ein Trampolin auf und außerdem spielt eine Band!“

Jetzt sah ich Mamas Twingo um die Ecke biegen.

„Schade, tut mir echt leid, aber das ist der einzige Tag, an dem Mai Nachmittagsunterricht hat. Da muss ich zum Reiterhof und die Sachen für das Album sammeln!“

„Na ja, dann eben nicht!“ Isabel klang enttäuscht.

Ich drehte mich zu ihr um.

„Vielleicht am Samstag“, wollte ich sagen. Aber da war sie schon fast an der Ecke und gleichzeitig rief Mama ungeduldig nach mir. Ich stieg ein.

Kurz später jubilierte ich innerlich.

„Ich habe mir heute Morgen die Bücher angesehen, die ihr mir gebracht habt“, sagte Mama zur Einleitung. Dann holte sie tief Luft und drehte den Zündschlüssel, als könne sie damit ihre eigene Stimme anwerfen. „Das klingt ja alles sehr überzeugend.“

Na bitte! dachte ich. Mai spinnt doch nicht. Am liebsten hätte ich Isabel ins Auto geholt, damit sie es hören konnte.

„Gerade wenn man so schwierige, wechselvolle

Situationen durchmacht wie ihr beide, ist es sicher eine Hilfe, wenn man ein Tier hat." Mein Herz hüpfte. Ich war total aufgeregt. Wir hatten meine Mutter überzeugt! Mama! Der ich sonst nicht einmal eine zweite Reitmarke pro Woche abluchsen konnte! Sie sah mich liebevoll an. Ich lächelte zurück, ich wartete gespannt auf ihren nächsten Satz.

„Aber muss es denn ausgerechnet ein Pferd sein?"

Peng! Es war, als ob ein Luftballon platzte. Natürlich musste es ein Pferd sein! Was denn sonst? Sollten wir etwa auf einem Meerschweinchen reiten?

„Ich habe an einen Hund gedacht." Mama redete ungestört weiter, offensichtlich hatte sie meine Enttäuschung überhaupt nicht bemerkt. „Meinetwegen auch eine Katze, aber nicht so ein Kleinvieh, das einen Gitterkäfig im Haus braucht, das finde ich einfach unhygienisch." Sie bremste an einer roten Ampel. „Was meinst du?"

Ich schüttelte den Kopf.

„Wir wollen ein Pferd, Mama. Ein Pferd! Sonst nichts!" Ich konnte meinen Ärger nur schwer verbergen. Glaubte sie im Ernst, ich trieb mich drei Stunden in der Bibliothek herum, um nachher so einen Kläffer zu haben, mit dem man auch noch täglich Gassi gehen musste?

„Ja, aber die Verantwortung für ein Lebewesen, die tägliche Sorge, das gilt doch alles auch ..." Sie unterbrach sich selbst. Ich glaube, ihr wurde erst in diesem Moment klar, dass Mai und ich uns gar nicht aus pädagogischen Gründen ein Pferd wünschten, sondern weil wir reiten wollten.

Hinter uns hupte es. Die Ampel war grün.

Mama schüttelte den Kopf und sagte entschlossen: „Nein, ein Pferd kommt gar nicht infrage!“

Von unseren Haushaltsdiensten wollte sie übrigens auch nichts wissen. Ich hätte mich also gut mit Isabel verabreden können. Aber sie war schon weg, als ich sie anrief, um ihr das zu sagen.

Am nächsten Tag zog ich nach der Schule meine Reitsachen an, nahm eine große Tasche mit und machte mich auf Sammeltour.

Leise betrat ich Prinzess' Box. „Ruhig“, flüsterte ich ihr zu. „Sei ganz ruhig.“ Ich strich ihr über den Hals und holte dann noch eine Möhre aus meiner Tasche, um sie zu besänftigen. Es wäre wahrscheinlich gar nicht nötig gewesen, denn Prinzess ist ein sehr sanftes, liebes Pferd. Gefreut hat sie sich auf jeden Fall.

Als sie genüsslich an der Möhre knabberte, fiel mir auf, dass sie nicht vollkommen schwarz war. Sie hatte einen winzigen weißen Fleck, schräg über dem linken Auge. Wie ein einsamer Stern.

„Für die Möhre bekomme ich ein bisschen Heu, o.k.?“, sagte ich zu ihr. Sie nahm ihren Kopf beiseite und ließ mich ungestört in ihren Heuvorrat fassen.

„Brav!“, sagte ich. Sie war mir sehr sympathisch. „Jetzt schau ich nur noch, ob du ein paar lose Schweifhaare hast. In Ordnung? Das braucht dich nicht zu stören, ich kämme nur deinen Schweif mit meiner Hand durch. Ohne Ziepen! Ganz bestimmt!"

Sie drehte den Kopf wieder nach vorn und ließ mich gewähren.

Ich stellte mich neben ihre Flanke und nahm ganz vorsichtig ihren Schweif in die Hand. Das läuft doch prima, dachte ich und lächelte idiotisch vor mich hin.

Genau so traf mich Robert zum ersten Mal an: Er stand plötzlich neben mir, während ich ungefragt seinem Pferd die Schweifhaare ausrupfen wollte!

„Was machst denn du?", fragte er.

Ich zuckte zusammen. „Wie bitte?" Etwas Besseres fiel mir nicht ein.

„Was du tust?", wiederholte er. Er musste mich für ziemlich dämlich halten.

„Ich, äh ..." Was sollte ich sagen? Dass ich meiner angeheirateten Zwillingsschwester ein Schweifhaar seines Pferdes schenken wollte, weil sie verliebt in ihn war?

„Geht dich das was an?" Ich ärgerte mich. Wenn ich nicht weiterweiß, werde ich oft unverschämt, obwohl ich das eigentlich gar nicht sein will.

„Na ja, immerhin ist Prinzess mein Pferd und ich weiß nicht, was du in ihrer Box suchst." Unverständlicherweise sagte er das immer noch in einem sehr freundlichen Ton und ich nahm mich ganz fest zusammen, um jetzt auch etwas Nettes zu sagen.

„Weißt du", begann ich so ins Blaue hinein. „Ich finde dein Pferd so toll und da wollte ich mir ein Schweifhaar ... natürlich nur eines, das lose ist ..."

Er freute sich sichtlich, dass mir Prinzess gefiel.

„Sie ist schön, stimmt's?", sagte er. „Und außerdem auch ein klasse Reitpferd!"

„Ich weiß, ich habe euch gesehen." Ich biss mir auf die Lippen. Wie klang denn das! Als ob ich ihn beobachtete!

„Ehrlich?", fragte er. „Wie heißt denn du?"

„Juli. Ich bin Mais angeheiratete Zwillingsschwester."

„Mais?"

„Mariettas, Marietta Hansen."

„Ach so", sagte er. „Genau, das hat ihr Vater erzählt."

Jetzt war ich verdutzt.

„Christof? Was hat er denn mit dir geredet?"

„Ach, nichts." Auf einmal hatte sich das Blatt gewendet, jetzt wollte eindeutig Robert etwas verbergen. Und ich war total neugierig.

„Komm, sag schon, was?"

Aber der kurze Moment der Unsicherheit war schon vorbei. Robert hatte sich gefangen.

„Ach, er hat halt gesagt, dass er die Mutter von Mariettas Freundin heiraten wird."

„Wieso erzählt er das? Wieso war er überhaupt hier?"

„Keine Ahnung, irgendwas mit den Reitstunden und verbilligtem Schwesterntarif oder so."

Ich glaubte ihm nicht. Christof war nicht der Typ, der sich um verbilligten Geschwistertarif kümmerte. So was machte, wenn überhaupt, dann meine Mutter.

„Darf ich jetzt vorbei und Prinzess satteln?“ Er sagte das mit einem leisen netten Lächeln in der Stimme.

„Sicher!“ Ich sprang schnell zur Seite und machte ihm den Weg frei. „Viel Spaß beim Reiten!“, sagte ich und verließ die Box, bevor er mich noch einmal auf die Sache mit dem Schweifhaar ansprechen konnte.

„Danke“, rief er mir hinterher. „Bis bald einmal!“

Draußen stand ich unschlüssig herum. Sollte ich jetzt warten, bis die beiden weg waren, und dann ein bisschen Stroh aus Prinzess’ Box mitnehmen? Vielleicht fand ich ja auch einen Hufnagel. Das wäre natürlich fantastisch.

Da öffnete sich ruckartig die Stalltür neben mir.

„Du bist noch da!“, sagte Robert.

Ich sah ihn erstaunt an. Ich war mir nicht sicher, aber es kam mir so vor, als liefe er ein bisschen rot an.

„Warte mal kurz, ja?“ Er lief über den Hof in Heimbergers Wohnhaus. Zwei Minuten später stand er wieder vor mir.

„Hier!“ Er drückte mir etwas in die Hand. „Das ist ein Armband, geflochten aus Prinzess’ Schweifhaar, das kannst du haben.“ Ich muss ziemlich verdattert geschaut haben, auf jeden Fall fühlte sich Robert genötigt, eine Erklärung abzugeben: „Meine Mutter hat es mir mal gemacht, aber ich steh nicht auf solchen Schnickschnack!“

Er lächelte mich an und mir blieb gerade noch

Zeit, „Danke“ zu sagen, bevor er wieder im Stall verschwand.

Auch da habe ich kein Zittern oder Kribbeln gespürt. Ich habe mir nicht einmal Gedanken darüber gemacht, warum er ausgerechnet mir das Band schenkt. Ich habe mich nur wahnsinnig gefreut, weil ich wusste, dass es für Mai unglaublich kostbar war.

Happy Birthday

Ich wachte auf von Mamas Familienzauberstimme. „Aufstehen“, flüsterte sie. „Du willst doch auch deiner Stiefschwester gratulieren!“

Oh Gott! Ich drehte mich sofort auf die andere Seite. Am liebsten wäre ich für immer im Bett geblieben, so elend fühlte ich mich. Tausendmal hatte ich die Szene vor mir gesehen: die Kristallkugel auf dem Gabentisch, Mais Entsetzen, ihr Blick voller Verachtung.

„Komm, mein Mäuslein, Geburtstagsfrühstück!“ Jetzt floh ich doch aus dem Bett, bevor ich mir noch mehr Gesäusel anhören musste. Vor dem Bad lauschte ich kurz, ob Christof noch drin war. Irgendwie musste ich mir eine andere Lösung einfallen lassen – ich konnte doch nicht die nächsten fünf Jahre jeden Morgen an der Badezimmertür horchen!

Es war still, also schlüpfte ich hinein und putzte mir die Zähne. Dabei mochte ich mich gar nicht im Spiegel anschauen. Es würde mir nur Juli, die miese Verräterin, entgegenblicken. Die gemeine Lügnerin, die den Pakt schon am ersten Tag gebrochen hatte.

Ich zog den Bademantel über wie einen Sträflingsanzug und schlich hinunter ins Esszimmer, als sei es ein Gerichtssaal. Dort warf ich ängstlich einen Blick auf den Gabentisch.

Ich konnte ihn überhaupt nicht einordnen. Ich begutachtete die Geschenke. In der Größe einer Kristallkugel war nichts dabei. Ein Pferd stand natürlich auch nicht im Esszimmer. Aber so viele andere Geschenke, dass ich nicht mehr an ein Wunder glaubte.

Mama sah meinen ratlosen, enttäuschten Blick. „Wir haben uns gegen die Kristallkugel entschieden“, sagte sie, „aus pädagogischen Gründen. Wir fanden, dass man solche Interessen nicht unterstützen soll.“

Puh! Wenigstens dieses Problem war gelöst! Ich nickte nur stumm. Erleichtert legte ich mein Album auf den Tisch und dann gingen wir zu dritt die Treppe hinauf und stellten uns vor Mais Tür, um zu singen.

Es war ein komisches Gefühl. Einerseits war ich richtig glücklich, dass ich nicht enttarnt worden war. Andererseits stand Mai jetzt genau der trübselige Geburtstag bevor, den ich ja eigentlich hatte verhindern wollte. „Happy Birthday!“ schmetterte ich und dachte, dass das „happy“ wohl nur für mich galt.

Das Frühstück verlief dann erwartungsgemäß trostlos. Mama und Christof bemühten sich sehr, die gedrückte Stimmung ein wenig aufzuheitern. Sie forderten Mai auf, die einzelnen Geschenke zu öffnen, und begleiteten das Ganze mit übertriebenen „Ahhhs“ und „Ohhhs“.

Das war natürlich nett gemeint. Aber im Ernst: Was sollte Mai mit einem Picknickkoffer? Oder mit einer weinroten Fleecedecke, auf der man die Picknicksachen ausbreiten konnte?

Zu allem Unglück war Sonntag und wir konnten nicht einmal in die Schule verschwinden und alles verdrängen. Nein, Mama und Christof hatten sich offenbar fest vorgenommen, das Theaterspiel vom schönen Geburtstag bis an sein Ende durchzuziehen.

„Ach, wenn du jetzt all die schönen Sachen geschenkt bekommen hast, dann machen wir doch einen hübschen Ausflug ins Grüne!“, sagte Mama.

„Gute Idee“, meinte Christof betont fröhlich.

Was sollte das alles? Die beiden meinten doch nicht im Ernst, dass ein Picknick im Grünen Mais (und meine!) Enttäuschung wettmachen konnte!

Wortlos trotteten wir hinter ihnen zum Auto.

Auf der Fahrt sah sich Mai das Album an. Ganz still und langsam. Seite für Seite. Sie strich mit dem Finger über das gerettete Bild von dem süßen Fohlen. Ich merkte, wie sehr sie sich freute. Als sie das Band aus Schweifhaar sah, lächelte sie zum ersten Mal an diesem Tag.

„Vielen Dank, Juli“, sagte sie. „Wenigstens du verstehst mich.“

Christof bremste. Er parkte das Auto am Waldrand, vor dem eine zugegebenermaßen schöne Wiese lag. Trotzdem fand ich seine Wahl ziemlich unsensibel. Denn direkt neben unserem Picknickplatz weideten drei Pferde. Ich mochte sie gar nicht anschauen und setzte mich gleich mit dem Rücken zur Koppel.

Mama breitete die Decke aus, Christof brachte den Picknickkoffer. Mai und ich halfen nicht einen Zentimeter. Als wir alle saßen, legte Christof den Arm um Mama, tat so, als sei alles in bester Ordnung und sagte mit fröhlichem Grinsen: „Genau so stelle ich es mir im Urlaub vor: grüne Wiesen, summende Bienen und ein paar weidende Pferde."

„Wieso, ich denke, wir fahren in die Südsee?", platzte ich heraus.

„Südsee?", fragte Christof. „Ach, haben wir euch das noch gar nicht gesagt?"

„Was nicht gesagt?", gab ich zurück. Meine Stimme war schrill und hoch. Es konnte doch nicht sein, dass sie uns jetzt auch noch den Südseeurlaub wegnahmen!

Aber genau so war es. Ohne das geringste Anzeichen eines schlechten Gewissens schüttelte Christof ganz einfach den Kopf. „Wir fahren nicht in die Südsee."

Dabei war es versprochen! Ich schaute zu Mai, aber die war mal wieder hinter ihren Haaren verschwunden.

„Ulrike und ich fahren nach der Trauung zehn Tage zum Campen", meinte Christof jetzt. „Und ihr fahrt gar nirgends hin."

„Aber ...", schrie ich wütend. Es war so gemein. „Aber ..." Christof unterbrach mich.

„Gecancelt. Zu teuer. Die ganzen Ausgaben in der letzten Zeit, da ist das einfach nicht mehr drin. Das Haus, die Hochzeitsfeier, das Pferd …“

Ich habe es vor Wut glatt überhört. Mai nicht. *Zack*, hatte sie sich die Haare aus dem Gesicht geschoben und brüllte so laut sie konnte: „Ich hab’s gewusst!“

Wir umarmten uns und führten einen Freudentanz auf. Wir sprangen um die Picknickdecke herum und warfen Blumen in die Luft. Wir mussten sogar Purzelbäume schlagen, weil wir nicht wussten, wohin mit all der Freude. Es muss ziemlich lange gedauert haben, bis wir uns so weit beruhigt hatten, dass wir wieder vernünftige Sätze formulieren konnten.

Doch dann bestürmten wir Christof:

„Wann kommt das Pferd?“

„Wie alt ist es?“

„Ein Rappe? Bestimmt ein Rappe, das spüre ich!“

„Wann können wir es sehen?“

„Wo steht es?“

Christof stand nicht mal auf. Mit dem Daumen wies er über seine Schulter. „Da hinter euch steht es. Der Haflinger mit der unregelmäßigen Blesse ist August.“

Unser Pferd hieß tatsächlich August! Das muss man sich mal vorstellen. Wenn das nicht der Beweis war, dass er nur für uns geschaffen war!

Mai und ich rannten zur Koppel und lockten ihn heran. Er kam sofort angetrabt, blieb bei uns stehen und schüttelte seine buschige Mähne. Sie war so voll und dicht, wie ich es noch bei keinem anderen Pferd gesehen hatte. Er sah ziemlich ungekämmt aus. Das gab ihm etwas sehr Spitzbübisches. Später habe ich gemerkt, dass es völlig unmöglich ist, diese Mähne gepflegt erscheinen zu lassen. Man kann August stundenlang kämmen, er sieht immer noch strubbelig aus.

Jetzt steckten wir unsere Hände unter die weichen Zotteln und strichen ihm zur Begrüßung über den Hals. Auch der Schweif war dicht und kräftig und reichte bis zum Boden.

„Ein Wallach", sagte Christof, der sich neben uns an den Zaun gestellt hatte. „Herr Heimberger hat ihn mir als Reitpferd für euch empfohlen."

So war das also. Darum hatte Robert gewusst, wer Christof war. Wir streichelten August und flüsterten ihm ins Ohr und waren glücklich. August nahm alles erstaunlich gelassen. Er stupfte Mai und mich sogar mit seinem Kopf, als wollte er uns begrüßen. Schließlich legten wir jede von einer Seite unsere Köpfe an Augusts Hals. Christof hat ein Foto davon gemacht. Es heißt „Glücklich von Mai bis August" und hängt gerahmt bei uns in der Küche.

Mit dem Reiten mussten wir noch bis zu meinem Geburtstag warten. Da wurde August auf den Reiterhof gebracht. Bis dahin predigte Mama uns jeden Tag, an was für Bedingungen unser Glück geknüpft war. Dazu variierte sie tausend Sätze um das Wort Verantwortung. Kurz gesagt: Sie bläute uns ein, dass August sofort wieder verkauft werden würde, wenn wir es daran fehlen ließen. Und in Mamas einzigartiger Logik konnte sie sogar einen Zusammenhang zwischen ungeputzten Schuhen und mangelnder Verantwortung herstellen. Auf gut Deutsch: Wir sollten entsetzlich brav sein. Na ja. Für ein Pferd schien uns das ein relativ geringer Preis.

Nie werde ich vergessen, wie ich dann an meinem Geburtstag das erste Mal auf August ritt. Es war nämlich ziemlich peinlich. Wir waren zu viert auf den Reiterhof spaziert, um August in Empfang zu nehmen.

Mai und ich waren unheimlich aufgeregt und auch August war nervös, schließlich befand er sich plötzlich in einer ganz neuen Umgebung. Ich war jedenfalls richtig zittrig und das ist die einzige Entschuldigung, die mir einfällt. Ich habe nämlich den Sattelgurt viel zu lose festgemacht. Ich hatte einfach kein Gespür und schließlich wollte ich August nicht gleich am ersten Tag wehtun.

Als ich dann vor Mamas, Christofs und Mais Augen in der Halle aufstieg, hatte der Sattel keinen richtigen Halt. Ich merkte es erst nicht, weil es immer ein komisches Gefühl ist, wenn man auf einem neuen Pferd reitet. Ich weiß nur, dass ich ein bisschen enttäuscht war, weil ich mir natürlich vorgestellt hatte, dass ich auf unserem eigenen Pferd sitzen würde wie auf weichen Wattewolken. Ich schob es auf die Reitstiefel. Aber irgendwie …

Na ja, schon das Warmreiten wurde zur Katastrophe. Ich eierte auf Augusts Rücken herum wie ein Anfänger und fiel schließlich sogar herunter. Im Schritt! Ich war maßlos enttäuscht. Aber dann hat

August mich aufgeheitert. Obwohl wir uns kaum kannten und es für ihn mit dem reibenden Sattelgurt bestimmt unangenehm war, kam er sofort zu mir, stupste mich und sah mich freundlich und auffordernd an. Er wollte, dass ich wieder aufstieg, da bin ich mir ganz sicher. Ich lächelte ihn also trotz meiner Enttäuschung an und rappelte mich auf.

„Der Sattelgurt!“, rief Mai in diesem Moment – und dann wurde es doch noch so, wie ich mir den ersten Ritt erträumt hatte: Ich zog den Gurt fester, stieg auf und genoss es. August ging ganz geschmeidig und er schien jede meiner Hilfen vorauszuahnen. Als ich mir sagte, dass ich das jetzt jeden Tag erleben konnte, nahm mir das Glück fast den Atem.

Der Schock kam später. Nachmittags auf unserer Geburtstagsparty. Mai hatte ihre Freundinnen eingeladen, ich meine, und dann kamen noch Karla, Wiebke und Rebecca, die wir vom Reiten kannten. Sie klingelten alle gemeinsam und als wir die Tür öffneten, sah ich, dass sie zu zehnt nur zwei Geschenke mitgebracht hatten: einen großen länglichen Karton und einen etwas kleineren quadratischen.

Mir war sofort klar, was darin war. Mir war auch klar, wer dahintersteckte, und das machte mich nur noch verzweifelter: Es war ja so nett von Isabel, dass sie sich Mais und meinen Wunsch gemerkt hatte und dass sie – obwohl sie ja Mais Freundinnen gar nicht kannte – alle zu einer Gemeinschaftsaktion zusammengetrommelt hatte. Ganz abgesehen davon, dass ich mich ihr gegenüber so abweisend verhalten hatte! Aber es war eben gleichzeitig mein Untergang.

Gleich würde mein Verrat doch noch ans Licht kommen.

Ich weiß nicht mehr, wie ich von unserer Eingangstür in den Garten gekommen bin. Ich erinnere mich nur, dass ich am gedeckten Kaffeetisch saß und gebannt zuschaute, wie Mai an der Schnur ihres Pakets nestelte. Sie hatte rote Backen von der ganzen Aufregung an diesem Tag. Sie lachte laut und war gar nicht blass und mysteriös.

„Wer hat denn diese Schleife zugebunden?“, rief sie mit gespielter Empörung. „Da hilft ja nur eine Schere!“ Aber anstatt sie zu holen, riss sie das Band mit ihren Zähnen durch. Kurz sah sie aus wie ein gefährliches Raubtier über seiner Beute. Mich fröstelte.

Dann öffnete sie den Karton. Auf ihrem Gesicht breitete sich Freude aus. Sie hob den Kopf, suchte unter den Gästen nach ihrer Schulfreundin Samantha und rief begeistert: „Das ist ja super, dass du dir das gemerkt hast!“

Puhhh! Es war, als hätte der Mörder die erhobene Pistole gesenkt. Samantha nickte stolz und mir wurde klar, dass tatsächlich sie für den Kauf der Kristallkugel verantwortlich war.

Ganz leicht und losgelöst begann ich, mein Geschenk zu öffnen. Es waren tatsächlich Reitstiefel. Lederne Reitstiefel!

„Sie sind gebraucht“, sagte Wiebke neben mir entschuldigend. Aber das machte mir nun wirklich überhaupt nichts aus.

Plan Nummer zwei

Sogar Mais Plan mit dem Schrank ging auf. In der exquisiten Sattelkammer der Pferdebesitzer hatten wir unseren Platz direkt neben Roberts. Wir kamen uns vor wie die Königinnen, als wir ihn in Beschlag nahmen. Dabei war der Raum – nüchtern betrachtet – gar nicht so toll. An einer Seite Schränke, an der anderen Sattelzeug, quer dazu eine Holzbank und neben der Tür ein Waschbecken.

Das Besondere war das Schloss – zu dem wir nun einen Schlüssel hatten! Beziehungsweise zwei. Denn schon am Tag nach meinem Geburtstag hatten wir uns beim Schlüsseldienst ein zweites Exemplar anfertigen lassen. Ich trug meinen an einem Band um den Hals und kam mir wichtig vor.

Robert hatten wir noch nie hier getroffen. Aber ich war zuversichtlich. Früher oder später würde Mai gleichzeitig mit Robert in der Sattelkammer sein. Sie würden miteinander sprechen und sich ineinander verlieben. Das glaubte ich ganz fest. Schließlich waren wir Mai und Juli und wir bekamen alles, was wir wollten.

Ich persönlich wollte allerdings überhaupt nichts mehr. Ich konnte mir wirklich keinen Wunsch mehr einfallen lassen. Eine Dauerkarte fürs Kino vielleicht. Aber das erschien mir viel zu gewöhnlich für unseren wunderbaren Pakt.

Mai gingen die Ideen noch lange nicht aus. Es war ungefähr eine Woche nach meinem Geburtstag. Ich saß in Reithosen vor der Tür und zog mir meine Reitstiefel über die Füße. Reitstiefel mussten immer vor der Tür an- und ausgezogen werden, das war eine von Mamas allerwichtigsten Regeln.

„Mai!", schrie ich zur Tür hinein. „Komm endlich!" Meine Reitstunde begann in zwanzig Minuten.

Mai kam nicht.

„Mai!"

„Moment noch." Moment noch! Wir brauchten zwar nur zwei Minuten bis zum Reiterhof, aber irgendwann musste ich ja auch noch August satteln. Mai hatte darauf bestanden, gleich mitzukommen, obwohl sie erst eine Stunde später Unterricht hatte.

Ich spähte an der Tür vorbei in Richtung Küche. Mama war nicht zu sehen. Ich rannte die Treppe hinauf und sah mich nach Mai um. Sie stand im Bad vorm Spiegel! Sie malte sich sehr dunkle Schatten um die Augen, was sie noch geheimnisvoller machte.

„Bin gleich fertig", murmelte sie, „nur noch der Lippenstift."

„Was ist denn in dich gefahren?"

Mai sah nicht einmal zu mir herüber. Ungerührt sagte sie: „Heute frage ich Robert wegen der Kutsche!"

„Wegen welcher Kutsche?"

Mai presste die Lippen aufeinander, damit sich das Rot gleichmäßig verteilte, dann schaute sie prüfend in den Spiegel. Sie schien gar nicht zu merken, wie neugierig ich war. Schließlich stülpte sie den Deckel über den Lippenstift und antwortete lässig: „Na, in der Scheune steht doch eine alte Kutsche. Ich dachte, wir fahren Papa und Ulrike darin zum Standesamt."

„Wow!" Das war eine sagenhafte Idee. Ich hatte auch schon nachgedacht, womit wir Mama und Christof überraschen konnten. Am letzten Schultag würden sie heiraten, also in drei Wochen. Es war höchste Zeit, sich etwas auszudenken. Aber bisher hatte ich das immer verschoben, oft, weil mir einfach nichts einfiel, und noch öfter, weil Mai und ich zum Stall wollten …

Jetzt lehnte ich in der Badezimmertür und war beeindruckt. „Meinst du, das klappt?"

„Sicher doch!" Mai warf mir ein strahlendes Lächeln zu.

„Woher weißt du, dass Robert heute da ist?"

„Intuition!"

Ich wollte mir Mais geschminktes Gesicht gerade genauer anschauen, da hörte ich einen Schrei aus dem Gang.

„Was ist denn hier los!" Es war Mama. „Mai! Wie siehst du denn aus! So lasse ich ein 13-jähriges Mädchen nicht aus dem Haus!" Ärgerlich schaute sie zu mir. „Juli! Du weißt ganz genau, dass mir niemand mit Reitstiefeln ins Haus kommt! Raus mit dir! Und du", sie wandte sich wieder an Mai, „dir wasche ich jetzt den Kopf!"

Mama nahm Mai fest am Arm und drehte den Wasserhahn auf. Ich schämte mich vor Mai für Mama. Aber ich sagte nichts. Schließlich verfügte ich über 13-jährige Erfahrung mit Mamas Stimmungen und wusste, dass jeder Einspruch die Lage nur verschlimmern würde.

Ich wollte mich verdrücken, aber als ich gerade an der Haustür war, klingelte das Telefon. Ich weiß nicht, ich habe es noch nie über mich gebracht, ein Telefon einfach klingeln zu lassen. Es könnte ja Gott weiß wer sein. Ein berühmter Regisseur zum Beispiel, der einen auf der Straße gesehen hat und jetzt als Hauptdarstellerin engagieren will. Na ja, das denke ich nicht wirklich, schließlich bin ich Realistin. Es ist mehr so ein Gefühl. Wie auch immer: Ein Telefon klingeln zu lassen, ist eine verpasste Chance. Ich ging also ran. Es war Isabel.

„Hallo, Juli!", sagte sie und ich freute mich darüber, dass selbst sie meinen neuen Namen benutzte. Sie bemühte sich offensichtlich, ihre Stimme locker und ein wenig ironisch klingen zu lassen, als sie weiterredete: „Ich gebe dir heute eine letzte Chance: Kommst du mit ins Freibad?"

„Wann denn?"

„So um vier."

Jetzt war es zwei Uhr. Wenn ich mich beeilte, konnte ich es schaffen.

„O.k."

„Super!" Ich hörte, dass sich Isabel richtig freute und freute mich auch.

Zur Reitstunde kam ich ein kleines bisschen zu spät. Gut gelaunt sattelte ich August. Wie gut er roch! Wie weich seine Nüstern waren! „Komm, August", sagte ich und führte ihn auf den Reitplatz.

Ich reihte mich zwischen Moritz und Katharina ein.

August war ein prima Reitpferd. Man merkte ihm die Freude an der Bewegung an. Schon auf dem Weg zum Reitplatz wieherte er fröhlich und tänzelte ein wenig herum. Auf dem Platz dann war er immer ganz Ohr, was sein Reiter von ihm wollte. Er war nicht unterwürfig, nein, er wollte mit mir zusammen das Reiten genießen. Das taten wir auch. Nur heute war ich mit den Gedanken bei Mai. Hatte Mama sie wieder gehen lassen? Würde sie Robert trotzdem fragen? War sie jetzt gerade bei ihm?

„Juli, Rücken gerade!", hörte ich Frau Heimbergers Stimme. Ich drückte den Rücken durch und freute mich, dass sich mein neuer Name so gut durchgesetzt hatte. Juli – so hieß sonst keiner. Überhaupt war keiner so wie wir. Und jetzt würden wir noch eine Kutsche organisieren! Ich sah uns schon hoch auf dem Kutschbock sitzen und durch die Stadt fahren.

„Aus der Ecke kehrt!", rief Frau Heimberger, während ich mir vorstellte, wie die Kutsche an der

Eisdiele vorbeirollte. „Das gilt auch für Juli! Wo reitest du denn hin?“ Jetzt erst hörte ich sie. Die Frage war berechtigt, die ganze Abteilung befand sich im anderen Eck der Reithalle.

Ich ließ August umkehren und fing mit meinen Gedanken von vorne an: Ob Juli Robert getroffen hatte? Ob wir die Kutsche haben konnten?

Als Frau Heimberger mich das dritte Mal korrigierte, freute ich mich nicht mehr darüber, dass sich der Name so gut durchgesetzt hatte. Ich dachte nur, dass heute wohl nicht mein Tag war.

„Du musst dich mehr konzentrieren!“, sagte sie mir dann auch am Schluss der Stunde. Aber darauf hätte sie verzichten können, das wusste ich sowieso.

Ich brachte August schnell in den Stall und überlegte mir, wo ich Mai am besten finden konnte. Ich sprang hinüber zur Scheune, um mir die Kutsche anzusehen. Ich hatte ihr noch nie besondere Aufmerksamkeit geschenkt und ich hatte auch noch nie erlebt, dass sie benutzt wurde.

Wahrscheinlich ist sie alt und kaputt und unbrauchbar, dachte ich mir, als plötzlich Mai vor mir stand und mich aufgeregt in die Futterkammer zog.

Hier zerrte sie mich auf einen Stapel Strohballen und erzählte mir von vorne bis hinten von ihrer Begegnung mit Robert: Wie er die Tür zur Sattelkammer geöffnet hatte und ein Zucken durch ihre beiden Körper gelaufen sei. Wie sie ganz wenig miteinander reden mussten, weil sie alles durch Seelenverwandtschaft spürten. Wie also Mai nur gefragt hatte, was mit der Kutsche sei. Und wie Robert meinte, dass er sie nicht verleihen könnte, weil sie in einem zu schlechten Zustand sei.

„Dabei haben sich unsere Ellenbogen berührt!“, raunte Mai und hielt mir wie zum Beweis ihren rechten Arm unter die Nase. „Es war wie ein Stromschlag!“

Ich schwieg andächtig mit ihr. Mai erlebte wirklich aufregende Sachen. Ein Zucken im Körper, ein Stromschlag …

Mir fiel dann natürlich wieder das Praktische ein. „Ja, und die Kutsche?“

„Geht eben nicht!“, sagte Mai, als sei das die unwichtigste Nachricht der Welt.

Als Mai zu ihrer Reitstunde aufgebrochen war, beschloss ich, mir trotzdem noch ganz kurz die Kutsche anzusehen. Es war nicht so, dass ich die Verabredung mit Isabel vergessen hatte. Ich wollte nur einen Blick darauf werfen. Das dauerte ja nicht lange. Ich schob das schwere Scheunentor zur Seite und ging am Traktor vorbei. Dahinter stand sie. Ein Zweispänner. Keine Ahnung, wie das Modell hieß. Es hatte jedenfalls ein Verdeck aus Leder, das man hochklappen konnte, und zwei Sitzbänke. Auf dem Kutschbock war auch Platz für zwei Leute.

Schön sah sie aus. Wenn man näher kam, fiel einem natürlich auf, dass die Farbe überall abblätterte. Viel mehr schien aber nicht zu fehlen. Ich ging einmal um sie herum. Die roten Sitzpolster waren verstaubt und dreckig, aber das Leder hatte keine Risse.

Vielleicht ist ja irgendetwas Wesentliches kaputt, was ich gar nicht erkennen kann, dachte ich mir und rüttelte mal probehalber an einem Rad.

Da stand plötzlich Robert neben mir. Es war mir total peinlich. Schließlich hatte er gerade Mai klipp und klar gesagt, dass wir die Kutsche nicht haben könnten – und jetzt stand ich in der Scheune und rüttelte an ihr herum wie ein misstrauischer Käufer. Aber Robert ging gar nicht darauf ein.

„Hallo, Juli!", sagte er grinsend. „Ist das mit dem Schwesterntarif was geworden?"

Komisch. Mai schilderte Robert immer so wortkarg. Aber wenn ich ihn traf, war er jedesmal sehr redselig.

Wahrscheinlich lag das an der fehlenden Seelenverwandtschaft. Wir mussten reden, um uns zu verständigen.

„Na ja, die Reitstunden sind jedenfalls billiger, seit wir ein eigenes Pferd haben", sagte ich.

„Und es macht auch mehr Spaß, oder?"

„Klar, es ist was ganz anderes, ob man auf dem eigenen Pferd reitet oder auf einem Schulpferd!" Ich biss mir auf die Lippen „Das sollte nicht heißen, dass ich eure Schulpferde nicht mag."

„Nee, so hab ich das auch nicht verstanden." Robert hatte jetzt selbst seine Hand auf das Kutschrad gelegt. Ich zog meine Hand wieder weg. Wir grinsten uns an. Er wirkte so freundlich, dass ich mir ein Herz fasste und doch noch einmal nach der Kutsche fragte. „Was ist denn eigentlich kaputt? Warum kann man die Kutsche nicht benutzen?"

Robert zuckte nachlässig die Achseln. „Ach, nicht viel", meinte er. „Man müsste sie halt abschleifen und neu streichen. Und putzen natürlich." Er schaute sich die Sitzpolster an und strich mit einem Finger darüber. Die dreckige Fingerkuppe hielt er mir unter die Nase. „Richtig widerlich, was?"

„Ja, aber wir könnten das doch machen!", entfuhr es mir.

„Du und Mai?"

„Ja, sicher! Ich meine, wenn wir sie dann benutzen dürfen!"

„Na ja, das wäre schon prima, wenn sie jemand auf Vordermann bringen würde. Man könnte sie öfter für Hochzeiten vermieten, sie ist ja eigentlich sehr schön!"

„Genau!" Ich sah ihn hoffnungsvoll an.

„Es ist viel Arbeit", sagte er. „Ihr braucht bestimmt mehrere Nachmittage."

„Macht nichts", sagte ich schnell.

„Hmm, ich könnte ein bisschen helfen." Er lachte. Und wie es dann genau weiterging, weiß ich gar nicht. Auf jeden Fall waren wir auf einmal mitten im Schwärmen und Planen. Wir saßen auf dem Traktor, sprachen über Vor- und Nachteile von verschiedenen Holzfarben und über Lederreinigung.

Irgendwann hatten wir tatsächlich vereinbart, dass Mai und ich die Kutsche abschleifen und neu streichen würden. Robert wollte sich um den Rest kümmern, neue Zügel und Zaumzeug. Räder und Deichsel waren in Ordnung. Er würde sogar bei Mamas und Christofs Hochzeit kutschieren! Außerdem wollte er Prinzess neben August mit davor spannen. Und alles würde gar nichts kosten!

Wir waren mit Feuereifer dabei, uns auszumalen, wozu man die Kutsche dann noch benutzen konnte, als mir plötzlich Isabel einfiel.

„Ich muss weg!“, rief ich erschrocken. „Ich bin verabredet. Wir sehen uns morgen, o.k.?“

„Gut“, sagte er. „Ich suche schon mal das Schleifgerät.“

Ich war viel zu spät. Ich rannte in unser Haus hinein, schaute zur Küchenuhr und ließ mich dann auf einen Stuhl fallen. Es war fünf. Ich hätte genauso gut auf dem Hof bleiben können. Ins Freibad zu radeln, hatte keinen Sinn mehr. Ein Handy hatte Isabel nicht. Ich konnte sie nur noch abends anrufen und mich bei ihr entschuldigen.

Aber sie ließ es nicht zu. Als ich sie um sieben Uhr erreichte, hätte ich genauso gut mit dem Signalton reden können. Isabel war stocksauer, das merkte ich, obwohl sie nur gelangweilt sagte: „Ja, ja, ich weiß schon, Mai, August, die Hochzeit, lass nur. Ich habe übrigens die nächsten drei Wochen keine Zeit mehr, ich trainiere mit Sophie zusammen fürs Sportabzeichen.“

Peng – sie legte auf. Mir standen die Tränen in den Augen. In drei Wochen begannen die Sommerferien, danach würden Isabel und ich uns nur noch sehen, wenn wir uns extra verabredeten. Aber ich hatte nicht das Gefühl, dass Isabel mich noch einmal anrufen würde.

Der Hochzeitskuss

Robert zeigte uns, wie man mit einem Schleifgerät umgeht. Mai hatte sich einfach vor ihn gestellt, sodass Robert um sie herumgreifen musste, um mit ihr gemeinsam den Schleifer zu halten. Sie stellte sich mit Absicht ungeschickt an, das sah ich. Sie lächelte in sich hinein. Ich war mir sicher, dass sie gerade an die Seelenverwandtschaft dachte.

Allerdings konnte ich auch Roberts Gesicht sehen und er dachte garantiert etwas anderes. Er wirkte ungeduldig und ein bisschen genervt. Deswegen zog er das Schleifgerät auch sehr bald wieder an sich und sagte:

„So, jetzt darf Juli einmal!“

Ich nahm mir das Gerät und begann zu schleifen – ohne Robert hinter mir. Es war anstrengend und dauerte entsetzlich lange.

„Na, dann viel Spaß!“, sagte Robert grinsend und kurz war ich mir nicht sicher, ob wir vielleicht doch ein unheimlich schlechtes Geschäft gemacht hatten. Ich sah mir den verwinkelten Kutschbock an. Bis das alles abgeschliffen war, würde es Tage dauern!

„Du musst deinen Teil ja auch noch leisten!“, gab ich bissig zurück. Aber ich glaube nicht, dass er es gehört hat. Schließlich machte die Schleifmaschine reichlich Lärm.

Immerhin legte Mai ihr ungeschicktes Verhalten ab, sobald Robert verschwunden war. Sie schliff mit Sandpapier die Ecken und Winkel ab, in die ich mit dem Gerät nicht hereinkam. Dabei musste sie sich ganz schön verrenken. Spaß hatte sie bestimmt auch nicht.

Wir konnten uns nicht einmal unterhalten, wegen des Lärms. Nur ab und zu, wenn Mai gerade wieder unter einer Sitzbank auftauchte, grinsten wir uns an. Das war auch schon was. Dann wussten wir: Es geht voran und wir werden ein sagenhaftes Hochzeitsgeschenk für Mama und Christof haben.

Nach zwei Stunden kam Frau Heimberger vorbei und brachte uns Kuchen und Tee.

„Das finde ich wirklich prima, dass ihr diese Arbeit auf euch nehmt!“, sagte sie und lud jeder von uns ein dickes Stück Donauwelle auf den Teller. „Ich hab's mir schon so oft vorgenommen, aber diese Schleiferei dauert so elend lange.“ Wir setzten uns zum Essen in die Kutsche hinein.

„Wisst ihr, dass ich selbst auch in dieser Kutsche zur Hochzeit gefahren bin? Mein Schwiegervater hatte sie damals ganz neu gekauft!“ Frau Heimberger lächelte ganz versonnen. Sie erzählte von ihrem Kleid und der Feier und von dem Kutschenschmuck. „Wenn ihr wollt, dann winde ich euch auch so eine weiße Blumengirlande. Es wird prächtig aussehen!“

Das war genau die Motivation, die Mai und ich brauchten. Als Frau Heimberger wieder gegangen war, legten wir uns schwer ins Zeug. Es wurde zwar mit jeder Minute anstrengender, aber jetzt träumten wir von einer geschmückten Kutsche, genauso glänzend und festlich, wie Frau Heimberger sie beschrieben hatte.

Am Abend hatten wir Blasen an den Händen. Aber immerhin war schon gut ein Drittel der alten Farbe ab.

In der Schule besah ich mir am nächsten Morgen meine zerschundenen Hände. Irgendwie war ich stolz darauf. Ich hätte es gern gehabt, wenn Isabel mich gefragt hätte, woher die Blasen kamen, aber seit unserem Telefongespräch hatte sie keinen Ton mehr zu mir gesagt.

Sie beteiligte sich sehr aktiv an Herrn Kleinschmidts Mathe-Unterricht. Das konnte ich sowieso nicht. Mathe war für mich ein Buch mit sieben Siegeln. Ich hielt es auch nicht mehr für nötig, mich um Verständnis zu bemühen, schließlich waren die Noten längst abgegeben. Bis zum nächsten Schuljahr konnte mir Mathe gestohlen bleiben!

Bis zum nächsten Schuljahr! Auf einmal wurde ich furchtbar traurig. Ich sah Isabel von der Seite an. Sie schrieb gerade etwas von der Tafel ab. Dabei kniff sie die Augen zusammen und hatte klitzekleine Falten zwischen den Brauen. Sie sah nämlich schlecht und war zu eitel, ihre Brille aufzusetzen.

Am Anfang des Schuljahres hatten wir deswegen vereinbart, im kommenden Jahr eine Reihe weiter vorne zu sitzen. Da wussten wir noch nicht, dass ich umziehen würde. Jetzt würde Isabel nächstes Jahr sowieso woanders sitzen. Neben Julia vielleicht. Es blieb mir nicht mehr viel Zeit, mich mit ihr zu vertragen.

Was sollte ich tun? Sollte ich ihr jetzt sofort einen Zettel schreiben und sie um Entschuldigung bitten? Aber ein Zettel kam mir reichlich popelig vor. Die Entschuldigung musste irgendwie größer ausfallen. Unwillkürlich seufzte ich. Isabel schaute zu mir. Ich lächelte unsicher. Sofort kniff Isabel ihre Lippen zusammen und schaute wieder todernst zur Tafel. Ich sollte sie in Ruhe lassen, deutlicher hätte sie das auch mit Worten nicht sagen können.

Dabei hatten wir so viele lustige Sachen zusammen gemacht! Einmal hatten wir uns im Besenschrank versteckt und waren erst mitten in der Stunde herausgekommen. Ich musste kichern, als ich daran dachte. Isabel hörte es und drehte ihren Kopf schon wieder zu mir. Doch noch bevor sich unsere Blicke trafen, schaute sie wieder nach vorn.

Ich wollte nicht, dass das alles jetzt einfach so zu Ende ging, ohne dass wir überhaupt noch miteinander sprachen. Ich beschloss, ein Schulabschiedsgeschenk für Isabel zu machen, das mindestens so schön war wie das Album für Mai.

Was konnte das sein? Ein Album über Raumfahrt? Aber was sollte ich da hineinkleben? Ich überlegte hin und her, bis ich Herrn Kleinschmidts Stimme neben meinem Ohr hörte: „Pause, Juliane, es hat geläutet, du kannst wieder aufwachen!“

Am Nachmittag musste ich allerdings wieder schleifen und darüber vergaß ich Isabels Geschenk vollkommen. Wir kamen sehr gut voran. Am Wochenende würden wir die Kutsche streichen können. Dann hatten wir noch genug Zeit bis Freitag, um sie zu putzen und zu schmücken.

Es war eine verrückte Woche. Zu Hause herrschte aufgeregte Vorbereitungsstimmung und Mama wollte ständig, dass man ihr half: Betten beziehen für die Gäste, Platzkärtchen malen, beim Blumenladen anrufen und immer so weiter.

Dabei mussten Mai und ich dringend auf den Reiterhof. Wir mussten die roten Ledersitze putzen und uns auch um August kümmern. Er sollte Schleifen in der Mähne tragen und den Ansatz des Schweifs wollten wir flechten. Außerdem hatten wir eine Schablone gebastelt, mit der wir ein Muster auf Augusts Flanke bürsten wollten: zwei in sich verschlungene Eheringe und darunter ein C und ein U.

So kam es, dass ich erst am letzten Schultag merkte, dass ich nie wieder an ein Geschenk für Isabel gedacht hatte.

Ich saß neben ihr und fühlte mich unheimlich schlecht. Daran änderte auch nichts, dass die Lehrer alle nette Sachen für den letzten Schultag vorbereitet hatten. Ich fühlte mich schlecht, als wir in Bio den Film über das Schnabeltier anschauten. Ich fühlte mich schlecht, als wir in Deutsch Pantomime spielten.

Ganz besonders schlecht fühlte ich mich in der Pause: Ich saß alleine auf der Heizung und dachte, dass ich nie wieder mit Isabel hier sitzen und plaudern würde. Ich heulte sogar ein bisschen. Aber das merkte niemand. Dann musste ich wieder heulen, weil niemand in meiner Klasse merkte, dass ich an meinem letzten Schultag heulen musste.

Isabel blieb zäh. Sie sagte nichts bis zur letzten Stunde. Schließlich rutschte ihr doch noch ein kurzes „Tschüss, mach's gut" raus. Sie hatte ein ganz komisches Gesicht, als sie das sagte. Irgendwie hatte ich das Gefühl, sie hätte mir gerne mehr gesagt. Ich konnte mir gut vorstellen, dass sie auch heulte, als sie den Gang entlang zum Schultor ging. Ich jedenfalls legte meinen Kopf auf die Bank und schluchzte lauthals los.

Zuletzt wäre ich beinahe noch von Herrn Kleinschmidt im Klassenzimmer eingeschlossen worden. Das war mein Abschied vom Goethe-Gymnasium.

Der Nachmittag wurde auch nicht viel besser. Dieses Mal bekam ich Ärger mit Mai. Wieder ohne jeden bösen Willen – keine Ahnung, wie ich das immer schaffte. Wir saßen mit Robert in der Sattelkammer, genauso wie Mai sich das immer vorgestellt hatte. Das heißt, sie hatte sich wahrscheinlich vorgestellt, dort allein mit Robert zu sitzen. Na ja, jetzt waren wir jedenfalls zu dritt und besprachen den Hochzeitseinsatz.

„Du kannst natürlich auch zur Feier ins Restaurant kommen!", sagte Mai zu Robert.

„Nee, danke", meinte er. Ich konnte ihn gut verstehen, ich hätte auch keine Lust, bei wildfremden Leuten an einer Familienfeier teilzunehmen.

„Ja aber es ist doch doof, wenn du uns erst hilfst und dann allein zum Stall fährst, während wir uns an der Hochzeitstafel den Magen vollschlagen."

„Wer sagt denn, dass ich alleine zurückfahre?", meinte Robert mit einem versteckten Lächeln im Gesicht.

Mai schaute kurz verwirrt. „Na ja, Juli und ich haben keine Zeit. Ich jedenfalls habe Papa versprochen, dass ich gleich am Anfang den Sekt anbiete." Sie machte eine kurze Pause. Sie bemerkte ihren taktischen Fehler. Mich hatte Christof nicht gefragt. Noch nicht. Ich hatte also Zeit. Blitzschnell versuchte Mai, sich zu korrigieren: „Juli kann ja ..." ... mit mir tauschen, wollte sie sagen.

Allerdings kam Robert ihr zuvor. „Genau, Juli kann mir helfen, die Pferde zu versorgen. Danach bleibt noch genügend Zeit zum Feiern." Er sah mich an. „Das machst du doch, oder?"

Ich musste antworten. Und ich sagte in all meiner Dämlichkeit: „Ja." Dabei hatte ich schon begriffen, worum es Mai ging – darum, allein mit Robert zu sein. Aber ich war unfähig, so schnell zu reagieren. Und ich wollte nicht unfair gegenüber Robert sein. Schließlich half er uns enorm viel. Da war es doch selbstverständlich zuzustimmen, wenn er auch Hilfe haben wollte.

Mai war trotzdem sauer. „Erst denken, dann reden!", zischte sie mir zu, als Robert gegangen war.

„Tut mir leid“, murmelte ich bedrückt.

Mai verdrehte die Augen. „Besonders intelligent war das wirklich nicht!“

Ich wollte irgendetwas sagen oder tun, aber ich wusste nicht, was. Also wartete ich nur ab, bis Mai schließlich sagte: „Na ja, schon passiert, kann man nichts machen.“ Und dann gingen wir schlecht gelaunt nebeneinander her nach Hause.

Am Morgen des Hochzeitstages gab es kein Frühstück. Mama war bei der Kosmetikerin. Mai und ich holten uns beim Bäcker je eine Butterbrezel und spazierten kauend zum Reiterhof.

August genoss es sehr, als wir ihm die Schleifen in die Mähne banden. Später kam Robert in den Stall, um auch Prinzess herzurichten. Frau Heimberger befestigte die Blumengirlande an der Kutsche. Große weiße Satinschleifen hielten den Schmuck. Es sah wundervoll aus.

Mein Herz klopfte wild vor Vorfreude. Mama würde solche Augen machen! Es würde ein wunderbarer Tag werden!

Wir rannten heim, um uns umzuziehen. Eine Stunde später wollten wir uns mit Robert auf dem Hof treffen. Als wir wiederkamen, sah Mai umwerfend aus. Sie hatte ein enges rotes Kleid an, das super zu ihren schwarzen Haaren passte. Sie war geschminkt wie eine Geisha und ich hätte mich ungelogen auf der Stelle unsterblich in sie verliebt – wenn ich ein Junge gewesen wäre …

Ich selbst sah mal wieder nur niedlich aus. Die Löckchen zurechtgesteckt und dazu so ein Hängekleidchen, das sehr kleinkindmäßig wirkte, weil ich keinen Busen hatte. Ich war überhaupt nicht zufrieden. Mai hatte mich geschminkt. Allerdings nicht so dunkel und geheimnisvoll wie sich selbst, sondern mit viel Rosa und Hellblau und das machte mich nur noch niedlicher.

Robert hatte sich ein weißes Hemd und schwarze Jeans angezogen. Das stand ihm. Es war das erste Mal, dass ich merkte, dass er wirklich gut aussah. Er hatte Prinzess und August schon angespannt und wir mussten nur noch zu ihm auf den Kutschbock springen.

Mama war zu Tränen gerührt. Sie heulte den ganzen Weg bis zum Standesamt. Dann hörte sie kurz auf, als sie die Trauzeugen begrüßte. Im Trauzimmer selbst heulte sie wieder. Das war sehr schade, denn eigentlich hätte sie auch sehr gut ausgesehen mit der neuen Frisur und dem schicken Kostüm. So aber fielen vor allem ihre verquollenen Augen und ihre rote Nase auf.

Als sie unterschrieb, fielen sogar Tränen auf die Hochzeitsurkunde. Für den Namen „Ulrike Kuszlik-Hansen“ brauchte sie bestimmt fünf Minuten, weil sie immer wieder ihr Taschentuch herausziehen und sich schnäuzen musste.

Ich grinste in mich hinein. Ich hatte Mama nicht gesagt, dass ich Kuszlik-Hansen noch viel schlimmer fand als Hansen. Sie war so glücklich gewesen, eine Möglichkeit gefunden zu haben, sowohl wie ich als auch wie Christof und Mai zu heißen. Zumal die Sache für mich nur Vorteile hatte: Kinder dürfen keine Doppelnamen annehmen und ich würde nach wie vor Kuszlik heißen.

Robert wartete vor dem Standesamt und nach der Trauung kutschierten wir Mama und Christof in das Restaurant. Mai half Mama ganz galant aus der Kutsche und geleitete das Paar hinein. Dann winkte sie uns kurz zu und ließ sich überhaupt nicht anmerken, dass sie jetzt gerne an meiner Stelle gewesen wäre.

Ich hätte es ihr gegönnt: Mit Robert allein auf dem Kutschbock einer geschmückten Hochzeitskutsche zu sitzen, das hätte sie bestimmt genossen. Zumal die Sonne schien und den Blumenschmuck so schön beleuchtete. Ein Mädchen und ein Junge sahen vor dieser Kulisse automatisch aus wie ein Liebespaar, man konnte gar nichts dagegen machen. Ich merkte, wie die Leute uns gerührt nachsahen. Es war mir unangenehm. Ich kam mir vor wie eine Betrügerin. Aber Mai hätte es gefallen.

„Deine Mutter hat sich ganz schön gefreut!“, sagte Robert.

„Ja, es war klasse“, antwortete ich. „Vielen Dank für deine Hilfe!“

„Schon in Ordnung.“

Dann sagte Robert erst mal nichts mehr. Dabei waren wir noch nicht einmal auf der Hauptstraße. Ich suchte krampfhaft nach einem Thema, über das wir uns bis zum Reiterhof unterhalten konnten.

„Hast du andere Klamotten in eurem Schrank, oder soll ich dich erst zu Hause vorbeifahren?“, fragte Robert.

Ich hatte gar nicht daran gedacht, dass ich mich vor der Stallarbeit umziehen musste.

„Ähm ..., ja, fahr mich nach Hause."

Dann herrschte wieder Stille.

„August hat sich ganz gut eingelebt, stimmt's?", sagte Robert jetzt.

„Ja." Es war entsetzlich, aber mehr fiel mir wirklich nicht ein. Irgendwie hatte es mit dieser romantischen Situation auf der Kutsche zu tun und damit, dass wir aussahen wie ein Liebespaar. Ich konnte einfach nicht locker sein. Wo ich doch sonst stundenlang über Augusts Befinden sprechen konnte. „Ja", sagte ich nochmals, damit es wenigstens nicht ganz so still war.

Robert versuchte noch ein paarmal, ein Gespräch anzufangen, aber es klappte nicht. Ich war entsetzlich froh, als er vor unserem Haus hielt und ich für die nächsten zehn Minuten gerettet war.

Ich streifte mir schnell Reitsachen über und rannte dann hinüber zum Stall. Robert hatte Prinzess schon in ihre Box geführt und ich machte mich daran, August auszuspannen. Ich führte ihn in den Stall, nahm ihm das Zaumzeug ab und ging damit in die Sattelkammer.

Im Türrahmen lehnte Robert. Es war ganz komisch. Er lehnte da ganz einfach und wartete darauf, dass ich auf ihn zukam. Normal wäre gewesen, dass er mir Platz machte, einen Schritt zurück oder vorwärts ging oder irgendwie so. Ich begriff gar nicht, was das bedeutete. Ich merkte nur, dass er etwas vorhatte und dass es mit mir zu tun hatte.

Ich ging also auf ihn zu, und als ich direkt vor ihm stand, sagte er: „Endlich sind wir alleine!“ Und dann beugte er sich vor und – küsste mich!

Ehrlich. Er küsste mich! Vor lauter Schreck habe ich mir gar nicht gemerkt, wie es sich anfühlt. Mund auf Mund, meine ich. Das habe ich vergessen. Dabei war es mein erster Kuss! Ich erinnere mich nur an die Wärme von seinem Gesicht. Denn es hat mich überrascht, dass man die Nähe des andern so spürt. Ich konnte ihn riechen. Aber wie es sich auf den Lippen angefühlt hat? – Keine Ahnung.

Ich war viel zu entsetzt. Genau genommen war ich panisch. Das durfte jetzt wirklich nicht sein! Mai war in Robert verliebt. Nicht ich! Er gehörte ihr! Ich wollte das nicht, ich wollte sie ganz bestimmt nicht schon wieder verraten.

„Nein!“, rief ich. Das war alles, was mir einfiel.

Und danach traute ich mich nicht einmal mehr, ihn anzuschauen.

Es war sehr komisch. Wir räumten noch gemeinsam die Kutsche auf. Schmissen die Blumen weg, fütterten die Pferde – alles ohne ein Wort. Ich sagte nicht einmal Tschüss, als ich ging.

Zu Hause warf ich mich erst einmal auf mein Bett. In Reitstiefeln – mit Mama war ja jetzt wirklich nicht zu rechnen.

Ich versuchte zu begreifen, was passiert war. Am liebsten hätte ich mich mit jemandem darüber unterhalten. Am allerliebsten mit Mai. Aber das war ausgeschlossen. Sie durfte nie erfahren, dass Robert mich geküsst hatte!

Isabel. Isabel musste mir helfen! Ich lief die Treppe hinunter zum Telefon und tippte mit zitternden Fingern ihre Nummer. Als ich aber das Freizeichen hörte, bekam ich plötzlich Schiss, dass Isabel sich melden würde. So, wie ich mich bisher ihr gegenüber verhalten hatte, konnte ich doch jetzt nicht bei ihr Hilfe suchen! Ich legte wieder auf. Ich beschloss, das Problem zu verschieben, und machte jetzt ganz mechanisch, was ich machen musste.

Ich zog meine Reitsachen aus und wusch mich. Ich streifte das hellblaue Hängekleidchen über und zog die Riemchensandalen an. Ich legte sogar ein bisschen Lidschatten nach. Und sah mir danach traurig in die Augen. Was Robert nur an mir fand?

Ich nahm das Rad und fuhr zum Restaurant. Ich lächelte Mama an und Christof und die Gäste. Ich tat so, als sei ich ganz unbeschwert.

Ich durfte auch Sekt trinken. Danach war ich ein bisschen beschwipst. Und als ich beschwipst war, merkte ich, dass ich mich ganz tief in mir drinnen auch ein bisschen freute. Ich hatte meinen ersten Kuss bekommen! Und das von Robert, der – jetzt mal ganz unabhängig davon, ob er für mich infrage kam oder nicht – wirklich ein cooler Typ war.

Flucht in die Garage

Am Montag nach der Hochzeit dachte ich schon längst nicht mehr an Robert. Dazu war an diesem Wochenende viel zu viel passiert. Der ganze Besuch: Meine Oma war da gewesen und meine 18-jährige Cousine Magali, die auf eine Schauspielschule geht und davon spannende Sachen erzählte. Nachbarn und Bekannte waren vorbeigekommen und hatten gratuliert. Bis zum späten Sonntagabend hatte es keine ruhige Minute gegeben. Wie hätte ich da über den Kuss nachdenken sollen?

Auch jetzt war ich viel zu abgelenkt. Tausend Ermahnungen prasselten auf uns nieder. Mai und ich saßen auf der Bank vorm Haus und sahen Mama und Christof beim Autopacken zu.

„Und denkt immer daran, den Schlüssel mitzunehmen!“, sagte Mama zu uns, als sie ihre Tasche aus der Haustür hinaustrug. „Im Kühlschrank ist alles, was ihr braucht: Bitte lasst die Sachen nicht vergammeln!“ Sie wuchtete die Tasche in den Kofferraum hinein. „Und im Gefrierschrank stehen einzeln abgepackte Mittagessen!“

Sie war nervös. Nicht, weil sie auf Hochzeitsreise ging, sondern weil sie mich alleine ließ. Zum ersten Mal für so lange Zeit. Auch Mai war noch nie zehn Tage alleine zu Hause gewesen. Aber Christof nahm das wesentlich cooler. Vielleicht hatte er auch keine Zeit, sich um Mai zu sorgen, weil er Mama beruhigen musste.

„Die Kinder kriegen das schon hin!“, sagte er und nahm Mamas Tasche wieder aus dem Auto, um zuerst Zelt und Isomatten einzuladen. „Schließlich sind sie dreizehn. Mit dreizehn bin ich schon alleine an den Bodensee geradelt!“ Auf die Rückbank legte er all die Picknicksachen, die vor fünf Wochen auf Mais Geburtstagstisch gelegen hatten. Sie waren von Anfang an für die Hochzeitsreise bestimmt gewesen.

Mama lehnte sich seufzend an das Auto. „Ich weiß“, sagte sie. „Aber irgendwie habe ich so ein schlechtes Gewissen.“

Schon wieder! Manchmal frage ich mich wirklich, was ich falsch mache, dass sie ständig ein schlechtes Gewissen hat. Ich bin doch ein ganz normaler, fröhlicher Teenager! Und ich habe mich bestimmt noch nie darüber beschwert, dass sie sich zu wenig um mich kümmert!

„Ach, die Kinder freuen sich doch, wenn wir weg sind!“, sagte Christof.

Richtig, dachte ich, sagte aber lieber nichts. Christofs Bemerkung hatte Mama sowieso schon auf falsche Gedanken gebracht.

„Passt ein bisschen auf“, sagte sie mit Sorgenfalten auf der Stirn. „Treibt es nicht zu wild! Natürlich könnt ihr auch mal Freunde einladen, aber …“

„Nichts aber“, sagte Christof und legte den Arm um Mamas Schultern. „Jetzt fahren wir!“

„Die Handynummer klemmt am Kühlschrank!“, rief Mama fast verzweifelt. Dabei konnten Mai und ich die Nummer sowieso auswendig. Wir nickten und verbargen unsere Ungeduld. Wir gaben Abschiedsküsse, versprachen, die Küche in Ordnung zu halten, und winkten brav, als das Auto losfuhr. Kaum war es um die Ecke gebogen, klatschten wir uns ab wie zwei erfolgreiche Basketballspielerinnen.

Wir machten dann erst einmal laut Musik an, holten die Schokoladenvorräte aus dem Süßigkeitenfach und setzten uns auf die Terrasse. Ich legte die Füße auf den Tisch und brach mir einen Riegel Rum-Trauben-Nuss ab, meine Lieblingssorte. Zehn Tage unendlicher Freiheit lagen vor uns. Ich fühlte mich herrlich. Ich genoss die Ruhe. Allerdings nicht lange.

„Vielleicht hat Robert Lust vorbeizukommen“, hörte ich Mais Stimme.

Mit einem Schlag war alles wieder da. Robert. Der Kuss. Die ganze verdrehte Situation. Ich wollte natürlich überhaupt nicht, dass er hierherkam. Ich durfte das aber auch nicht zeigen. Es war vertrackt.

„Wenn du meinst …“, antwortete ich gedehnt. Ich wollte Zeit gewinnen.

„Ich spüre, dass er gerne kommen würde“, sagte Mai bestimmt. „Und was ich gespürt habe, ist doch bisher immer eingetroffen, oder etwa nicht?" Sie machte eine Pause, als ob sie auf eine Bestätigung wartete. „Denk an August, denk an die Hochzeitskutsche."

Sollte ich ihr jetzt sagen, dass wir die Kutsche nur bekommen hatten, weil Robert *mir* einen Gefallen tun wollte? Und dass es die Seelenverwandtschaft, die sie spürte, gar nicht gab? Das tat ich natürlich nicht. Ich schob mir das nächste Stück Schokolade in den Mund und sagte noch einmal: „Wenn du meinst."

Ich hörte, wie Mai von der Hollywoodschaukel sprang und ins Haus ging. Sie würde ihn tatsächlich anrufen. Mir wurde ganz heiß. In meinen Beinen kribbelte es und eigentlich wollte ich aufspringen und Mai zurückhalten. Gleichzeitig befahl ich mir: Ganz ruhig bleiben, nichts anmerken lassen!

Und dann fiel mir etwas sehr Erleichterndes ein: Robert würde sowieso nicht kommen. Er konnte ja gar nicht. Ich jedenfalls würde niemals einen Jungen besuchen, nachdem ich ihn erfolglos zu küssen versucht hätte. Das machte man doch nicht! Das wäre ja megapeinlich. Allein bei der Vorstellung stellten sich mir die abgebissenen Fußnägel auf.

Robert tat mir fast ein bisschen leid. Erst hatte er mit sich ringen und seine Schüchternheit überwinden müssen – so dachte ich mir das zumindest –, und dann wurde es nicht einmal belohnt. Im Gegenteil: Jetzt konnte er nicht einmal mehr eine lockere Freundschaft mit mir und Mai aufbauen – und das, wo er doch so viel für uns getan hatte. Ich war voll Mitgefühl. Wieder hatte ich den Wunsch aufzuspringen. Dieses Mal, um Robert durchs Telefon zu sagen, dass es ihm nicht so peinlich sein musste. Aber wie gesagt, ich durfte mir ja nichts anmerken lassen.

„Er kommt und er bringt ein Meerschweinchen mit." Ich riss die Augen auf und starrte Mai an. Sie stand neben mir und grinste triumphierend.

„Was?"

„Er kommt und bringt ein Meerschweinchen mit."

„Wer?" Ich konnte nicht glauben, dass Robert sich hierher wagte.

„Der Weihnachtsmann", sagte Mai spöttisch. „Jetzt krieg dich wieder ein, so umwerfend ist das auch wieder nicht. Es ist nur ein erster Schritt auf dem Weg zu unserer großen Liebe!"

Ich schüttelte den Kopf. „Ich glaub es nicht!"

„Ich schon, ich habe es auch in der Kristallkugel gesehen." Mai hüpfte fröhlich auf der Terrasse herum. „Er wird kommen und mir ein Meerschweinchen schenken", sang sie vor sich hin.

Dann drehte sie sich plötzlich zu mir um. „Hat Ulrike eigentlich Cola gekauft?"

„Keine Ahnung", sagte ich.

„Mmmhh." Sie wiegte den Kopf hin und her, als stelle sie gerade furchtbar schwierige Rechnungen an. „Sag mal, würde es dir was ausmachen, mit Isabel ins Freibad zu gehen?"

Ich antwortete nicht gleich. Alles, was Isabel betraf, war schließlich eine heikle Sache.

„Nicht gleich", meinte Mai nachdenklich. „Das ist zu auffällig. Aber vielleicht so nach einer Viertelstunde?"

Jetzt nickte ich. Es musste ja nicht Isabel sein. Und mir war es recht, wenn ich einen Grund hatte zu verschwinden. Eigentlich war ich ganz erleichtert. Ich hatte nur noch eine Frage: „Und was soll das mit dem Meerschweinchen?"

„Der Streichelzoo wird zu groß. Frau Heimberger will ein paar Meerschweinchen loswerden und da hat Robert an mich gedacht!" Sie sagte es, als hätte er ihr einen Verlobungsring versprochen.

„Mama will keine Tiere im Haus."

„Ach was, wenn sie zurückkommt, hat es sich längst eingewöhnt, und dann kann Ulrike mit ihrem weichen Herz das arme Tier auch nicht mehr auf die Straße setzen."

Mai konnte man einfach nichts ausreden. Wahrscheinlich würde sie sogar recht behalten. Mir gelänge das nie!

„Ich weiß auch schon, wie wir es nennen."

„Wie denn?"

„Ist doch logisch: Juni. Dann ist der Sommer komplett!"

Juni war so süß! Ganz schwarz mit einem weißen Ohr. Robert hatte ihn in einer kleinen Pappschachtel zu uns getragen. Zu dritt saßen wir drum herum und sahen ihn an. Das heißt, ich starrte unentwegt in die Schachtel. Denn so war ich sicher, nicht aus Versehen Roberts Blick zu begegnen. Mai und Robert schauten wahrscheinlich auch ab und zu woanders hin.

Ich hörte zu, wie sie sich unterhielten.

„Er ist ganz pflegeleicht. Ich habe euch auch noch eine Schachtel Futter mitgebracht."

Er sagte „euch", nicht „dir". Ich hatte überhaupt den Eindruck, dass Robert dachte, er schenke Juni uns beiden. Aber ich hütete mich natürlich, so etwas zu sagen.

„Wie oft braucht er denn was?", fragte Mai.

„Zweimal am Tag reicht, er soll ja nicht fett werden."

Ich wartete auf eine Gesprächspause, um mich zu verabschieden.

„Und Wasser genauso?"

„Ja", sagte Robert.

Ich beschloss, erst einmal meine Badesachen zu holen und erst danach beiläufig „Tschüss" zu Mai und Robert zu sagen. Doch kaum war ich aufgestanden, fragte Robert: „Was machst du?"

„Ich bin verabredet, im Freibad", log ich. Es ist möglich, dass ich rot wurde, ich bin nämlich eine schlechte Lügnerin.

„Schwimmen wollte ich heute auch noch", sagte Robert. „Sollen wir uns treffen?"

„Äh …" Jetzt war ich garantiert rot. Aber mir fiel eine gute Ausrede ein: „Wir wollten nur ganz kurz 20 Bahnen schwimmen und dann wieder raus", sagte ich und nickte zur Bekräftigung.

„Ach, du machst das richtig als Leistungssport? Bist du im Verein?" Robert zeigte sich wahnsinnig interessiert.

„Nein", sagte ich hastig. „Ich muss jetzt." Und

dann raste ich zur Tür. Mit der Klinke in der Hand fiel mir wenigstens noch ein, „Tschüss“ zu rufen.

Draußen stand ich dann blöd herum. Ich hatte nicht die geringste Lust, eine halbe Stunde zum Freibad zu radeln, nur um dann wieder umdrehen zu können. Aber alle anderen Möglichkeiten schieden aus. Allen voran der Reiterhof. Schließlich war es ziemlich wahrscheinlich, dass Robert dort in nächster Zeit aufkreuzte. Das konnte aber auch in der Eisdiele passieren oder im Jugendtreff. Es war total bescheuert. Vor der Tür stehen zu bleiben, war völlig unmöglich. Wer weiß, wann Robert das Haus verlassen würde.

Ich entschied mich schließlich dafür, mich in der Garage zu verstecken. Dann würde ich sehen, wann Robert ging, und könnte wieder ins Haus gehen.

Ich hoffte nur, dass mich keiner unserer Nachbarn beobachtete, als ich in der leeren Garage hinter die beiden Mülltonnen kroch. Völlig bescheuert. Das einzig Gute war, dass ich durch den Spalt hindurch genau auf unsere Haustür sah. Und ich musste nicht lange warten. Schon nach zehn Minuten verließ er das Haus. Mai hatte ihn zur Tür begleitet und sagte ihm mit strahlendem Lächeln irgendetwas zum Abschied. Ich fand, dass sie toll aussah. Ihre Backen waren wieder etwas rot vor Aufregung und das stand ihr sehr.

Robert hob die Hand zum Abschied, schloss sein Fahrrad auf und fuhr davon. In Richtung Stadt – das war gut zu wissen.

„Und?“, fragte ich atemlos, als Mai mir öffnete.

Wenigstens meine Neugierde musste ich nicht verstecken.

„Na ja." Mai druckste herum. „Ich glaube, er ist ein bisschen schüchtern."

Das glaubte ich nicht. Trotzdem nickte ich verständnisvoll.

„Wenn wir alleine sind, sagt er vor lauter Verlegenheit nichts mehr. Was soll ich da machen? Fällt dir was ein?"

Mir wurde heiß und kalt. Jetzt sollte ich sie auch noch beraten!

„Keine Ahnung."

Mai grinste: „Man merkt einfach, dass du drei Wochen jünger bist. Mit Liebe hast du noch nichts am Hut." Sie seufzte „Was soll's, ich habe Zeit, irgendwann wird er sich schon trauen."

Den Rest des Tages verbrachten wir auf dem Reiterhof. Juni nahmen wir mit. Mai sattelte August. Ich stand neben ihr und hob Juni an meine Brust. Er krallte sich in meinem T-Shirt fest und zitterte. Ich spürte sein Herz schlagen. Er hatte bestimmt große Angst.

„Juni, kleiner süßer Juni", flüsterte ich ihm zu und versuchte, ihn zu beruhigen. Doch es half nichts. Ich spürte, wie es auf meinem T-Shirt plötzlich ganz heiß und feucht wurde: Juni hatte vor Angst auf mich draufgepinkelt.

Aber als wir dann zu dritt auf August stiegen, fühlte er sich plötzlich pudelwohl. Ehrlich! Mai saß vorne und hielt die Zügel, ich saß hinter ihr und hielt Juni, der gar nicht mehr zitterte, sondern immer auf

Augusts Rücken klettern wollte. Vielleicht erinnerte ihn das Fell an die vielen Meerschweinchen, mit denen er vorher zusammengelebt hatte. Jedenfalls wurde er ganz fröhlich und ich bin mir sicher, dass er das Reiten genauso genoss wie Mai und ich.

„Hier kommt der Sommer!“, rief Mai und wir trabten auf dem Reitweg in den Wald hinein. Ich liebe es, wenn man das dumpfe Hufgetrappel auf dem Waldboden hört, ich liebe es, wenn sich der Geruch nach Harz und Moos mit dem Pferdeduft vermischt, ich fühle mich dann so frei und herrlich.

Ich spürte Augusts kräftige Bewegungen. Er drückte sich mit Lust vom Boden ab und trug uns schnell und gleichmäßig. Da Mai die Zügel hielt, konnte ich die Augen schließen. Alles, was ich roch und fühlte, wurde noch einmal intensiver. Wald, Pferd und dieses warme Fellbüschel in meinen Händen. Ich hatte das Gefühl, die ganze Welt würde uns gehören.

Erst beim Abendessen fiel uns auf, dass wir gar keinen Stall für Juni hatten. Wir mussten improvisieren. Mai radelte mit einer großen Tüte zurück zum Reiterhof, um Stroh zu holen, und ich suchte im Keller nach einem geeigneten Umzugskarton. Ich fand einen, der so hoch war, dass Juni bestimmt nicht über den Rand klettern konnte. Ich setzte ihn hinein, aber die kahle Pappfläche gefiel ihm natürlich überhaupt nicht. Er schnupperte alles ab und pinkelte dann ins Eck.

„Komm, wir machen's dir ein bisschen gemütlicher“, sagte ich zu ihm. Dann holte ich meine Filzstifte und malte ihm auf die eine Seite Sonnen und Wolken und auf die andere Mond und Sterne. Na ja, es war ein Versuch. Ich glaube nicht, dass er mein Kunstwerk überhaupt zur Kenntnis genommen hat. Aber als Mai mit dem Stroh kam, konnte man sehen, dass er sich freute. Er fing sofort an, darin herumzuwühlen und sich ein Nest zu bauen. Wir setzten ihm noch ein Schälchen mit Wasser und eines mit Futter in den Karton und schoben ihn dann unter den Küchentisch. Hier würde er nachts seine Ruhe haben.

Verstauchter Fuß und andere Blessuren

Die nächsten Tage verliefen alle ähnlich. Jeden Morgen brachen wir zum Reiterhof auf, ritten, misteten, fütterten und kamen erst abends wieder heim. Juni nahmen wir mal mit, mal nicht. Einmal bauten wir ihm sogar ein kleines Gehege neben dem Springplatz. Immer wieder dachte ich mir, wie wunderbar es war, ein eigenes Pferd zu haben. Man musste sich für keine Reitstunde eintragen, kein Pferd reservieren – nichts. Man konnte einfach so reiten.

Als gleich am ersten Vormittag der Springplatz leer war, baute ich mir einen kleinen Parcours mit drei Hindernissen. In der Reitstunde waren wir bisher fast ausschließlich über liegende Cavaletti gesprungen, ab und zu über halbhohe. Aber ich war mir sicher, dass ich es mit August auch über ein hohes schaffen würde. Ich fing also mit einem liegenden an und steigerte dann die Schwierigkeit bis zum hohen.

„Komm, August, los geht's", flüsterte ich ihm ins Ohr und er schnaubte freundlich, als wollte er sagen: „Klar doch.“ Er machte es dann auch prima. Die ersten beiden Cavaletti stellten sowieso keine Schwierigkeit für uns dar. Beim dritten war ich ein wenig zittrig. Aber August machte alles richtig. Ich selbst war ein bisschen überrascht von der Wucht des Absprungs und als wir wieder aufkamen, saß ich nicht ganz sicher im Sattel. Aber was machte das schon. Ich war weder gestürzt, noch hatte August gerissen oder verweigert.

Stolz grinste ich zu Mai hinüber und ritt wieder zum Start meines kleinen Parcours. Die Sprünge wurden von Mal zu Mal besser.

Ich habe mir schon oft überlegt, was es ist, das das Springen so toll macht. Aber ich weiß es nicht. Am besten kann ich es beschreiben als Kribbeln im Bauch. Als ganz, ganz starkes Kribbeln im Bauch, das anhält, solange man in der Luft ist. Wenn man dann landet, muss man ganz einfach grinsen – übers ganze Gesicht.

Ich hörte erst auf zu reiten, als Mai mir ungeduldig zuwinkte und mir deutlich zu verstehen gab, dass sie jetzt dran war.

Kurz danach saß ich mit Juni auf dem Zaun und schaute Mai beim Springen zu. Sie kann besser reiten, finde ich. Wahrscheinlich liegt das an ihren Intuitionen. Jedenfalls sagt Frau Heimberger immer, dass Intuition so wichtig sei beim Reiten. Ich habe ehrlich gesagt keine Ahnung, was das genau sein soll. Ich glaube nicht, dass ich jemals eine Intuition hatte. Mai dafür ständig.

Ich streichelte gerade Junis weißes Ohr, da hörte

ich Roberts Stimme hinter mir. „Du bist klasse gesprungen!"

Fast hätte ich Juni fallen lassen. Was sollte das? Er hatte doch jetzt genügend Gelegenheit gehabt zu kapieren, dass ich nichts von ihm wollte!

„Stimmt ja gar nicht!", sagte ich ärgerlich. Er sollte mich in Ruhe lassen, vor allem jetzt, wo Mai keine fünf Meter entfernt war. Ich wollte nicht, dass sie sah, dass wir miteinander redeten.

„Doch, wirklich prima, besser als deine Stiefschwester!"

„Mai ist nicht meine Stiefschwester!"

„Aha. Was denn dann?" Er grinste, als hätte ich einen Witz gemacht. Aber in dieser Sache verstand ich keinen Spaß und überhaupt war ich nicht im Mindesten dazu aufgelegt, mit ihm herumzualbern.

„Sie ist meine angeheiratete Zwillingsschwester!"

„Oh! Entschuldige den Irrtum!"

Mich ärgerte dieser leicht ironische Ton.

„Das ist schon ein wichtiger Unterschied: Stiefschwestern hassen sich, angeheiratete Zwillingsschwestern lieben sich!"

Das war das falsche Stichwort. Denn jetzt kam prompt: „So eine Zwillingsschwester würde ich auch lieben!" Er lachte mir direkt ins Gesicht. „Ich meine, wenn ich Mai wäre!"

Unsere Blicke trafen sich kurz und in dem Moment lief ein Zittern durch mich hindurch. Ich wurde total unsicher.

„Komische Vorstellung", sagte ich, aber es klang

nicht so abweisend, wie ich gerne wollte. Es war eher zaghaft.

„Stimmt. Als Zwillingsschwester wäre es bestimmt ganz anders." Auch Robert hatte jetzt einen anderen Tonfall. Irgendwie so sanft. Er legte mir die Hand auf die Schulter und suchte nochmals meinen Blick. Aber ich schaute weg. Ich schüttelte seine Hand ab.

„Juli", hörte ich ihn nochmals. Aber ich reagierte nicht. Ich stellte mich tot, blieb stocksteif sitzen und starrte geradeaus. Irgendwann entfernten sich seine Schritte. Ich atmete auf.

„Was wollte denn Robert?", fragte Mai, als wir August versorgten.

„Ähm." Ich spürte einen Kloß im Hals. „Nichts."

„Nichts?"

„Er wollte dir beim Reiten zuschauen!" Das war ein guter Einfall gewesen. Jetzt lächelte Mai ganz glücklich.

„Ich wusste es doch, mein Gefühl betrügt mich nicht", murmelte sie. Ich musste wegschauen. Es machte mich traurig zu sehen, wie sehr sich Mai über meine Lüge freute.

„Aber dass er so schüchtern ist!" Mai schüttelte gerührt den Kopf. „Richtig süß."

Das Problem war, dass Robert von jetzt an jedes Mal auftauchte, wenn Mai ritt und ich zuschaute. Das machte mich richtig wütend. Merkte er denn nicht, dass mir das unangenehm war? Und immer machte er mir irgendwelche Komplimente. Meistens war es etwas mit dem Reiten. Dass ich eine tolle

Haltung im Sattel hatte, sagte er einmal und dann wieder, dass ich so super im Springreiten sei.

Mein erster Impuls war, ihm die Zunge herauszustrecken, aber das war mir dann zu albern. Die nächste Idee war leider kein bisschen vernünftiger. Ich beschloss, so schlecht zu reiten wie nur möglich, wenn er das nächste Mal zusah. Dummerweise habe ich das dann auch getan.

Es war irgendwann gegen Ende der ersten Ferienwoche. Mai war fertig mit Reiten und nahm Juni aus seinem Gehege, um mit ihm schon mal nach Hause zu gehen. Ich hielt August am Zügel und winkte ihr zu. Kaum hatte sie sich von mir verabschiedet, kam auch schon Robert aus Heimbergers Wohnhaus.

So, dachte ich. Du sagst nie wieder, dass ich gut reiten kann! Ich stieg auf und machte sofort einen Buckel. Meine Zehen streckte ich nach unten und Augusts Zügel hielt ich so straff, dass sich der arme Kerl kaum bewegen konnte.

Es war irrsinnig schwierig. Wirklich. Bis dahin hatte ich gedacht, schlecht zu reiten sei die einfachste Sache der Welt, aber jetzt musste ich mich rasend anstrengen. Alles, was ich machte, widersprach meinem Gefühl.

Auch August war völlig verwirrt. Das spürte ich sofort. Er warf seinen Hals zurück und machte ein paar kleine Bocksprünge, als wolle er mich wecken und zur Vernunft bringen. Aber das konnte mir ja nur recht sein, umso besser konnte Robert sehen, wie schlecht ich ritt!

Als Nächstes trieb ich August auf ein Hindernis

zu. Auf ein Rick. Es war zwar ein kleines, aber verglichen mit den Cavaletti, die bisher meine einzige Springerfahrung ausmachten, war es eben doch ziemlich hoch. Wir galoppierten darauf zu, ohne Warmreiten und alles. Einfach so, Knall auf Fall. Als August sprang, ließ ich die Zügel nicht locker und beugte mich auch nicht mit ihm nach vorne. Der arme August hatte also gar keine Möglichkeit, seinen Hals lang zu machen und die ideale Sprunghaltung einzunehmen.

Er wurde wild. Er riss den Kopf mit solcher Wucht nach oben, dass es mich aus dem Sattel hob. Ich hing auf seinem Hals, als ich spürte, wie er die oberste Stange riss. August kam stolpernd auf. Ich konnte mich nicht mehr halten und landete unsanft auf dem Gras.

Bitte schön! Da hast du's, dachte ich als Erstes. Ich war mir sicher, Robert jetzt ein für alle Mal abgeschüttelt zu haben. Dann dachte ich: Aua!

Das war, als ich wieder aufstehen wollte. Mein Knöchel machte dabei nicht mit. So ein Mist! Ich biss die Zähne aufeinander. Es ging. Ich konnte einen Schritt machen. Aber es tat sehr weh. Ich sah mich nach August um. Robert hatte ihn eingefangen und am Rand des Springplatzes festgebunden. Jetzt kam er auf mich zu.

„Hast du dich verletzt?" Es klang nicht gerade so, als sei er enttäuscht von mir und wollte nach dieser Vorstellung nichts mehr mit mir zu tun haben. Im Gegenteil. Es klang mitfühlend und besorgt.

„Nein."

„Aber du humpelst ja!“

„Nein.“

„Doch!“ Und dann schob er tatsächlich seinen Arm unter meine Schulter und stützte mich. Ich ließ ihn. Nicht weil ich ihn berühren wollte. Ganz bestimmt nicht! Sondern weil es einfach viel leichter war, als selbst zu gehen. Ich weiß nicht, ob ich es alleine bis zu der Bank vorm Stall geschafft hätte.

Hierhin brachte mich Robert. Kaum saß ich, zog er mir vorsichtig den Reitstiefel aus und rollte den Socken herunter. Mein grässlicher Zeh kam zum Vorschein. Das war mir gerade recht. Wenn die Reitvorführung nicht ausgereicht hatte, musste er spätestens jetzt zu dem Schluss kommen, dass man in mich nicht verliebt sein konnte. Ich versuchte, ein wenig mit den Zehen zu wackeln, damit ihm auch die abgebissenen Nägel auffielen, aber das tat zu sehr weh. Na ja. Egal, wie genau er sich meine Füße angeschaut hat – sie müssen abstoßend gewirkt haben und das machte mich zufrieden.

Robert betastete meinen Knöchel. Ich nahm mir vor, nichts zu sagen. Er drehte den Fuß nach vorne und nach hinten und probierte aus, welche Bewegungen noch möglich waren. Ich verkniff mir jedes noch so leise „Aua“.

„Bestimmt verstaucht“, sagte Robert. „Warte, ich hole kurz den Rettungskasten, dann mache ich dir einen Stützverband. Oder möchtest du lieber zum Arzt gehen?“

„Auf gar keinen Fall!“ Lieber noch ließ ich mich von Robert verbinden. Aber reden würde ich nicht mit ihm. Und wenn er noch so freundlich und fürsorglich war. Letztlich war er ja schuld an meiner Verletzung.

„Was machst du auch für komische Sachen“, sagte er, als er die Binde fachgerecht um meinen Knöchel wickelte. „Warum bist du denn so komisch geritten?“

„Warum komisch? Ich kann's halt nicht besser!“

Aber Robert glaubte mir kein Wort. „So, so“, sagte er, „und ich habe noch nie in meinem Leben einen Verband angelegt.“ Er klemmte das Ende der Binde fest. Sie saß perfekt. Robert war ein Ass in Erster Hilfe. Er fand, dass das wichtig war, wenn man auf einem Reiterhof arbeitete, sagte er. Und den Hof zu übernehmen, war sein Ziel. Allerdings erst nach einer Ausbildung zum Pferdewirt in Kalifornien, erzählte er, während er mir aufhalf.

„Den lässt du jetzt eine halbe Stunde dran, dann nehmen wir ihn für eine Viertelstunde ab, weil der Fuß bestimmt noch weiter anschwillt!“ Ich nickte.

„Soll ich dir noch helfen, August zu versorgen?“

„Nein!“

„Wie du willst“, sagte Robert. „Aber wenn du Hilfe brauchst, rufst du mich!“

Ich drehte mich weg. Ich wollte seine freundliche Stimme einfach nicht mehr hören!

An diesem Abend konnte ich nicht schlafen. Denn mir war klar geworden, dass die Sache mit Robert ein echtes, schwerwiegendes Problem war. Ich musste ihn irgendwie loswerden. Er durfte nicht in mich verliebt sein. Aber wie sollte ich das anstellen? Ich warf mich im Bett hin und her. Allerdings brachte mich das auf keine Idee. Ich stand auf und ging aufs Klo.

Danach sah ich lange in den Spiegel. Was fand er gut an mir? Was? Wenn ich das wusste, dann konnte ich einfach diesen Teil von mir verbergen. Ich sah mich an. Die doofen Sommersprossen, die runden blauen Augen. Die niedlichen blonden Löckchen? Die mussten es sein. Das sagten ja alle.

Ich bekam eine richtige Wut auf diese entzückende goldene Ringelpracht. Ich nahm die Schere aus der Schublade, hielt die vorderste Strähne mit der anderen Hand in die Höhe und schnitt.

Meerschweinchenjagd

Was war denn das? Ein verschlafenes Gesicht mit wüst abstehenden Stoppeln schaute mir entgegen, als ich mir am nächsten Morgen die Zähne putzen wollte. Ich erschrak ein wenig. Dann fiel mir alles wieder ein. Ich drehte meinen Kopf hin und her und fragte mich, ob das Haareschneiden eine gute Idee gewesen war. Sie waren sehr kurz! Und sie hatten gar keinen Schnitt! Oben am Wirbel überragte ein störrisches Büschel die anderen kurz geschnittenen Strähnen. Rechts über der Stirn war so etwas wie ein Loch und als ich mir den Handspiegel schnappte, um alles von hinten zu betrachten, blickte ich auf etwas, das mich an Mamas zerfaserten alten Wischmopp erinnerte, den sie beim Umzug mit spitzen Fingern aussortiert hatte.

„Oh Gott“, murmelte ich gerade, als Mai ins Bad kam.

„Was hast denn du gemacht?“, fragte sie mit leichtem Erstaunen. So richtig erschüttern kann man sie einfach nicht. Dann drehte sie eine Runde um mich herum.

„Hmmm“, meinte sie. „Im Grunde gar nicht so schlecht. Man muss es halt ein wenig begradigen.“ Schon holte sie sich die Schere und drückte mich auf den Badewannenrand.

Sie machte es super. Die Haare waren danach alle gleichmäßig kurz. So kurz, dass man keine einzige Locke mehr sehen konnte. Niedlich konnte mich Robert jetzt nicht mehr finden. Ich war sehr zufrieden.

„Sieht gut aus“, meinte auch Mai. Wir sahen zusammen in den Spiegel. Ein schmales Gesicht zwischen glatten schwarzen Haaren, ein rundes mit blonden Stiftelhaaren. Das erste Mal in meinem Leben fand ich, dass wir beide außergewöhnlich und interessant wirkten.

Arm in Arm spazierten wir in die Küche, um zu frühstücken. Als Erstes wollten wir natürlich Juni begrüßen. Aber der Umzugskarton war leer. In die Ecke war ein Loch genagt. Das Loch hatte die Größe von Junis Körper.

„Mist, wo ist er?“, rief ich. Mai hatte schon ein paar Meerschweinchenknödel vor dem Vorratsschrank entdeckt.

„Hier!“ Sie schob den Vorhang vor dem untersten Fach beiseite und steckte ihren Kopf hinein.

Da klingelte das Telefon.

„Juliane Kuszlik“, sagte ich.

„Hallo, mein Schatz!“, tönte mir Mamas fröhliche Stimme entgegen. „Ich wollte nur mal hören, wie es euch so geht. Bei uns ist es wunderschön! Was macht ihr denn gerade?“

„Ähem … frühstücken!“ In diesem Moment sah ich, wie Juni unter Mais Arm hindurchwischte und in Richtung Besenschrank verschwand.

„Ja? Habt ihr alles? Hast du gesehen, dass noch zwei Päckchen Butter im Kühlschrank sind?“

„Ja, ja, alles klar!“

Mai warf sich hinterher. Sie erwischte Junis Hinterpfoten.

„Und sonst alles in Ordnung?“

Offensichtlich waren Junis Krallen sehr scharf. Mai schrie kurz auf und ließ Juni wieder los. Er spurtete sofort unter den Tisch.

„Keine größeren Verletzungen?“

„Nein, uns geht's prima!“

Mai nahm die Verfolgung auf und hechtete hinterher – nicht, ohne an den Tisch zu rempeln. Ich sah, wie die handgetöpferte Vase, die Mama von ihrer besten Freundin Karin zur Hochzeit bekommen hatte, bedenklich zu schwanken begann.

„Und das Haus steht auch noch?“

„Mach dir keine Sorgen!“

Die Vase fiel. Mai hielt geistesgegenwärtig ihre Hand in die Flugbahn.

„Ja, dann bin ich ja beruhigt. Es ist so schön hier, aber ich habe immer ein bisschen ein schlechtes Gewissen euch gegenüber.“

Zu spät. Es klirrte. Tausend Scherben verteilten sich auf dem Küchenfußboden.

Der Lärm musste bis ins Tessin zu hören sein. Da war ich mir sicher. Ich schrie ins Telefon, um ihn zu übertönen.

„Nicht nötig, Mama, wirklich! Wir kommen klar. Wie ist es bei euch?“

Juli kehrte die Scherben auf, als ich mir anhörte, wie schön der Lago Maggiore, wie nett die Camping-Nachbarn und wie interessant das Hinterland war. Wir grinsten uns an. Mama hatte nichts gemerkt. Bis sie wiederkam, war es noch lange hin. Irgendetwas würde uns schon einfallen. Schon wieder hatten wir eine Schlacht gemeinsam gewonnen. Wir waren Mai und Juli und zusammen bekamen wir, was wir wollten!

Wir haben schließlich sogar noch Juni hinter dem Klavier hervorgelockt.

Ich war grandios gelaunt, als ich mit Stoppelschnitt neben Mai zum Reiterhof humpelte. Allerdings dauerte das Hochgefühl nur fünf Minuten. Dann kam Robert um die Ecke, sah mich an und sagte nach einer kurzen stillen, erstaunten Sekunde: „Sieht gut aus!“ Ich hätte ihn ohrfeigen können!

Dieses Mal stellte ich mich nicht an den Zaun des Reitplatzes, als Mai ritt. Ich wollte nachdenken, allein. Und dazu setzte ich mich in Augusts Box. Die Seitenwände waren so hoch, dass mich niemand sehen konnte. Was um alles in der Welt konnte ich tun, um Robert loszuwerden? Mir fiel nichts ein. Ich hatte all mein Pulver verschossen. Mir kam kein einziger Gedanke. Das heißt, *ein* Gedanke kam mir schon. Aber der hieß: „Ich muss Isabel fragen!“

Ich sträubte mich gegen diesen Gedanken. Es war wie ein doppelter Verrat. Denn Mai würde ich natürlich nicht erzählen können, dass ich mich mit Isabel traf, um zu beratschlagen, wie ich den Typen loswerden konnte, in den sie verknallt war! Und Isabel gegenüber war die Sache sowieso supergemein. Schließlich klopfte ich nur bei ihr an, weil ich mich eigentlich um Mai sorgte.

Trotzdem: Ich sehnte mich so nach Isabels logischer Art, Probleme zu betrachten. Ich hatte das Gefühl, dass ich überhaupt nur durch sie wieder lernen konnte, vernünftig zu denken. Ich sprang auf, ignorierte das Stechen im Knöchel und rannte nach Hause. Ich würde telefonieren, solange Mai noch ritt.

Als ich das Freizeichen hörte, knabberte ich mir in zwei Minuten alle Fingernägel ab. Der kleine Finger blutete, als Isabel ans Telefon ging.

„Hallo, hier ist Juli. Juliane“, sagte ich.

„Hallo“, sagte Isabel zögernd.

„Wie geht's?“, fragte ich.

„Komm, quatsch nicht rum. Was ist los?“

„Können wir uns treffen? Du musst mich beraten.“

„Was ist mit Mai, kann die das nicht machen?“

„Um Mai geht es ja.“

Isabel seufzte, als sie das hörte. „Wenn's sein muss.“

Wir verabredeten uns für den nächsten Nachmittag um halb vier im Jugendtreff. Zu Mai sagte ich, Isabel hätte mich angerufen, weil sie sich mit mir treffen wolle.

Ich war schon ewig nicht mehr im Jugendtreff gewesen. Der Raum kam mir richtig unbekannt vor.

Noch im Winter hatte ich mich mindestens zweimal die Woche hier mit Isabel getroffen.

Jetzt saß sie an einem der hinteren Tische und winkte mir zu.

„Was ist denn mit deinen Haaren passiert?", fragte sie, noch bevor sie mich begrüßte, und dann: „Warum humpelst du so?"

Ich setzte mich, bestellte eine Tasse Tee und fing an zu erzählen. Ich war ganz entspannt und fröhlich. Ich war sicher, dass Isabel mir helfen würde, dass sie die richtige Lösung parat haben würde und dass sie mich durch und durch verstehen würde, wenn ich alles nur anschaulich und spannend genug vor ihr ausbreitete. Ich schilderte ihr also haarklein Roberts Annäherungsversuche und meine Abwehrstrategien. Gerade malte ich den stechenden Schmerz in meinem Knöchel genau aus, als ich merkte, dass Isabel ganz ärgerlich schaute.

„Du spinnst", sagte sie, „du spinnst komplett! Das ist doch alles ganz verdreht, was du erzählst. Es ist schließlich nicht deine Schuld, wenn Robert sich in dich verliebt hat! Damit muss Mai klarkommen, nicht du."

Ich starrte sie an. Das konnte doch nicht Isabel sein, die meine Probleme sonst immer so viel besser verstanden hatte als Mai.

„Ja, aber wie …?", stammelte ich.

„Du verstauchst dir den Fuß für sie, du schneidest dir die Haare ab für sie, wer weiß, was du sonst noch alles machst! Das ist Selbstverstümmelung. Merkst du nicht, dass das nicht normal ist?"

„Ich will doch nur …"

„Du glaubst ja wohl nicht im Ernst, dass ich dir jetzt neue Ideen für dein Aufopferungsprogramm liefere! Nein! Das Einzige, was ich dir sage, ist: Denk mal an dich und nicht nur an Mai!"

„Meinst du das im Ernst?", fragte ich. In mir brach alle Hoffnung zusammen.

„Und ob! Du bist schon genauso verschroben wie deine Stiefschwester. Vielleicht solltest du einfach ein paar Tage lang nicht auf den Reiterhof gehen, sondern mit mir ins Freibad." Sie sah mich auffordernd an.

„Nein", sagte ich, ohne auch nur eine Sekunde zu überlegen. Nicht auf den Reiterhof zu gehen, nicht mit Mai zusammen zu sein, war für mich unvorstellbar. „Nein", sagte ich nochmals und dann sah ich nur noch zu, wie Isabel ihren Tee zahlte und ging.

Sie drehte sich noch einmal um: „Wenn du übrigens wirklich wissen willst, wie man jemanden loswird, dann überleg dir doch einfach mal, wie du mich in letzter Zeit behandelt hast!"

Sie meinte das natürlich nicht als Ratschlag für mein Problem. Sie wollte mir nur unter die Nase reiben, wie mies ich zu ihr gewesen war. Trotzdem dachte ich auf dem Heimweg darüber nach, ob sich das Ganze auf Robert übertragen ließ. Ich hatte immer abgesagt, wenn Isabel sich mit mir verabreden wollte, ich hatte mich nie bei ihr gemeldet, ich hatte sie versetzt. Kam das für Robert infrage?

Natürlich! Ich nahm mir vor, zu Hause eine Liste zu machen mit allen abweisenden Verhaltensweisen, die mir einfielen. Ich war tief in solche Gedanken versunken, als ich zu Hause ankam und den Schlüssel umdrehte. Danach konnte ich die Tür kaum öffnen. Mais Hausschuhe hatten sich unter der Tür verklemmt. Mit viel Gewalt bekam ich schließlich einen Spalt auf und quetschte mich hindurch. Es war kein Wunder. Auf dem Boden lag alles durcheinander. Chaos pur nach einer Woche ohne Eltern.

Man sollte einmal aufräumen, dachte ich. Aber alleine wollte ich nicht, und als Mai heimkam, machten wir uns erst einmal etwas zu essen.

Mai zog alle Tupperdosen aus der Gefriertruhe, bis sie diejenige mit der Gemüselasagne entdeckt hatte. Die übrigen ließ sie einfach in der Vorratskammer liegen. Nach der Lasagne kochten wir uns noch einen Schokoladenpudding und waren dann so voll, dass wir uns nicht mehr bewegen konnten. Ich sagte zwar noch: „Lass uns ein bisschen aufräumen", aber ich meinte es nicht mehr ernst. Es war mir recht, als Mai stattdessen den Fernseher einschaltete, und ich blieb davor sitzen, bis ich ins Bett ging.

„Drringgg!" Ich ritt gerade auf August an einem Sandstrand in der Südsee entlang. Eine umgefallene Palme blockierte den Weg. August setzte zum Sprung an. *„Drringg!"* Das Klingeln erschreckte ihn. Er scheute, *zack*, ich fiel hinunter – und landete in meinem Bett.

„Drrring!" Das war die Türglocke. Ich warf einen Blick auf den Wecker. Sonntagmorgen, zehn Uhr. Wer konnte das sein?

Missmutig schlappte ich zur Tür hinunter und

öffnete. Papa stand da. Mit einem riesigen Geschenk in der Hand.

Ich vergesse immer, wann Papa kommt. Das habe ich mir extra so antrainiert, damit ich nicht enttäuscht bin, wenn er es vergisst. Das war ich nämlich früher sehr oft. Und dann hat mir Mama den Rat gegeben, einfach nicht daran zu denken.

„Dein Vater kommt, oder er kommt nicht, da kannst du dich verabreden, so viel du willst. Rechne einfach nicht mit ihm. Dann freust du dich, wenn er vor der Tür steht, und wenn nicht, ist es auch nicht so schlimm." So habe ich es gemacht. Das war ganz schön schwer. Aber anders kann man nicht mit Papa auskommen – sagt Mama.

Jetzt stand er da und ich freute mich – allerdings nur kurz, denn dann fiel mir das Chaos ein, das Mai und ich im Haus angerichtet hatten. Die Reitsachen lagen überall herum. Das Geschirr war nicht aufgeräumt, Junis Futter war über den Boden gestreut.

„Hallo, Papa!", sagte ich und überlegte mir, wie ich es anstellen sollte, dass er nicht ins Haus kam. Aber das war aus zweierlei Gründen unnötig. Denn erstens macht mein Vater, was er will, und zweitens regt er sich über Chaos und Unordnung nicht auf.

„Hallo, meine Süße!" Er drückte mir die Schachtel in die Hand. „Zum Geburtstag!" Das war mal wieder typisch. Kaum waren sechs Wochen vorbei, erinnerte sich mein Vater an meinen Geburtstag. „So, jetzt lass mal schauen, wo ihr da hingezogen seid." Er ging an mir vorbei mitten in das Durcheinander hinein. Er sah sich alles an, sagte „Hübsch,

hübsch“, öffnete dann die Schiebetür zum Garten und setzte sich auf die Terrasse. „Also, komm her und pack aus!“

Ich setzte mich zu ihm und öffnete die Schachtel. Es waren Reitstiefel! Sehr schöne Reitstiefel aus glänzendem schwarzen Leder. Ganz neu und bestimmt sehr teuer.

„Oh, Papa!“ Es war mir egal, dass ich schon welche hatte, ich freute mich unheimlich. Denn es war das erste Mal, dass mir mein Vater etwas schenkte, das ich auch wirklich haben wollte. „Danke!“

Er grinste stolz. „Na, da habe ich doch deinen sehnlichsten Wunsch erraten!“

„Ja“, sagte ich und nahm die Stiefel aus der Schachtel. Da bemerkte ich es. Sie waren viel zu klein: Größe 34. Ich habe 37,5!

„Kann man sie um…“ Ich biss mir auf die Lippen. Wenn Papa die Stiefel jetzt wieder mitnahm, um sie umzutauschen, würde ich sie bestimmt nie wieder sehen. Oder erst, wenn ich schon längst Größe 42 hatte. Ich ließ mir nichts anmerken, aber enttäuscht war ich trotzdem. Es war so typisch. Es war so typisch, dass er sich nicht einmal erkundigte, welche Größe ich hatte! Und am allertypischsten war es, dass er es jetzt nicht einmal mitkriegte! Er sagte gar nicht „Probier sie mal an!“ oder „Passen sie?“ Er war schon längst beim nächsten Thema: „Was sollen wir heute machen? Erst gut frühstücken im Café Zentral und dann ins Spaßbad? Oder lieber an einen See?“

„Ins Spaßbad!“ Das war klar. Im Nachbarort

gab es ein riesiges Bad mit Drinnen- und Draußenbecken, drei verschiedenen Rutschen, Wellenbad, Sprungturm, Sprudelkanal und noch tausend Sachen mehr. „Kann Mai, also Marietta, auch mit?“

„Klar kann sie“, nickte Papa und im gleichen Moment ärgerte ich mich. Er nickte nämlich irgendwie erleichtert. Ich hatte das Gefühl, er war froh, dass er sich nicht den ganzen Tag mit mir unterhalten musste.

Tatsächlich war es dann auch so, dass Mai und ich alles durchprobierten, was im Spaßbad geboten war, während Papa an unserem Platz lag, erst Zeitung las und sich dann mit der Frau auf dem Nachbarplatz unterhielt. Noch vom Becken aus konnte ich sehen, dass sie wahnsinnig viel lachten.

Als wir später einpackten, sagte die Frau zu mir: „Du hast aber einen netten Papa!“ Ich hätte ihr am liebsten die Zunge rausgestreckt. Papa fuhr uns heim und Mai und ich gingen in den Stall, um August zu versorgen.

„Dein Vater ist wirklich nett. Und so lustig!“, sagte jetzt auch Mai. Mich ärgerte das maßlos. Immer finden alle meinen Papa nett. Dabei ist er unerträglich.

„Mir geht er trotzdem auf den Wecker!“

Mai war erstaunt. „Ich dachte immer, du kannst ihn gut leiden!“

Ja, das stimmt schon auch – irgendwie. Ich konnte ihn nicht nur gut leiden, ich hatte ihn natürlich unheimlich lieb, er war ja mein Vater. Aber gerade deshalb! Ich fand, er sollte sich mehr für mich interessieren. Er sollte mir zuhören. Nicht immer nur kurz vorbeikommen, nett und lustig sein, aber gleichzeitig mit den Gedanken ganz woanders sein.

Ich kannte dieses Gefühl. Ich hatte es oft, nachdem ich einen Sonntag mit Papa verbracht hatte. Manchmal hatte ich dann schon gedacht, dass ich ihn gar nicht wiedersehen wollte.

Konnte ich mir da vielleicht auch noch was abschauen? Für mein Problem mit Robert? An Papa regte mich am meisten auf, dass er nie zuhörte, sondern immer nur über das redete, was ihn gerade interessierte. Das ließ sich leicht einmal an Robert ausprobieren.

Vorm Einschlafen nahm ich mir einen Zettel und ein dickes Buch als Schreibunterlage. Ich setzte mich im Bett auf und schrieb oben auf das Blatt: „Abstoßende Verhaltensweisen".

Es wurde eine lange Liste. „Verabredungen platzen lassen", stand ganz oben. „Nicht zuhören" belegte Platz vier.

Ich überlegte, womit ich selbst Leute verärgert hatte. Als Erstes fiel mir Mama ein und damit auch gleich eine ganze Latte von unmöglichen Verhaltensweisen. Grobe Schimpfworte benutzen, Sachen herumliegen lassen, schreien, an den Füßen herumfummeln, speziell an den Zehennägeln kauen.

Je mehr mir einfiel, desto vergnügter wurde ich. Ich bereitete den ultimativen Coup gegen Robert Heimberger vor. Gegen so viel Unausstehlichkeit würde auch er nicht ankommen!

Der ultimative Coup

Ich hatte alles genau geplant. Ich hatte die Nase voll von spontanen Schnellschüssen wie der Haarschneiderei und dem miserablen Reiten. Ich hatte mir Schimpfworttiraden ausgedacht und arrogante Blicke geübt. Ich hatte mir sicherheitshalber die Füße nicht mehr gewaschen und hässliche Socken angezogen. Die Situation war wie immer. Mai ritt. Ich saß auf dem Zaun und sah ihr zu. Robert kam.

Ich setzte an zu Punkt eins: Hilfe annehmen, sich nicht revanchieren.

„Hallo!“, sagte ich. „Ich hab so Durst! Holst du mir eine Cola?“

Robert nickte. „Kann ich machen, klar!“

Als er wiederkam, fragte ich nicht mal, ob ich ihm Geld schuldete. Es reichte gerade mal für ein nachlässiges „Danke“.

„Juni geht's gut, oder?“, sagte Robert und schwang sich neben mich auf den Zaun.

Ich nickte flüchtig und fing an, vom Spaßbad zu erzählen. Das war Punkt zwei: nicht auf den anderen eingehen, sondern nur von sich selbst erzählen. Es war irrsinnig schwierig. Ich hätte nicht gedacht, dass man sich derartig konzentrieren muss, um *nicht* darauf zu antworten, was der andere sagt. Ich glaube, ich wirkte auch eher doof als unverschämt. Das Gespräch klang ungefähr so:

Ich: „Die Riesenrutsche ist klasse. Wir sind bestimmt zehnmal runter."

Robert: „Klingt gut. Bist du auch vom Zehn-Meter-Brett gesprungen?"

Ich: „Was mir nicht gefällt, ist der Kiosk, die Pommes sind so schlabbrig."

Robert: „Das sind sie hier im Freibad aber auch."

Ich: „Wann ist Prinzess eigentlich das letzte Mal gegen Tetanus geimpft worden?"

Robert: „Vor drei Jahren, wieso?"

Ich überlegte krampfhaft, was ich denn jetzt noch sagen könnte, was gar nichts mit Roberts Antwort zu tun hatte. Da kam er mir zu Hilfe.

„Hast du das Armband eigentlich noch? Im Grunde bräuchtest du jetzt ein neues, aus Augusts Schweifhaar. Ich kann dir zeigen, wie man es flicht." In mir kribbelte es. Besser konnte ich ihm meine Gleichgültigkeit nicht unter die Nase reiben.

„Welches Band?", fragte ich, um dann zu sagen: „Das Ketchup im Spaßbad war übrigens auch nicht gut."

Es wirkte. Es war das erste Mal, dass ich einen verärgerten Zug in seinem Gesicht sah. Haha!, dachte ich und setzte zum nächsten Schlag an.

„Hast du Lust, morgen mit mir Eis essen zu gehen?“

Der ärgerliche Blick verschwand.

„Ja, klar“, sagte er. „Am Nachmittag?“

„Morgen, halb drei“, sagte ich lässig. „Eiscafé Venezia.“

Ich freute mich, denn erst jetzt merkte ich, dass diese Taktik noch einen zweiten Vorteil hatte: Morgen würde Robert nicht auf dem Reiterhof sein. Mai und ich würden ganz in Ruhe reiten können.

„Gehst du da öfter hin?“

Ich tat so, als hörte ich ihn nicht. Nichtbeachtung gehörte schließlich auch zum Programm.

Robert ließ sich davon nicht abschrecken: „Mir gefällt's gut, ist eigentlich meine Lieblingseisdiele.“ Er drehte sich hoffnungsvoll zu mir. „Vor allem das Schokoladeneis finde ich super!“ Er schleckte sich lachend über die Lippen.

Ich sah ihn nicht einmal an. Aber so schnell gab er nicht auf. „Findest du auch? Ist doch viel besser als im Dolomiti!“ Ich sagte nichts.

„Hallo! Schläfst du, oder was?“

Jetzt war der Augenblick für den offenen Kampf gekommen: „Nein“, sagte ich. „Aber ich denke gerade an wichtigere Sachen!“

Er grinste und sagte: „Ein bisschen spinnst du schon.“ Dann ging er. Offensichtlich gut gelaunt, denn er pfiff eine kleine Melodie vor sich hin. Ich fragte mich, ob er das mit dem Spinnen ernst gemeint hatte und ob das endlich ein erster Erfolg gewesen war. Gleichzeitig wünschte sich irgendein blöder Teil in meinem Gehirn, dass er es nicht ernst gemeint hatte.

Mein Knöchel tat eigentlich nicht mehr weh. Trotzdem wollte ich ihm noch einen Tag Schonzeit geben. Nachdem Mai ihr Training beendet hatte, ritten wir daher zu zweit: Mai vorne und ich hinten. Ich trug einen Rucksack, in den wir Badesachen gestopft hatten, und dann brachen wir auf zum kleinen Weiher.

Ich dachte mir, dass wir eigentlich jeden Tag hätten ausreiten sollen, anstatt unsere Ferien auf dem Reiterhofgelände zu vertrödeln. Hier konnte einem keiner was. Robert war weit weg, einzelne Sonnenstrahlen schafften es durch die Bäume hindurch und malten schöne Muster auf den Reitweg. Ab und zu kam uns ein anderer Reiter entgegen und grüßte. Es war alles so ruhig und harmonisch. Ganz anders als mein Leben.

Auch August gefiel es im Wald viel besser als auf dem Platz.

An der Lichtung vom kleinen Weiher stiegen wir ab, zogen August sein Halfter über und ließen ihn grasen. Den Sattel legten wir auf einen gefällten Baumstamm.

Wir zogen unsere Badeanzüge an, schwammen, tunkten uns gegenseitig und warfen uns schließlich erschöpft auf die Wiese.

Wir konnten uns nicht sehen, so hoch stand das Gras zwischen uns. Durch einen Rahmen aus Hahnenfußblüten und Grashalmen schaute ich in den Himmel. Ein winzig kleines Wölkchen stand dort, als hätte es sich verirrt. In mir war alles friedlich.

Da sagte Mai: „Er kommt immer nur zu dir." Sie klang ganz nüchtern, so als würde sie sagen: „Augusts Hufe müssen neu beschlagen werden." oder „Heute Abend gibt es Kartoffelsalat."

Aber ich erschrak. Sie hatte es gemerkt. „Stimmt doch gar nicht", versuchte ich zaghaft zu widersprechen, „das bildest du dir aus lauter Liebe ein!"

„Nein, ich weiß es ganz sicher. Kaum sitze ich auf August und du stehst am Rand des Platzes, kommt Robert anspaziert. Umgekehrt ist es nie so." Jetzt klang sie doch ein bisschen traurig.

Ich riss einen langen Grashalm ab, schob ihn durch die grüne Wand zwischen uns und kitzelte sie an der Nase. Ablenkungsmanöver zur Aufheiterung.

Aber Mai schob ihn nur weg und sagte abwesend: „Lass das!"

„Vielleicht kommt er ja morgen zu dir", sagte ich. Ich schämte mich für die Lüge. Schließlich wusste ich, dass mit Robert morgen nicht zu rechnen war.

„Ja, vielleicht", meinte Mai, „aber ich glaube es nicht mehr. Wir müssen heute Abend die Kristallkugel befragen, was das alles zu bedeuten hat."

Ich bekam sofort Schiss. Ich hatte Angst, die Kristallkugel würde den Kuss in der Sattelkammer zeigen. Auch wenn keine Kristallkugelsitzung ist, sieht Mais Zimmer sehr geheimnisvoll aus. Vor die Fenster hat sie lilafarbene Seidentücher gehängt und an die Wand einen Mond gemalt, der auf seltsame Weise mit den Strahlen einer Sonne verschlungen ist. Sie hat das Motiv aus einer Zeitschrift kopiert und mühevoll mit Christofs Diaprojektor an die Wand projiziert, um es abzuzeichnen.

Ihre Regale sind alle schwarz und auf dem Boden liegen bestickte Sitzkissen. In der Mitte des Zimmers steht ein kleiner Teetisch, über den sie eine schwarze Samtdecke gebreitet hat.

Hier stand die Kristallkugel. Mai zündete drei Kerzen an und zog dann die Rollos herunter.

„Komm“, sagte sie zu mir. „Du musst ganz still sein und dich auf Robert konzentrieren!“

Ich gehorchte. Ich dachte an Robert. So intensiv wie möglich. Wie ich ihn das erste Mal getroffen hatte, während ich Prinzess’ Schweif nach losen Haaren durchkämmte, und wie er mich gar nicht aufgezogen hatte. Wie er mit uns die Kutsche vorbereitet hatte, wie er mir den Fuß verbunden hatte. Mir fielen nur nette Sachen ein. Zum ersten Mal wurde mir bewusst, dass ich ihn mochte. Sofort bekam ich ein schlechtes Gewissen. Als sei ich selber schuld an seinen Annäherungsversuchen. Dabei war es doch eigentlich in Ordnung, wenn ich den Typen mochte, den sich Mai ausgeguckt hatte. Solange es nicht mehr war.

„Siehst du’s? Siehst du’s?“, flüsterte Mai aufgeregt.

Ich schaute in die Kugel, sah aber nur den Widerschein der flackernden Kerze.

„Ich habe Roberts Gesicht gesehen, jetzt kann ich ihn befragen!“

Oje! Ich begann zu zittern. Ich rechnete fest damit, im nächsten Moment Roberts Stimme zu hören, die sagte: „Morgen habe ich mich mit Juli in der Eisdiele verabredet!“

Stocksteif saß ich da und spürte, wie meine Hände ganz feucht wurden.

„Robert!“, flüsterte Mai und ließ ihre Hände um die Kugel kreisen. „Robert, ich befrage deinen Geist: Fühlst du dieselbe Liebe zu mir wie ich zu dir?“

Ich musste kichern. Das muss ich oft, wenn ich sehr nervös bin. Mai warf mir einen bösen Blick zu. Ich strengte mich an, das Kichern zu unterdrücken, da kitzelte es mich stattdessen in der Nase.

„Antworte mir! Antworte mir!“, hauchte Mai. Dann war sie ganz still. Nur die Kerzen zischelten.

„*Haaatschii!*“

Das war ich.

Die Flamme direkt vor mir verlöschte. In der Kristallkugel flackerte es jetzt viel dunkler.

„Mist!“, schimpfte Mai. „Jetzt ist die Verbindung kaputt!“

Sie sah mich leicht genervt an und ich bemühte mich, meine Erleichterung zu verbergen. Gerade noch mal gut gegangen!

Mai stand auf und zog die Rollos hoch.

„Ich versuch's nachher noch mal alleine. Ich glaube, du hast zu wenig spiritistische Fähigkeiten – das stört den Fluss der Gedanken.“ Sie seufzte. „Ich kann's einfach nicht glauben. Ich spür's doch, dass er mich auch liebt.“

Dann sah sie mich nachdenklich an und meinte: „Vielleicht ist er ja schüchtern und will über dich an mich herankommen.“

Ich nickte. Ich nickte wie eine Besessene. Ich wollte auch, dass es so war.

Der nächste Tag war klasse. Robert tauchte nicht auf und wir hatten den ganzen Nachmittag für uns.

Wir bauten uns einen Parcours mit vier Ricks auf. Das war wesentlich besser als mit Cavaletti. Ich gebe zu, wir stellten die Ricks so niedrig, dass es auch Cavaletti getan hätten. Aber Ricks gibt es eben auch auf Turnieren. Und genau so kam ich mir vor: wie eine erfolgreiche Turnierreiterin.

Abends wollten wir aufräumen. Am nächsten Tag würden Mama und Christof zurückkommen.

Aber ... ich weiß auch nicht so recht, woran es lag. Zuerst haben wir Juni noch ein wenig im Garten laufen lassen, da mussten wir natürlich aufpassen, dass er nicht ausbüchste. Dann wollte ich anfangen, den Geschirrspüler einzuräumen, da merkte ich, dass er noch voll mit dreckigen Tellern war. Ich schaltete ihn also erst mal ein. Solange der Spüler lief, konnte ich ja nichts machen – Bad und Wohnzimmer waren Mais Aufgabe. Ich setzte mich also nur kurz vor den Fernseher. Als Christina Aguilera auftrat, rief ich Mai. Sie ließ den Putzlappen im Bad und setzte sich auf die Sofakante. Nur für diesen einen Auftritt, versteht sich. Ja ... und dann war es auf einmal halb zwölf und wir waren viel zu müde.

„Das reicht morgen auch noch“, bestimmte Mai, und wir gingen ins Bett.

Am nächsten Morgen war Mai ausnahmsweise einmal die Vernünftigere von uns beiden. Sie bestand darauf, erst auf den Reiterhof zu gehen, wenn alles aufgeräumt wäre.

„Komm“, sagte sie. „Wir beeilen uns, dann schaffen wir es bestimmt bis zwölf und haben noch den ganzen Nachmittag!“

Aber offensichtlich setzt sich bei uns immer diejenige durch, die den unvernünftigeren Plan hat. Ich brannte so darauf, bei Robert den ultimativen Coup zu landen, dass ich nicht warten konnte. Wie lange er wohl vor der Eisdiele gestanden hatte? Ich musste ein Grinsen unterdrücken. Mai durfte ja nichts merken.

„Mama und Christof kommen doch erst am Abend!“, sagte ich. „Wir gehen zum Mittagessen heim und putzen alles!“

„Ich weiß nicht, lieber wär mir, wir hätten die ganze Putzerei schon hinter uns, wenn wir gehen.“

Jetzt zog ich meine Trumpfkarte.

„Ich konnte jetzt seit fünf Tagen nicht reiten, weil dieser doofe Knöchel wehgetan hat. Heute geht es, komm jetzt, ich freu mich so drauf.“

Mai gab nach. Und dann lief alles seinen Gang: Kaum saß Mai auf August, schon trottete Robert an.

„Wo warst du denn gestern?“ Er war sauer. Richtig sauer.

„Was, wieso gestern?“ Ich tat ahnungslos.

„Weißt du was, du blöde Schnalle, du kannst mich mal! Mit dir rede ich kein Wort mehr.“ Er drehte auf dem Absatz um und ging.

Geschafft. Ich hatte mein Ziel erreicht. Aber ich konnte mich nicht darüber freuen.

Großer Krach und große Liebe

Ich war keine blöde Schnalle! Ich lehnte am Zaun, sah Robert nach und wurde wütend. Er hatte doch keine Ahnung! Robert verschwand in Heimbergers Haus. Am liebsten wäre ich ihm hinterhergerannt und hätte alles erklärt. Ich wollte ihm sagen, dass ich nicht so eine Zicke war, wie er dachte.

Kurze Zeit später kam er wieder heraus, schwang sich auf sein Fahrrad und fuhr zum Hof hinaus.

Ich wollte laut schreien, stattdessen stampfte ich nur mit dem Fuß auf. Ich ärgerte mich über meinen eigenen Erfolg. Es fühlte sich scheußlich an, von Robert blöd gefunden zu werden. Ich hätte ihn nicht so mies behandeln sollen! Er hatte es weiß Gott nicht verdient! Immer war er nett gewesen, egal wie idiotisch ich mich angestellt hatte. Erst bei meinem ultimativen Coup war ihm der Kragen geplatzt und das war wirklich kein Wunder.

Ich sah auf den Reitplatz zu Mai. Sie hatte August gerade warm geritten und fing nun mit den Dressurübungen an. Eigentlich war sie an allem schuld.

War sie das? Nein. Eigentlich war ich selbst an allem schuld.

Ich. Ich war schuld. Ich hatte mich ständig verstellt und war zu niemandem ehrlich gewesen. Ich war die blöde Schnalle – wenn auch ganz anders, als Robert dachte. Auf einmal hatte ich zu nichts mehr Lust. Ich wollte nicht mehr reiten, ich wollte nicht mehr mit Mai reden, ich wollte nicht mehr über Robert nachdenken. Ohne mich von Mai zu verabschieden, ging ich nach Hause.

In meinem Zimmer setzte ich mich aufs Bett, schleuderte die Stiefel auf den Boden, die Socken hinterher und begann, an meinen Zehennägeln herumzukauen.

Als ich ungefähr eine Stunde später hörte, dass die Haustür geöffnet wurde, dachte ich, es sei Mai. Als ich kurz darauf Mamas entsetzten Schrei hörte, war mir das auch egal. Ich ließ nicht mal den Fuß sinken, ich versuchte auch nicht, die Reitstiefel zu verstecken oder wenigstens noch ein bisschen Ordnung in meinem Zimmer herzustellen.

Die Tür ging auf. „Ich glaub es einfach nicht!“ Mama sah mich an, als sei ich ein ekliges Rieseninsekt. „Die Füße im Mund!“ Sie sah auf den Boden. „Die Stiefel, die Unordnung!“ Dann sah sie ruckartig wieder in mein Gesicht, als hätte sie vorhin etwas vergessen. Ein Schrei ertönte: „Die Haare! Was ist mit deinen Haaren passiert?“

Ich steckte meinen Kopf unters Kissen. Das dämpfte die folgenden Sätze. „Und dieses Meerschweinchen! In einem Pappkarton! Ich habe gedacht, man könnte euch alleine lassen! Das darf doch alles nicht wahr sein.“ Sie ging. Ich hörte sie auf der Treppe herzzerreißend seufzen. Dann Gemurmel, Christofs beruhigende Stimme. Und dann war es still.

So still, wie es überhaupt noch nie in diesem Haus gewesen war. Ich konnte mir gar nicht vorstellen, was Mama machte. Erst als Mai nach Hause kam, hörte ich wieder etwas.

„Hol Juli runter!“, sagte Mama

Ich kam in Mais Schlepptau ins Esszimmer. Mama saß wie eine Staatsanwältin am Tisch. Und dann begann ein Donnerwetter, wie ich es überhaupt noch nie erlebt hatte. Es fing an mit den verdorbenen Lebensmitteln, ging über die halb vertrockneten Pflanzen, das ungeputzte Bad bis hin zum fehlenden Meerschweinchenkäfig.

„Und ich habe gedacht, man könnte euch vertrauen!“, wetterte Mama. „Ich habe gedacht, ihr könntet Verantwortung übernehmen! Aber wenn ihr nicht einmal ein Meerschweinchen ordentlich versorgen könnt, dann ist es höchste Zeit, euch August wieder wegzunehmen!“

Das saß. Alles, was jetzt noch kam, war Kinderkram im Vergleich zu dieser Drohung. August! Wenn sie uns August wegnahm, hatte ich keine Lust, überhaupt jemals wieder auf den Reiterhof zu gehen.

Mama ließ uns zwei Stunden Zeit, die Wohnung in Ordnung zu bringen. So lange wollte sie mit Christof spazieren gehen. Sie ließ keinen Zweifel daran, dass sie danach ein Heim erwartete, in dem man vom Fußboden essen konnte.

Ich kehrte den Boden, während Mai schon das Spülwasser einlaufen ließ.

„Warum bist du weggegangen?“, wollte sie wissen.

Ich hob verstreutes Meerschweinchenfutter auf und sah sie an. Ich öffnete sogar den Mund, aber dann sagte ich nichts. Mai hatte mich schließlich noch nie verstanden. Egal, was ich ihr sagte, sie ordnete es ihren Ahnungen und Intuitionen unter. Warum sollte ich ihr etwas erzählen? Und wenn ich es ihr sagte und sie mich verstand, würde sie nicht furchtbar unglücklich werden? Ich machte den Mund wieder zu und beugte mich hinunter, um ein paar Kleider aus dem Weg zu räumen.

„Komm, Juli, wir haben schließlich einen Pakt!“

Der Pakt, genau. Damit hatte es begonnen. Seit wir diesen Pakt hatten, machte ich Mai etwas vor. Vorher war ich offen und ehrlich gewesen, ganz normal eben. Und jetzt? Ich hatte Mama die Sache mit der Kristallkugel erzählt. Ich hatte mich mit Isabel getroffen, um hinter Mais Rücken über eine Taktik zu beratschlagen, ich hatte ihr x-mal erzählt, Robert sei zum Reitplatz gekommen, um ihr, Mai, zuzuschauen. Alles Lüge.

Was hatte der Pakt da noch für eine Bedeutung?

Ich zuckte nur mit den Schultern.

„Bist du krank? Kann ich dir helfen?“

Ich wusste es nicht. Irgendwie schon. Irgendwie fühlte ich mich krank.

„Juli, was ist los?“ Mai schüttelte mich. „Hast du dich verliebt?“ Und da wusste ich plötzlich, was ich tun musste. Ich ließ den Besen fallen.

„Tut mir leid, ich kann dir nicht helfen. Ich muss noch mal weg."

Fünf Minuten später klingelte ich an Heimbergers Haustür. Frau Heimberger öffnete. „Juli? Was ist?"

„Ich will zu Robert!"

„Ah, ja, dann komm nur rein." Sie öffnete die Tür weiter und ich stand in seinem sehr schönen alten Treppenhaus. Die Dielen knarrten und die Decke war niedrig.

„Die Treppe hoch und dann gleich links, das ist sein Zimmer."

Ich ging hinauf und klopfte. Robert öffnete.

„Was willst'n du hier?"

Er klang nicht gerade erfreut. Aber immerhin machte er einen Schritt zur Seite, sodass ich in sein Zimmer gehen konnte. Es war groß und hatte vier Fenster. Aus zweien sah man direkt auf den Reitplatz. Kein Wunder, dass er immer bemerkt hatte, wenn ich dort auf dem Zaun saß.

Er setzte sich wieder an seinen Computer. Ich glaube, er spielte irgendwas, aber ich erkannte das Spiel nicht. Ich stand ziemlich doof in der Mitte seines Zimmers. Irgendwann sagte ich dann leise „Es tut mir leid" zu seinem Rücken. Der Rücken bewegte sich nicht. Ich ging näher hin und tippte ihm auf die Schulter.

„Tut mir leid", sagte ich etwas lauter.

„Was denn?", fragte er barsch.

„Na alles. Dass ich dich versetzt habe und so."

„Mhmm", sagte er und spielte weiter.

Mir fiel nichts mehr ein. Sollte ich jetzt wieder

gehen? Da drehte sich Robert ganz plötzlich auf seinem Stuhl herum.

„Ja und? Was soll das jetzt bedeuten?"

Das wusste ich auch nicht.

„Hör mal, das war echt das Letzte, was du da gebracht hast! Das musst du mir schon ein bisschen genauer erklären. Warum bist du denn nicht gekommen?"

„Ich wollte dich loswerden ..."

„Wie? Das war Absicht?"

Ich starrte in den Boden hinein. „Na ja ..."

„Und jetzt? Jetzt auf einmal nicht mehr, oder was?"

„Nein, jetzt nicht mehr."

Er stand auf und stellte sich vor mich. Er war einen Kopf größer als ich. Er fasste mich am Kinn und drehte meinen Kopf so, dass ich ihn anschauen musste.

„Was jetzt? Kannst du mir das erklären?"

Ich wollte schon. Aber es ging nicht mehr, denn jetzt küsste mich Robert.

Aus. Für immer.

Vielleicht wäre alles nicht so dramatisch geworden, wenn ich danach heimgegangen wäre. Aber ich ging nicht heim. Ich traute mich nicht. Ich hatte Angst davor, Mai unter die Augen zu treten.

Ich verließ zwar um sieben Heimbergers Haus, aber dann stand ich nur unentschlossen im Hof herum. Und irgendwann ging ich dann automatisch in den Stall. Zu August. Es fiel niemandem auf. Schließlich war Sommer und die Sonne schien und noch zwei andere Reiter machten ihre Pferde für einen abendlichen Ausritt fertig.

Erst viel später, so gegen neun, wurde es allmählich still im Stall. Es war ganz komisch. Man hörte jedes einzelne Pferd. Wenn eines schnaubte, wenn ein anderes einen Schritt nach vorne machte, wenn eines seinen Kopf an der Wand kratzte oder mit den Hufen scharrte. Und vor allem hörte ich das Kauen. Friedliches gleichmäßiges Kauen von 18 Pferden. Den Hafer hatten sie schnell vertilgt und jetzt zermalmten sie das frische Heu. Der ganze Stall roch danach, so stark wie auf einer gemähten Wiese.

Ich hatte mich auf den Boden gesetzt.

August hatte erst verwundert an meinem Kopf herumgeschnuppert, aber mittlerweile fand er es schon ganz normal, dass ich abends bei ihm in der Box saß.

Ich war in ganz seltsamer Stimmung. Gleichzeitig total glücklich und total traurig. Immer wieder stellte ich mir vor, wie Robert mich geküsst hatte. Es war viel besser gewesen als damals in der Tür zur Sattelkammer. Und auch viel länger! Und darum wusste ich jetzt auch, wie es sich in den Lippen anfühlte. Ein bisschen wie unter Wasser gekitzelt werden. Sehr aufregend.

Ich ließ die Streu durch meine Finger rieseln. Ich hatte Robert alles erzählt und er hatte darüber gelacht, wie ich versucht hatte, ihn loszuwerden. Ich hatte auch gelacht und zum ersten Mal seit Wochen das Gefühl gehabt, dass alles stimmte. Dass die Welt in Ordnung war und ich das Richtige tat. Dabei wusste ich ja, dass durch meinen Besuch bei Robert alles noch komplizierter werden würde. Aber darüber hatten wir nicht geredet. Was ich Mai erzählen sollte, war mir in dem Moment egal gewesen. Was Mama dachte, auch.

Es dämmerte. Ich sah schon alles ganz ungenau. Die Pferde verschwammen zu dunklen Schatten und die Fenster zu hellgrauen Flecken. Mein Kopf wurde schwer und ich lehnte ihn an die Boxenwand. Was Mai jetzt wohl machte? Aber ich war schon zu müde, mir das auszumalen. Sonst wäre ich sicher darauf gekommen, dass zu Hause der Teufel los war.

Schließlich hätte ich längst dort sein müssen. Aber daran dachte ich nicht. Jedenfalls nicht so bewusst. Immerhin war ich gerade das erste – nein, das zweite – Mal geküsst worden. Ich finde, da ist es verständlich, wenn man auch wichtige Dinge vergisst. Ich dachte wieder an Robert.

Meine Gedanken wurden immer verschwommener und ich merkte noch, dass ich mich im Stroh ausstreckte, weil es liegend doch viel bequemer war... dann muss ich eingeschlafen sein.

Ein greller Lichtstrahl weckte mich. Eine Taschenlampe war direkt auf mich gerichtet.

August wieherte erschreckt.

„Juli!“

Das war Mais Stimme.

„Juli, da bist du ja! Wir machen uns alle Sorgen!“

Ich sah nichts außer dem grellen Licht.

„Tu mal die Taschenlampe weg!“, sagte ich.

Mai richtete das Licht auf den Boden neben mir. Schemenhaft erkannte ich ihren Körper.

„Wie viel Uhr ist es?“

„Du stellst Fragen! Fast Mitternacht. Was machst du hier? Wir suchen dich überall. Ulrike ist im Jugendtreff und Papa fährt mit dem Auto die Umgebung ab!“

Ich schüttelte meinen Kopf, um besser denken zu können, ich war noch ganz verschlafen. Mama und Christof machten sich Sorgen, klar. Jetzt kapierte das sogar ich.

„Tut mir leid!“, murmelte ich. Zum wievielten Mal sagte ich diesen Satz eigentlich heute?

„Was ist denn mit dir los?“

Die Rollen waren vertauscht. Auf einmal war es Mai, die ganz in der wirklichen Welt war, und ich befand mich woanders. Und Mai versuchte, an mich heranzukommen. Sie setzte sich vor mich und zupfte mir einzelne Strohhalme aus den Haaren. Ich sah sie an. Ich wusste: jetzt oder nie. Im Halbschlaf hatte ich noch nicht so große Angst vor ihrer Wut.

„Robert und ich gehen miteinander.“

Der Lichtkegel kippte nach hinten. Mit einem harten Schlag traf die Taschenlampe auf dem Boden auf. Aus der Dunkelheit darüber hörte ich Mais tonlose Stimme. „Das ist nicht wahr.“

„Doch“, sagte ich. Mehr fiel mir nicht ein. Ich sah, dass Mai die Taschenlampe wieder aufhob.

„Ich kann nichts dafür“, sagte ich und fing an zu heulen.

„Wie, du kannst nichts dafür?“

„Ich kann doch nichts dafür, dass er sich in mich und ich … “

Weiter kam ich nicht.

„Und dafür, dass du eine verlogene Schlange bist, kannst du wohl auch nichts? Dafür, dass du mir wochenlang erzählst, er schaue mir beim Reiten zu? Oder wie?“

Ich bildete mir ein zu spüren, wie Mai vor Wut am ganzen Körper zitterte. Sie richtete die Taschenlampe auf mich wie beim Verhör eines Schwerverbrechers. „Und dafür, dass du unseren Pakt gebrochen hast! Hast du mir überhaupt jemals die Wahrheit gesagt? Absolute Offenheit, dass ich nicht lache!“

Sie schluchzte. Ich ging zu ihr und wollte meinen Arm um sie legen.

„Nimm deine Hände weg! Ich warne dich!"

Ich stand ganz still neben ihr.

„Weißt du überhaupt, dass wir August verlieren werden? Deinetwegen? Ulrike hat es gesagt, als sie vom Spaziergang zurückkam und du nicht da warst. Sie hat gesagt: So einem Kind kann man kein Pferd überlassen."

Mir fiel nichts ein. Mai sagte auch nichts mehr.

Nur August schnupperte ganz verstört zwischen uns herum. Wahrscheinlich war es ihm unheimlich, dass wir uns stritten. Er stupste mich von der Seite, so, als wolle er mich in Mais Richtung schieben. Dann tat er dasselbe bei Mai.

„Ist ja schon gut, August", sagte sie. Sie machte einen Schritt auf August zu und schlang ihre Arme um ihn. Sie raunte ihm etwas ins Ohr und streichelte seine weichen Nüstern. Ich stand da wie ein Idiot. August war doch auch mein Pferd. Ich hatte ihn doch auch lieb!

Aber ich rührte mich nicht. Mai zog ihr Handy aus der Hosentasche und rief Christof an. Mir wandte sie beim Sprechen den Rücken zu.

„Ich hab sie." Schon wieder fühlte ich mich wie ein Verbrecher. „Im Stall, bei August." Kurze Pause. „Wieso? Wir können doch genauso gut zu Fuß gehen!" Wieder Pause. „O.k., meinetwegen. Wir warten."

Sie steckte das Telefon ein und wandte sich kurz an mich.

„Christof holt uns ab.“

„Wieso denn das?“

Mai zuckte mit den Schultern „Er wollte nicht, dass wir alleine durch die Nacht spazieren, auch nicht 500 Meter.“

„Aber hergekommen bist du doch auch allein!“

Mai beachtete meinen Einwand nicht. Sie klopfte August zum Abschied den Hals und sagte, ohne mich anzusehen: „Ich setze mich draußen auf die Bank.“

Ich trottete hinter ihr her.

Die Nacht war sehr dunkel. Der Mond war nur ein ganz dünner goldener Bogen und spendete kaum Licht. Ich sah zu Heimbergers Haus und suchte Roberts Fenster. Auch sie waren dunkel. Er schlief. Wenn er wüsste …

Ich setzte mich neben Mai. Wir sprachen kein Wort. Meine Gedanken drehten sich im Kreis: Mai, Robert, August, Mai, Robert, August. Alles war so verworren und kompliziert.

„Mai?“, fragte ich.

„Was ist los, Juliane?“

Nichts hätte mir stärker wehtun können als dieses „Juliane“. Es hieß so viel wie: Du bist nicht mehr meine Zwillingsschwester.

„Hat Mama das ernst gemeint?“ Ich vermied es, Mais Namen nochmals auszusprechen. Mai wollte ich sie nicht nennen, nachdem sie mich Juliane genannt hatte, und Marietta brachte ich einfach nicht über die Lippen. Schließlich wünschte ich mir immer noch, dass wir Zwillinge wären.

„Die Sache mit August? Ja, es klang so.“

„Was sollen wir tun?“

Mai sah mich an und trotz der Dunkelheit erkannte ich deutlich die Wut in ihrem Gesicht.

„*Wir?* Was sollen *wir* tun? Das ist ja wohl deine Aufgabe! Du bist doch an allem schuld, du falsche Schlange!“

An allem? Das fand ich gemein. Es stimmte nicht. Die Unordnung ging zu einem großen Teil auf Mais Kosten. Ich hatte zwar jede Menge Schuldgefühle wegen der Sache mit Robert. Aber für Mamas Ärger war ich nicht allein verantwortlich.

„Wer hat denn Juni ins Haus gebracht?“, fragte ich bissig. „Und Karins Vase runtergeschmissen?“ Mai öffnete den Mund, aber ich ließ sie nicht zu Wort kommen. „Und wessen Schminksachen liegen kreuz und quer im ganzen Bad verteilt? Du verwechselst da was. Das eine ist die Sache mit Robert, das andere ist die Unordnung. Deswegen will uns Mama August wegnehmen!“

„Ich wollte ja heute Morgen aufräumen!“

„Ich wollte gestern Abend!“

„Ich bin nicht während des Putzens einfach weggerannt!“

„Da ging es um was anderes!“

Mai sah aus, als würde sie mich gleich an den Haaren ziehen.

„So? Um was denn? Ums Rumknutschen?“

„Du kannst mich mal!“

„Du mich schon längst. Mit unserer Freundschaft ist es aus. Für immer!“

Wir kämpften beide mit den Tränen, als Christofs

Auto um die Ecke bog. Mama saß auch mit drin. Sie sprang sofort aus dem Wagen und umarmte mich stumm.

„Hallo, alles in Ordnung?“, sagte ich, damit dieses drückende Schweigen ein Ende nahm. Aber Mama verstand es falsch. Sie hielt mich für flapsig und ließ mich brüsk los.

Christof dagegen war nett. Er klopfte mir auf die Schulter und sagte einfach: „Gott sei Dank bist du wieder da!“

Einen Moment lang hatte ich das Gefühl, dass das Beste an dem Umzug Christof war. Er war so unkompliziert. Ganz anders als Mama.

Zu Hause ging ich gleich ins Bett. Mama kam und strich mir über den Kopf.

„Gibt es gar nichts, was du mir sagen möchtest?“

Ich schüttelte den Kopf. Nein. Das heißt, ich wollte sie gern fragen, was mit August passieren würde, aber dazu war es entschieden der falsche Moment. Mama erwartete Reue und tiefen Einblick in mein Seelenleben. Den wollte ich ihr nicht geben. Ihre sorgenvolle Miene war so schon schwer genug zu ertragen.

Als sie endlich draußen war, hörte ich, wie sie zu Christof sagte: „Dabei machte sie doch erst den Eindruck, als würde sie die ganzen Veränderungen viel leichter wegstecken als Mai ...“ Dass Mama sich immer einbildete, meine Probleme hätten mit ihr zu tun!

Bewährungsprobe

Als ich aufwachte, war es ganz still im Haus. Dass Mai noch schlief, wunderte mich nicht. Komisch war, dass Mamas Morgengeräusche fehlten. Das Klacken ihrer hochhackigen Schuhe auf den Küchenfliesen, das Zischen der Kaffeemaschine, das Geschirrgeklapper. Was Christof machte, war mir egal – sofern er nicht splitternackt im Bad herumspazierte. Das tat er nicht. Die Badezimmertür stand sperrangelweit offen. Ich sah auf einen Blick, dass frei war. Ich traf Christof erst, als ich in die Küche kam, um zu frühstücken. Er saß dort und trank Kaffee. „Guten Morgen“, sagte er wie immer und schaute kaum von der Zeitung auf.

„Morgen. Wo ist Mama?“

„Bei der Erziehungsberatungsstelle“, antwortete er kauend.

Ich war entsetzt. „Wegen mir?“ Erziehungsberatungsstelle hörte sich für mich ungefähr so an wie Heimeinweisung. Das Mindeste, was dabei herauskommen musste, war meiner Meinung nach ein Reitverbot für die nächsten zehn Jahre.

„Wegen dir, genau.“ Christof las weiter, als er das sagte. Es klang, als fände er die Sache nicht besonders aufregend.

„Hoffentlich sagen sie ihr nicht, dass sie uns August wegnehmen soll.“

Jetzt sah Christof auf. „Ach nee, glaub ich nicht.“ Er legte die Zeitung hin und schenkte sich Kaffee nach. „Kann ich mir wirklich nicht vorstellen“, meinte er, bevor er sich wieder der Zeitung zuwandte.

Und dann, als er schon las, murmelte er noch etwas vor sich hin, ganz leise, als sei es nur für ihn selbst bestimmt: „Außerdem habe ich da ja auch noch mitzureden.“

Ich sah ihn verzückt an. Das hieß doch, dass er den Verkauf verhindern würde, oder? Er sollte sich ein bisschen klarer ausdrücken! Leider war er schon wieder in den Sportteil vertieft. Trotzdem hakte ich nach:

„Du bist auf unserer Seite?“

„Auf eurer Seite? Ich wusste gar nicht, dass es Seiten gibt.“

Was sollte denn das jetzt schon wieder bedeuten? Ich verstand ihn nicht, wie üblich. Und Christof hatte ganz offensichtlich keine Lust, seine Worte genauer zu erklären. Er wechselte das Thema. „Ich schließe jetzt übrigens immer ab, wenn ich im Bad bin. Du musst nicht mehr lauschen.“

Vor Überraschung fiel mir das Honigbrot aus der Hand. Er hatte es gemerkt! War das peinlich! Gott sei Dank hob Christof auch jetzt nicht den Kopf.

Sonst hätte er gesehen, wie ich eine knallrote Rübe bekam.

Nach dem Frühstück machte ich mich auf den Weg zum Reiterhof. Ich dachte über Mama nach und darüber, wie man sie besänftigen konnte – allerdings nicht lange. Denn kaum war ich zwanzig Meter gegangen, da öffnete sich unsere Haustür erneut. Mai schlug dieselbe Richtung ein wie ich.

Ich tat so, als merke ich es gar nicht. Aber mir war entsetzlich mulmig zumute. Es war schließlich aufregend genug, Robert nach dem ersten Kuss wiederzusehen. Aber dann noch in Begleitung von Mai! Was sollte ich überhaupt tun? Bei ihm klingeln? Würde er sauer sein, wenn ich einfach in den Stall ging, ohne mich bei ihm zu melden?

Und wenn er im Hof stand oder im Stall? Musste ich dann auf ihn zugehen und ihn küssen? Oder hatte er das gestern alles gar nicht ernst gemeint und war froh, wenn ich nicht bei ihm auftauchte?

Ich machte mir fürchterlich viele Gedanken. Unnötigerweise. Ich musste nämlich gar nichts machen. Robert nahm alles in die Hand. Als ich auf den Hof trat, stand er schon vor der Stalltür. Er machte einen Schritt auf mich zu, sagte ganz locker „Hallo!“ und küsste mich zur Begrüßung kurz auf den Mund.

Genau in dem Moment, als Mai um die Ecke bog. Ich erstarrte. Irgendwie hatte ich das Gefühl, dass Mai vielleicht nichts mitbekommen würde, wenn ich mich tot stellte. Ich traute mich nicht einmal, „Hallo“ zu sagen. Das brachte natürlich überhaupt nichts. Mai schritt mit abgewandtem Kopf an uns vorbei und verschwand im Stall.

„Sie ist ganz schön sauer, oder?“, fragte Robert.

„Sauer ist gut“, meinte ich. „Sie ist abgrundtief enttäuscht von mir!“

„Soll ich mal mit ihr reden?“

„Ich weiß nicht.“ Ich glaubte nicht, dass ausgerechnet Robert für bessere Stimmung bei Mai sorgen konnte.

Trotzdem marschierte er jetzt in den Stall.

Kurz später kam Mai wieder heraus. Von ihrem Gesicht war wenig zu sehen. Aber hinter den Haaren klang deutlich ihre Stimme hervor. „Ich hab ihn jetzt gefüttert und ihm frisches Wasser gegeben. Den Rest machst du.“ Dann drehte sie um und machte sich ganz offensichtlich auf den Heimweg.

Und jetzt? Robert kam aus dem Stall. „Die will eindeutig nichts von mir wissen“, sagte er, aber es schien ihn nicht weiter zu kümmern. „Komm, wir reiten aus!“

Ich dagegen hatte ein schlechtes Gewissen, es kam mir total mies vor, mich einfach zu amüsieren, während Mai Liebeskummer hatte.

„Ich weiß nicht“, antwortete ich.

„Wieso denn nicht?“, fragte Robert. „Es macht Mai auch nicht glücklicher, wenn du hier trübselig herumstehst.“

Er hatte recht. Das sah ich ein. Trotzdem musste ich mich ganz schön überwinden, um zu lächeln und „Ja, gut“ zu sagen.

Robert legte den Arm um mich und schob mich

in den Stall hinein. Ganz kurz erlaubte ich mir, das schön zu finden. Als ich August sattelte und den von Mai gefüllten Futtertrog sah, nahm aber das schlechte Gewissen wieder überhand.

Erst als ich August hinausführte und sah, wie Robert mit Prinzess in der Sonne stand, begann ich, mich zu freuen. Ich bekam wieder das Gefühl vom Vortag – dass alles richtig war. Dass es so sein sollte, dass Robert und ich zusammengehörten. Es war schön: Gleich würde ich auf meinem Pferd mit meinem Freund durch den Wald galoppieren! Hätte mir das jemand vor zwei Monaten gesagt, hätte ich ihn für verrückt erklärt.

Ich beschloss, mal für zwei Stunden nicht an Mai zu denken. Auch Mamas Drohung verdrängte ich – wenn August wieder verkauft werden würde, dann musste ich die letzten Tage mit ihm doch erst recht genießen! Oder etwa nicht?

Ich tat es und es wurde ein fantastischer Tag. Mit Mai war ich nie weiter als bis zum kleinen Weiher geritten. Aber Robert kannte sich in der Umgebung viel besser aus. Wir ritten zu einem Aussichtshügel südlich der Stadt. Ein paar alte Mauerreste standen hier und bröckelten vor sich hin. Von einer Ritterburg, meinte Robert. Die Pferde grasten zwischen den Ruinen und wir schauten auf die kleinen Häuser unter uns. Man konnte den Reiterhof sehen und die Spielstraße und unser Haus. Aber allzu lange haben wir uns das nicht angeschaut. Stattdessen haben wir uns geküsst.

Als ich nach Hause kam, saß Mama auf der Terrasse und las. Sie legte das Buch zur Seite und schob die Brille nach oben.

Jetzt kommt's, dachte ich. Jetzt teilt sie mir mit, dass August verkauft wird. Stattdessen sagte Mama: „Isabel war da und wollte dich abholen.“

„Isabel?“ Mein Herz machte einen Sprung vor Freude.

„Wo ist sie jetzt, kann ich sie anrufen?“

„Nein, sie ist stattdessen mit Mai ins Freibad gegangen.“

Isabel? Mit Mai? Das verstand ich nicht. Isabel hatte Mai noch nie besonders gut leiden können. Und was Mai von Isabel hielt, wusste ich nicht einmal. So stark konnte die Sympathie nicht sein. Was hatten die zwei jetzt miteinander zu bereden?

Da fiel es mir ein: Sie sprachen über mich. Logisch. Sie ließen ihrem Ärger freien Lauf und konnten sich gegenseitig dabei unterstützen: Juli, die Unzuverlässige. Juli, die gemeine Verräterin. Juli, die von Treue und Freundschaft noch nie etwas gehört hatte.

„Aha.“ Ich nickte Mama so unbekümmert wie möglich zu und wollte ins Haus gehen.

„Moment“, sagte Mama. „Noch was. Nach dem Abendessen, wenn Mai wieder da ist, möchte ich mit euch beiden reden.“ Also doch. Mama hatte ein Urteil gefällt.

Mein Kissen bekam mal wieder einige Boxhiebe ab. Ich saß auf meinem Bett und grübelte über ein Mama-Besänftigungsprogramm nach. Doch jedes Mal kam ich zu dem Schluss, dass ich es allein nicht schaffen würde. Mai musste mitmachen beim Frühstückrichten und Autoputzen und was mir sonst noch so an demütigen Diensten einfiel. Sonst würde Mama misstrauisch werden. Sie würde einen Konflikt suchen, ein unbewältigtes Problem zwischen Mai und mir. Und ich wollte nicht, dass sie es fand!

Ich musste an Mai herankommen! Aus ganz praktischen Gründen mussten wir zusammenarbeiten. Das würde ich ihr sagen. Allerdings hatten praktische Gründe Mai noch nie besonders interessiert.

Als sie dann kam und wir am Abendbrottisch saßen, schaute ich sie kurz an. Ich wollte nur ein Gefühl für ihre Stimmung bekommen. Mai lächelte freundlich zurück. Damit hatte ich überhaupt nicht gerechnet. Ich wusste nicht, was das bedeuten sollte. Vielleicht hatte sie ein schlechtes Gewissen nach der vielen Lästerei. Auch beim zweiten Mal wich sie meinem Blick nicht aus. Ich hatte das Gefühl, sie wollte mir etwas sagen. Seltsam. Unsere Freundschaft war doch aus! Für immer.

Vor lauter Verwunderung bekam ich erst gar nicht mit, dass Mama ihren Teller leer gegessen hatte und sich mit hochoffizieller Miene an uns wandte. Sie erzählte irgendwelches Zeug über Gerichtswesen und Strafvollzug und ich kapierte nicht, was das mit uns zu tun haben sollte.

„Jedenfalls bekommt ihr für euer entsetzliches Verhalten während unseres Urlaubs eine Bewährungsstrafe!“ Das war der erste Satz, den ich richtig mitbekam. Aber was bedeutete er?

Ich habe es mir dann nach und nach zusammengereimt. Um es kurz zu machen: Bewährungsstrafe ist eine Strafe, die man bekommt, aber nicht verbüßen muss. Wenn man sich eine bestimmte Zeit lang gut benimmt, wird sie einem ganz erlassen. Wenn nicht, ist auf einen Schlag die Bewährung aus, und man muss ins Gefängnis.

Beziehungsweise August würde verkauft werden. Mai und ich bekamen Bewährung bis zum Ende der Schulferien. Wenn wir uns bis dahin so verhielten, wie Mama es sich wünschte, würde August bleiben. Sonst nicht.

Und was Mama sich wünschte, machte sie uns schnell klar. Dass wir eine neue Bleibe für Juni fanden, dass wir im Haushalt halfen, keine Unordnung machten und uns zuverlässig um August kümmerten.

„Wie ihr das unter euch ausmacht, ist mir gleich", sagte sie. „Hauptsache, ich finde keinen Pferdemist in der Küche und jeden Tag trägt jemand den Müll hinaus, und jemand trocknet ab."

Gerettet! Ich konnte nicht anders, ich strahlte Mai an. Und sie mich. Als hätten wir nie Streit gehabt. Wir nickten und offenbar hatten wir beide denselben Entschluss gefasst: uns noch besser zu benehmen, als von Mama gefordert. Denn kaum hatte sie ihre Predigt beendet, sprangen wir auf, um abzuräumen. Wir stießen dabei sogar zusammen. Christof lachte laut, weil es so lustig aussah. Auch Mai und ich kicherten und luden uns dann die dreckigen Teller auf.

Von der Küche aus konnten wir hören, wie Mama sich bei Christof über den Besuch in der Erziehungsberatungsstelle empörte. „Das ist die Pubertät, haben sie mir gesagt! Als ob ich noch nie davon gehört hätte!“ Kurze Pause. „Die besonderen Umstände haben sie gar nicht interessiert. Sie redeten nur von erster Liebe, Konflikten mit Freunden und so weiter. In dem Alter sei das oft wichtiger als die Situation zu Hause.“ Mama machte mit Zunge und Zähnen ein missbilligendes „Tss“, und ich konnte mir genau vorstellen, wie sie den Kopf dazu schüttelte. Bei mir dachte ich, dass die gar nicht so blöd waren auf der Erziehungsberatungsstelle.

Ich grinste vor mich hin. Da tippte mich Mai an.

„Juli?“, sagte sie leise und ich war froh, dass sie nicht mehr Juliane sagte.

„Ja?“

„Ich habe mit Isabel geredet.“

Ich schaute sie unsicher an. Ich war nervös. Es ist ein scheußliches Gefühl, wenn man glaubt, dass die beiden besten Freundinnen über einen gelästert haben.

„Ja, und?“, fragte ich eher abweisend.

„Sie sagt, du hättest dich meinetwegen vom Pferd gestürzt.“ Sie hatten nicht gelästert! Im Gegenteil. Ich blieb ganz still stehen. Mit Mamas leerer Teetasse in der Hand. Ich wollte nichts zerstören von diesem schönen, hoffnungsvollen Moment.

„Um Robert loszuwerden. Sie sagt, du hättest dir auch deswegen die Haare abgeschnitten.“

Ich sagte wieder nichts. Ich lächelte nur.

„Stimmt das denn?“

„Ja“, sagte ich.

„Aber warum hast du nicht mit mir geredet?“ Mai sah mich mit ihren großen grünen Augen ganz traurig an.

„Aber dann hätte ich dir doch sagen müssen, dass alles nicht stimmt. Deine Gefühle und deine Intuition. Dass du nicht hellsehen kannst und dass es keine Seelenverwandtschaft mit Robert gibt!“

„Ja“, sagte Mai. „Aber vielleicht wäre das nicht so schlimm gewesen.“

„Meinst du?“

„Und du hättest deine süßen Locken noch!“

„Du findest sie süß?“

Ich begann zu lachen. Mai lachte mit.

„Du hast ganz schön gesponnen!“, sagte Mai.

„Du aber auch!“, sagte ich.

„Den Pakt hätten wir uns sparen können.“

Ich nickte. „Am besten, wir erneuern ihn gar nicht!“ Wieder lachten wir.

„Wir erneuern ihn nicht. Aber wir können ja trotzdem versuchen, uns ab jetzt immer die Wahrheit zu sagen.“

Ich spürte, dass mir die Tränen in die Augen schossen, als Mai mich umarmte. Dabei stieß sie die Tasse aus meiner Hand. Es klirrte.

Dann hörten wir Mamas Stimme.

„Was ist denn da passiert? So habe ich mir das mit der Hilfe im Haushalt nicht vorgestellt!“

Eilig kehrte ich die Scherben auf. Mai räumte den Spüler ein. Wir würden uns nichts zuschulden kommen lassen.

Karten lügen nicht

„Wir könnten Juni im Keller verstecken, hinten bei den Handwerkssachen, da kommt Ulrike doch nie hin!“ Mai ging neben mir her zum Reiterhof und machte einen Vorschlag nach dem anderen, wie wir Juni trotz allem behalten konnten.

„Und dann? Dann muss der arme Kerl allein im Keller hausen!“

„Das macht einem Meerschweinchen doch nichts aus!“

Es ist schon komisch. Kaum sind die großen Probleme gelöst, werden die kleinen so wichtig wie vorher die großen. Ich meine: Wir hätten ja eigentlich glücklich sein können. Es war so gut wie sicher, dass August blieb, und vertragen hatten wir uns auch. Aber jetzt wollten wir unbedingt auch noch Juni behalten.

„Und wenn ihn Mama dann doch entdeckt? Das überleben wir nicht!“

„Hmm, stimmt schon, wenn deine Mutter uns beim Lügen erwischt, ist alles aus.“ Mai blieb nachdenklich auf der Spielstraße stehen. „Aber vielleicht müssen wir gar nicht lügen! Komm!“ Sie drehte sich um und zog mich am Ärmel mit. Sie stürmte zurück zum Haus, lief auf die Terrasse – wohin Mama Junis Karton ausgelagert hatte –, nahm ihn und ging damit zu Mama in die Küche.

„Wir bringen Juni zurück in Frau Heimbergers Streichelzoo“, sagte sie mit ihrer allerfreundlichsten Stimme. Ich verstand die Welt nicht mehr. Was war denn jetzt in Mai gefahren?

„Das ist doch eine gute Lösung!“ Mama lächelte. Ich merkte, dass sie sehr zufrieden war, weil wir uns ohne weitere Aufforderung um einen neuen Platz für Juni kümmerten. Immerhin, dachte ich und schrieb uns einen Punkt in Sachen Bewährung gut.

„Sie wird natürlich enttäuscht sein. Sie war so froh, einen guten Platz für Juni gefunden zu haben“, sagte Mai und ich entdeckte ein leichtes Grinsen in ihrem Gesicht. Mir dämmerte, was sie vorhatte. Seit Mama nämlich wusste, dass Frau Heimberger die Blumengirlande für die Hochzeitskutsche geflochten hatte, wollte sie sich erkenntlich zeigen. Jetzt würde Mai ihr die Möglichkeit dazu geben.

„Wie meinst du das?“, fragte Mama.

„Ach, der Meerschweinchenstall im Streichelzoo platzt aus allen Nähten. Frau Heimberger sucht dringend Leute, die ihr welche abnehmen. Aber es darf natürlich nicht irgendjemand sein.“

Ganz unschuldig schaute ich zu Mama. Sie machte ihr „Ja, aber da müssen wir doch helfen“-Gesicht, und ich wusste, dass die Sache nach Plan laufen würde.

„Unter diesen Umständen bringen wir ihn natürlich nicht zurück!“, bestimmte sie. „Wir können ihn ja ins Tierheim geben.“

„Nein, da ist es ihr auf jeden Fall lieber, wenn wir ihn zurückbringen. Tierheim kommt für Frau Heimberger nicht infrage!“

Mama runzelte die Stirn. „Es muss doch noch eine andere Lösung geben.“

Jetzt griff ich ein. „Frau Heimberger will die Menschen persönlich kennen, denen sie ihre Tiere gibt. Wenn wir Juni nicht behalten, müssen wir ihn ihr zurückgeben!“

Mama sagte gar nichts. Sie suchte noch nach einem Ausweg. Aber es gab keinen. Man sah ihr an, wie sie die Gedanken hin und her schob. Und irgendwann entstand dann ein erschöpftes Lächeln auf ihrem Gesicht. Sie schüttelte den Kopf und sagte: „Ihr seid ganz schön raffiniert.“

Sie holte den Autoschlüssel, legte jeder von uns eine Hand auf den Rücken und schob uns zur Tür. „Ihr habt gewonnen, wir fahren ins Zoogeschäft und kaufen einen Meerschweinchenkäfig.“

Etwa eine Dreiviertelstunde später trugen Mai und ich den Käfig zur Tür herein. Er würde oben im Gang vor unseren Zimmern stehen.

Solange Mama bei uns war, ließen wir uns den Triumph nicht anmerken. Aber kaum waren wir allein auf der Treppe, grinste mich Mai breit an und sagte: „Ich bin Mai und du bist Juli, und zusammen bekommen wir eben doch, was wir wollen!“

Ich legte ihr erschrocken den Finger auf den Mund. „Psssst!“ Ich wollte den Pakt nicht erneuern. „Sag das nicht.“ Der Pakt hatte Pech gebracht. Und Pech konnte im Moment nur bedeuten, dass August verkauft würde. Auf einmal bekam ich den totalen Bammel, dass sich doch noch alles zum Schlechten wenden würde.

„Sag bloß, du wirst jetzt abergläubisch!“ Mai sah mich spöttisch an und auch ich musste grinsen, schließlich hatte ich mich bisher immer über ihre Hellseherei lustig gemacht. Da bekam ich eine Idee: „Meinst du, …“ Weiter kam ich nicht. Das Telefon läutete. „Bin gleich wieder da“, unterbrach ich mich selber und sprang die Stufen hinunter. Ich nahm ab. „Juli Kuszlik.“

„Also, ich finde, es reicht jetzt“, sagte Isabels Stimme. „Es wäre klasse, dich mal wieder zu sehen. Ich habe heute den ganzen Nachmittag Zeit und fände es gut, wenn du kommen würdest.“

Ich freute mich so, dass ich gar nicht gleich antworten konnte. Also redete Isabel weiter. „Du kannst ja Mai auch mitbringen.“ Sie kicherte. „Oder deinen Freund!“

Erst war ich überrascht, denn ich hatte ihr ja nie von mir und Robert erzählt. Aber dann wurde mir klar, dass sie über Mai bestens informiert war. Ihr Kichern war ansteckend. Ich bekam große Lust, ihr von Robert zu erzählen. Jetzt erst merkte ich, wie sehr es mir fehlte, jemandem haarklein von meiner Liebesgeschichte zu berichten.

„Wen jetzt?“, fragte ich gut gelaunt. „Beide geht schlecht!“

„Von Robert auf jeden Fall ein Foto. Und Mai in echt.“

Ich konnte mir so gut vorstellen, wie ich mit Isabel über Roberts Foto saß und kichernd von meinen beiden ersten Küssen erzählte. Aber ich entschied mich dann trotzdem dagegen. Ich wollte Mai mitnehmen. Und in Mais Gegenwart wäre es völlig taktlos gewesen, diese Themen auszuwalzen.

„Wir kommen so um zwei“, sagte ich und als ich auflegte, war ich so begeistert, dass ich überhaupt nicht mehr an meine Angst dachte, August zu verlieren.

Bei Isabel aßen wir dann Chips, quatschten über Musik und Schminke, und schließlich entdeckten Mai und Isabel ihre gemeinsame Vorliebe für Brettspiele.

Ich selbst stehe ja nicht so drauf. Aber ich genoss es, einträchtig mit meinen beiden besten Freundinnen am Gartentisch zu sitzen und kein größeres Problem zu haben, als die Siegpunkte der anderen zu zählen. Denn es waren wieder meine besten Freundinnen. So viel war klar, nachdem ich zum dritten Mal verloren hatte.

Erst ein paar Tage später, als ich mit Robert im Stall stand, kamen die Sorgen zurück. Ich striegelte August, Robert saß auf dem Fensterbrett.

„Ist es jetzt eigentlich sicher, dass August bleibt?“, fragte er beiläufig. Mir aber lief es kalt den Rücken herunter. Ich wollte nicht daran denken, dass es nicht sicher war.

„Nein“, sagte ich daher kurz angebunden. Aber Robert merkte nicht, dass ich dem Thema ausweichen wollte.

„Frag doch deine Mutter noch einmal.“

Ich fand den Vorschlag ziemlich doof, schließlich hatte ich ihm genau erklärt, was es mit der Bewährungsstrafe auf sich hatte. „Sie weiß es ja auch nicht. Es hängt doch von unserem Verhalten in der Bewährungszeit ab.“

„Ich wette, sie hat sich schon längst entschieden!“

Ich drehte mich verblüfft zu ihm um. „Wie kommst du denn auf die Idee?“

„Na ja, ein Pferd verkaufen ist ja keine Sache, die man von heute auf morgen erledigt. Man muss den Stallplatz kündigen, einen Käufer finden, den Preis verhandeln …“

„Das kann sie ja dann immer noch machen.“

„Ja, aber das glaube ich nicht.“ Er grinste mich an. „Wenn du es nicht tust, dann frag ich sie eben.“

„Untersteh dich!“, sagte ich.

„Keine Sorge, das merkt sie gar nicht!“

„Wie soll denn das gehen?“, spottete ich. „Willst du sie hypnotisieren?“

„Wart’s nur ab“, sagte Robert und dann verlor er kein Wort mehr darüber.

Allerdings hatte mich das Stichwort „hypnotisieren“ an meine Idee erinnert, die ich neulich auf der Treppe gehabt hatte, als Isabel anrief. Ich wollte Mais Kristallkugel befragen. Besser gesagt, ich wollte, dass Mai es tat.

Abends schlug ich ihr vor, eine Kristallkugelsitzung abzuhalten.

„Die Kristallkugel!“, sagte Mai verächtlich. „Du weißt doch selber, wie unzuverlässig sie ist! Nein, ich habe jetzt etwas viel Besseres.“ Aus ihrer Schreibtischschublade holte sie ein Päckchen Karten. „Tarot!“, sagte Mai und ihre Stimme klang zum ersten Mal wieder so mysteriös und erwartungsvoll wie vor der ganzen Geschichte mit Robert.

„Samanthas großer Bruder hat sie mir gegeben. Das ist viel genauer! Man muss die Karten nur richtig interpretieren, aber dazu habe ich ja dieses Buch.“

Mai setzte sich mit den Karten und dem dicken Buch an ihren Teetisch und begann, mit verdeckten Karten ein Kreuz zu legen. Ich kniete mich daneben.

Sie drehte die Karten um.

„Ich habe nach meiner unmittelbaren Zukunft gefragt“, erklärte sie mir, als sie die Karte rechts von dem Kreuz umdrehte. Es war ein geheimnisvolles Bild, in dessen Vordergrund zwei Kelche standen, in die so viel Wasser sprudelte, dass es überlief.

„Komisch“, murmelte Mai.

„Wieso?“, wollte ich wissen.

„Na ja, also, als Pferd kann man die Karte wirklich nicht interpretieren.“

„Was bedeutet sie dann?“

Ich beugte mich vor, um die Karte besser zu sehen. „Kelche 2“ hieß sie und kam mir recht unspektakulär vor. Aber dann sah ich, dass sie noch einen zweiten Namen hatte: „Liebe“. Ich grinste.

Mai las irgendetwas von „Polarisierung der ungeformten Urströme“ aus ihrem Buch vor und runzelte die Stirn. Aber dann kam der entscheidende Satz: „Im Bereich der Gefühle handelt es sich um die Anziehungskraft zwischen Mann und Frau.“

„Ja, aber das ist doch prima!“, rief ich glücklich. Ich glaube, ich freute mich mehr als Mai.

„Aber wer soll das denn sein?“, murmelte sie.

„Sagen die Karten das nicht?“

„Nein.“ Dann blätterte sie ein bisschen vor. „Warte mal.“

„Vielleicht jemand, der dir erst noch begegnet!“

„Möglich“, murmelte Mai. Dann las sie wieder vor: „Die Karte steht für Phasen der Verliebtheit, des Flirts, aber auch recht häufig für einen neuen, sympathischen Menschen, der plötzlich die Bühne unseres Lebens betritt.“

Für mich war damit alles klar.

„Vielleicht ist ja auch Samanthas großer Bruder gemeint.“

Mai sammelte die Karten wieder ein und mischte sie aufs Neue. Sie sagte nichts, aber ich hatte den Eindruck, dass sie ein klein wenig rot wurde.

Mai wechselte das Thema. „Jetzt musst du die Karten befragen, vielleicht zeigen sie dir, was mit August ist.“

Aber die Karten sagten es uns nicht. Bei mir hieß es nur die ganze Zeit: „Innere Einkehr, Rückbesinnung auf das Wesentliche, Bodenständigkeit." Ich konnte das beim besten Willen nicht interpretieren.

Wir fanden trotzdem ein paar Minuten später heraus, was mit August werden würde. Durch Zufall. Als wir nämlich die Treppe hinuntergingen. Mama telefonierte. Zunächst achteten wir nicht darauf, aber wir horchten auf, als der Name „Heimberger" fiel.

„Nein", sagte Mama. „Nein, Herr Heimberger." Ihre Stimme klang erstaunt.

Mai und ich blieben sofort stehen und hielten den Atem an. Mai fasste mich am Oberarm. Vor Aufregung krallte sie sich so fest, dass ich mir nur mit Mühe das Schreien verbeißen konnte.

„Ich weiß gar nicht, wie sie darauf kommen, dass wir den Platz kündigen wollen", sagte Mama.

Wir sahen uns an. Ging es um Augusts Box? Was sonst sollte gemeint sein? Wenn Mama nicht kündigen wollte, konnte das doch nur bedeuten, dass ... Ich konnte gar nicht still stehen vor Aufregung.

„Mein Mann und ich finden, dass August bestens bei Ihnen aufgehoben ist." Ich kniff die Augen zu, mein Herz pochte wild und dann hörte ich den zweiten Teil des Satzes: „Das soll auch die nächsten Jahre so bleiben!"

Ja! Es bedeutete, dass August blieb. Unser Pferd blieb!

Wir sahen uns an. Wir umarmten uns.

„Wir haben zwar keinen Pakt“, flüsterte mir Mai ins Ohr, „aber wir bekommen trotzdem, was wir wollen!“

„Ja“, antwortete ich. „Denn wir sind Mai und Juli, die angeheirateten Zwillinge!“

Meike Haas wurde 1970 in Laupheim geboren. Ihre eigene Reiterkarriere fand wegen schlechter Erfahrungen mit einem sehr störrischen Pony nach nur vier Stunden ein frühes Ende. Nach dem Studium in Regensburg, Wien und München arbeitete Meike Haas einige Jahre als Journalistin für verschiedene Zeitungen. Inzwischen lebt sie mit ihrem Freund und ihren zwei Kindern in München und widmet sich ganz dem Schreiben von Büchern.

Noch mehr Pferdeträume

978-3-7855-6290-1

978-3-7855-6291-8

978-3-7855-6450-9

978-3-7855-6588-9

Sommer, Liebe, Pferdeglück

978-3-7855-6761-6

978-3-7855-7088-3

978-3-7855-7223-8

Loewe

FSC
www.fsc.org
MIX
Papier aus verantwortungsvollen Quellen
FSC® C014496

ISBN 978-3-7855-6780-7
2. Auflage 2011 als Loewe-Taschenbuch
erschienen (in der Serie *Freche Pferde*) unter den Titeln
Chaos, Krisen, Pferdeküsse (© 2005 Loewe Verlag GmbH, Bindlach) und
Herzklopfen, Heu und Heimlichkeiten (© 2005 Loewe Verlag GmbH, Bindlach)
Umschlagillustration: Dagmar Henze
Umschlaggestaltung: Christine Retz
Printed in Germany (007)

www.loewe-verlag.de